你知道
誰在偷窺嗎？

《後窗》是希區考克最經典的代表作！
一九九五年榮獲奧斯卡金像獎四項提名。

美國電影協會百大電影系列——
AFI 百年百大驚悚影片第 14 名。
AFI 百年電影十大佳片懸疑類第 3 名。

世界文學
經典名作

後　窗

REAR WINDOW
ALFRED HITCHCOCK

希區考克　著

序言

對於很多人來說，「希區考克」絕不僅僅是一個人的名字，而是懸疑、驚悚和恐怖的代名詞。這位舉世公認的懸念推理小說大師和電影大師，熟練地把懸疑、驚悚、理性和幽默融合在一起，講述了一個個扣人心弦的故事，讓人讀後欲罷不能！

阿爾弗萊德·希區考克（Alfred Hitchcock，1899—1980年），生於英國倫敦，成名是在美國好萊塢。他在生前就被公認為有史以來最偉大的電影導演，並於一九六八年獲特殊奧斯卡獎，同年獲美國導演協會格里菲斯獎，一九七九年獲美國電影研究院終身成就獎。

希區考克擅長拍懸疑電影，被稱為「懸疑大師」。除了《鳥》、《蝴蝶夢》、《北西北》等名作外，他還拍過兩百多部懸疑短劇，情節極其緊湊、風格獨特，這些短劇被整理編輯成小說，成為「希區考克故事集」的主體。事實上，在世界各地，現今流行的希區考克作品並不全都是希區考克本人的創作。當初，希區考克的女兒辦了一個半書籍半雜誌的讀物，叫做《希區考克喜歡讀的懸念故事》，搜羅了當時美國和歐洲最優秀的懸疑推理小說。另外，在希區考克名聲達到巔峰時，經常有人要求他推介一些小說，其中最合希區考克口味的小說封面上，還往往印著希區考克的名字。以上兩種情況，都大大豐富了《希區考克故事集》。這些小說都帶有明顯的希區考克的特色：懸疑、驚悚、理性和幽默。

希區考克貢獻給電影和小說的，絕不僅僅是單純的技巧。他是懸念大師，是推理大師，也是心理大師，其作品——無論是電影還是小說——都帶有很深的哲學思考。很少有人能像他那樣深刻地洞察到人生的荒謬和人性的脆弱。他講述的故事，充滿著矛盾和掙扎：生與死、罪與罰、理性與衝動、壓抑與抗爭、誘惑與抵制。通過他的故事，我們可以看到人性的最深處；而在最深處的角落裡，我們可以感受到希區考克那犀利的、略帶嘲諷又滿懷溫情的目光。希區考克不僅擅長構造懸念情節、渲染驚悚場景，也長於人物的心理剖析和案件的邏輯推理。他的作品有很強的推理性，而其結尾往往出人意料，給人以驚奇新穎的感覺。

作為大師級的人物，希區考克對人性的看法是相當冷靜的，甚至可以說是冷酷。他毫不留情、尖銳犀利地剖析社會，給人對社會以清新的認識。他直指人性的深處，揭開了西方現代社會人性的荒謬。他對殺人狂的一段評論，很典型地表明了他對這類人的態度：「人們常常認為，罪犯與普通人是大不相同的。但就我個人的經驗而言，罪犯通常都是相當平庸的人，而且非常乏味，他們比我們日常生活中遇到的那些遵紀守法的老百姓更無特色，更引不起人們的興趣。罪犯實際上是一些相當笨的人，他們的動機也常常很簡單、很俗氣。」希區考克認為人是非常脆弱的，他們經不起誘惑。他作品中的人物，有變態的、有溫馴的、有冷靜的、有偏執的，不管是哪一種，他的人物刻畫總是通過誇張的動作、語言、作為，塑造成功的人物形象。

閱讀希區考克的推理小說，就像在做一道高難的智力題，你永遠也不知道下一步出現的將是什麼！那些藕斷絲連的蛛絲馬跡，巧妙地穿插在人物的對話之中，在你還迷失其中之時，慢慢織就一張巨大的網，還原出事情的本來面目。

這本集子輯錄了最能夠代表希區考克推理風格的小說，這一個個小故事，似乎都是發生在人們身邊的事情，但是通過希區考克的演繹，它們變得意味深長，引人入勝。小說構思縝密，層層剝筍，環環相扣，首尾呼應，一步一步將小說的情節推向高潮。故事結尾曲折離奇，出人意料，但又在情理之中，耐人尋味，給人以思考。

這些推理小說的故事情節往往並不複雜，希區考克只是通過鏡頭緩緩道來，在不知不覺中你就落入了他用時間和空間布下的迷宮，那一個個慢鏡頭透射出一處處角落暗藏著的人性的陰暗。在閱讀希區考克的推理小說過程中，你能夠體會到他作品所表達出的複雜性及其蘊涵的多義性，從而在閱讀過程中獲得一種快樂和藝術享受。

CONTENTS·目錄

金光黨

他亮出了證件對她說：「我是丹尼爾警官。你是吉米小姐嗎？」

吉米小姐取下了防盜栓開門，讓這位警官走進來。她的頭微微地傾斜，這讓她看起來像小鳥般依人，看著這位突然到訪的客人，她不知道出了什麼事！

警官環視一下四周，看見抽屜是開著的，裝衣服的皮箱大半也是空著的。於是抬起頭來看著她，以詢問般的眼神問道：「你準備離開？我好像來得正是時候。」

「是的，我打算今天下午離開這裡。」

他皺皺眉頭，對她說道：「我希望你能提供一些幫助，」他這樣說著，臉色也顯得好看了些，「這不會浪費你多少時間，也許你的話，可以幫助我們，你具體什麼時間離開？」

「是九點零九分的火車。」

「時間還有很多，這件事最多佔用你半小時的時間。」

這時，她把頭靠向了另一邊，對他道：「警官，可是我不知道，該怎麼來幫你呢？」

「希望你和我們合作，當然這也是在幫你自己。兩星期前，是不是有兩個年輕女人騙了你八千元。」

她驚奇地睜大雙眼道：「你是怎麼知道的？」

他笑了笑說：「我雖然沒有讀到你的報案記錄，而且你去報案的時候，我也不在；但是，我知道你整個被騙的事情。那天，你是去銀行存錢的，是一筆為數不少的錢。一出門，就看到有一位風度優雅的女子，那女子向你走來，她說：『很抱歉，打擾了你。你看起來很善良，所以我才敢打擾你。』她說她在城裡的那一帶很陌生，又遇上一件麻煩事，現在不知道怎麼辦才好。她說她撿到了一個信封，裡面裝滿了鈔票，她不知道該怎麼處理。她看看周圍，拉你到一旁，打開信封讓你看，你看到裡面有許多千元大鈔。她說她已經大致數了一下，大概一百二十張，那就是十二萬元！你那時一定在想，天文數字啊！」

「警官，我平時只和二十元以下的小鈔打過交道，千元的我還沒見過呢！」

他眨了眨眼：「也許吧！但這正是那些人聰明的地方，他們總是挑選像你們這樣的人，你們看起來是最不會丟巨款的人或有的連大鈔都沒見過的人。」

他深吸了口氣，慢慢吐出來。接著道：「總而言之，那女人後來告訴你，她生了個孩子，但卻是個低能兒……就在你們正談的時候，另一位女人出現了，她說她願意告訴你們有關法律的問題，因為她就在律師事務所工作。她打了個電話，然後說，律師認為大概是黑社會歹徒留下的這筆款子。撿到錢的女人如果交給警方的話，丟錢的歹徒也不敢去認領，因為如果去認領，就得向有關人員解釋這錢的來歷；當然了，如果沒人認領的話，撿到錢的那個女人最後也別指望拿到那筆錢，最後一定落到警局手裡。因此，送到警局是個極度錯誤的做法。律師在電話中還神祕地說，現在就你們三人知道這事，你們三人平分……不過，有一個條件是，分到的錢必須在半年以後才能用。為了證明她們在不動用這筆贓款的情況下，也可以自己過完半年的生活，每個人必須拿出足夠半年的生活費來證明。

「通過律師的關係，同時把千元大鈔換成一些小額鈔票。這樣的話，在存款時，銀行就不會有所懷疑。

「你們三個女人皆大歡喜，因為你想到馬上就可以分四萬元，但還需一些證明。撿到錢的那一個亮出一張保險公司的支票，她正要進城去領。另一個身上也剛好有父親最近留給她的股票錢。那兩個女人很快拿出她們可以維持六個月生活費的證明。現在，輪到你了。

「你立刻回到銀行，取出現金八千元，給她們看。現金裝在封套裡，她們把封套裡的錢拿出來，看完後，裝進封套還給你。

「然後，你們三個一起進入辦公大樓，走向律師辦公室。在律師事務所工作的那個女人說，她的合夥人還不知道這件事，她也不想讓太多人知道，我們三個不要一起進去，以免讓人誤會。

「第一個女人先走進了電梯，接著，第二個女人也找了個藉口，比你先進去。最後輪到你了，但當你到了三樓後，找到她們說的那個房間時，裡面根本沒有什麼律師，那兩個女人也突然失蹤了。

「現在，你終於醒悟過來，自己被騙了。努力讓自己定下心神，強迫自己看看裝錢的封套。這一看，你差點暈過去！當時你正在享受即將獲得的四萬元帶給你的喜悅，她們卻把你封套裡的錢掉了包。現在封套裡哪還有八千元，只有一疊玩具鈔票，或和鈔票一樣大小的白紙，只有一張面額一元的鈔票放在最後面，好像在安慰你似的。」

他臉上掛著有氣無力的微笑，看著吉米小姐，輕搖著頭說：「我是來查清這件事的，以便逮捕這些歹徒。」

這時吉米小姐用雙手蒙住臉：「你已經說得很明白了，這又讓我覺得自己很笨，老是在想：『我怎麼會讓她們騙得團團轉。』」她放下雙手，睜大眼睛，認真地說，「當時我身臨其境，覺得她們和我說的時候，一切都好像是真的，但結果是我怎麼也想不到的。」

他笑了笑：「其實這種事說穿了也很簡單。『信任』是這把戲的名字，她們贏得了你的信任，一步一步引你入戲。那些人都很狡詐滑頭，你前面還有許多人上過當。」他沈重地嘆口氣接著道，「不幸的是，你可能也不是最後一個。」他眼睛注視著她，聲音變得嚴厲，「但你得幫助我們，這樣我們才能鏟除她們。」

「我已經盡力了，我還能做什麼？我已經盡可能地向你描述了那兩個女人的相貌。」

他微笑著說：「我們已經找到那兩個女人，現在不用你描述，你可以做些更實際的。你要協助我們指認她們的照片。」他從一個袋子中取出兩張照片，拿給她看。問道，「是不是這兩個女人？」

她看著兩張照片，突然勃然大怒地說：「就是她們！就是她們！」

他讓她先冷靜一下，但是現在的她，既興奮又緊張地發著抖。停了一下，她痛苦地對他說：「這事情直到現在還歷歷在目，雖然被騙了八千，但最糟的不是錢的問題。最糟的是，這之後我一直覺得自己很笨！」她訴苦般地盯著他，「我從銀行出來時，還看著封套裡面是滿滿的鈔票，但轉眼的工夫就成了玩具鈔票。她們得手後，肯定把我看成笨蛋，背後一定會又罵又笑。笑我笨得像頭驢，我現在自己也覺得我真是頭笨驢。」

「這次你向她們報復的機會到了，吉米小姐。你既可以收回你的錢和自尊，又能協助我們把她們繩之以法。」

她皺著眉問：「我該怎麼做呢？」

「吉米小姐，是這樣的。」他目光犀利地看著她，接著道，「你記不記是哪一位出納員為你服務的，就你那天存款的時候？」

她想了一下，然後點頭說：「記得，那人留著長長的金色頭髮，還蓄著八字鬍。」

「太好了，我們相信那出納員和兩個女人是同謀的，出納在銀行上班，在發現一個可以欺騙的人時，就對那些人發出信號，裡應外合。所以，你要幫助我們抓到他。」

「我需要怎麼做呢？」

他微笑著：「我知道，小姐，但我們要耐心一點。急於抓到歹徒是我們一樣的心願，我們準備行動了。你再去那家銀行，再找那個出納，取出你的大部分餘款，要現金。那麼他就得仔細數幾遍，所以鈔票上就會留下他的指紋。最好讓他給你新的鈔票，那樣指紋會更清楚。你戴上手套，當然，我也戴，我們不能有一點失誤。

「我們這一次會派另一個警探盯住出納，我們要一網打盡。我會在外面等你，給你局裡的公款，交換留有出納指紋的新鈔。我們需要指紋作證據，到時候也不用你出庭了。然後，如果運氣好的話，在我們逮捕他們之後，我們會把你原先的錢追回來。說實話，可能她們已經花掉了一部分，又不是他們的血汗錢，他們會很大方地花掉一些。不過，也許還能追回一點來。」

「好啊！就這麼辦吧，我同意。」

他迅速地站了起來對她道：「好，我們開始出發吧！早點開始，早點結束，現在我們開車先送你到銀行。然後，我的同事，也就是另一位警察，送你回到這裡。做完後，你可以繼續回來整理東西，不會耽誤你趕九點零九分的火車。」

她突然慌亂地指著自己的衣服說：「可是，我得先換換衣服，再找找存摺在哪兒。」

「不要急，慢慢找。」

她離開房間時說：「嗨，你說我這個人吧！真丟人！父母經常教導我，待人要有禮貌，我竟然到現在都沒讓你坐下，快請坐。對了，我找存摺的時候，請你喝咖啡，不過是即溶的，不要介意啊！」

「不會的。」

過了一小會兒，她才把咖啡端上來。他喝了一口，討好地對著進入房間的女主人背影，做了個鬼臉。他不想拒絕她的美意，而失去與她合作的機會。

他抬腕看了一下錶，已經過了好長時間，他覺得錶走得好像慢了。她在收拾什麼東西要這麼長時間？他感到兩眼開始發澀，很想睡覺，他竭力控制著自己，不讓自己睡去。頭越來越沈重，居然垂到胸前。他的心怦怦急跳，自己能特別清楚地聽到自己的心跳聲。兩腿無力，一點也不能動彈。他渾身像灌了鉛似的，除了眼睛什麼也動不了。難道她在咖啡裡放了什麼藥？

不知過了多久，他勉強睜開眼睛，發現她正站在自己面前盯著他。

「警官，現在，我來告訴你事情是怎麼回事！兩個騙錢的女子和你是一夥的，她們先騙了一個笨蛋，騙走她一部分的錢。然後過些天你再冒充警察來。你告訴那個受過騙、上過當的人，那兩個女人的線索你已經掌握了。需要受騙人出面，協助抓那位銀行出納的共犯。事實上，根本就沒有出納共犯，你只想要她取出剩餘的一部分錢，然後以取指紋為理由，再以玩具鈔票調換。我早就知道你是個冒牌貨，因為你找錯人了。你說的是我妹妹，但我妹妹並沒有報案。我覺得在這件事上對我妹妹我還是有錯的。就在幾年前，我也上過這樣的當。當時我很羞愧，沒好意思告訴我妹妹。如果當時我告訴了她，可能會救她一命，她心裡一定會好受些，至少她會鼓起勇氣去報案。她原本不打算讓我知道，然而，到彌留之時，她終於告訴了我。我這才得知她生病的原因。我聽說她病重，急忙趕來這裡，來看她，才知道這一切原委。她是因為被騙，憂鬱而死。我現在也被捲入這個事情裡來，當然，也包括你，對不起。」說完，她走進廚房，拿了一條曬衣服的繩子。

吉爾小姐拿著繩子，對他道：「你們三個會被真正的警察抓住，很快的，你現在已經跑不了了，還會有幾項罪名送給你們，你帶來的那兩個女人的照片，正好可以幫助警方找到她們，你以前是否有前科，或者是個通緝犯？」

他眼睛裡帶著懊悔的神色點點頭，等於默認。吉爾小姐滿意地點點頭，又接著對他道：「你還冒充警察，就這一條，就夠你坐一段時間的牢了，你是咎由自取。」

她拿著曬衣繩說：「我馬上出去打電話報警，但我不能讓你在警察到來之前逃掉。所以必須先捆了你。」說著，使勁拉幾下曬衣繩，試試繩子結不結實。

裸體畫像

時間已是午夜了，我如果現在不開始把一些事記下來的話，我以後可能永遠都沒有勇氣再把它寫下來。一個晚上了，我一直坐在這裡，強迫自己開始回憶，但是想得越多，越讓我感到羞愧、恐懼和壓力。

我此刻帶著懺悔去尋找原因，尋找我為什麼會如此粗暴地對待珍尼特・德・貝拉佳。實際上，我更希望向一位有同情心、有想像力的聆聽者傾訴。這位聆聽者應該是溫柔的、應該是善解人意的。只要我自己不會太過不安或者泣不成聲，我要向他訴說這段不幸的生活，包括每一個細節。

如果我能更坦率一點的話，我會承認，現在最令我懊悔的，不僅是自己的羞愧感，更是對珍尼特的傷害。我愚弄了自己，也愚弄了所有的朋友，不知道我還能不能有幸仍被他們稱為朋友。多麼可愛的人啊，他們過去經常到我的別墅來。現在必定都把我當做邪惡的、睚眥必報的小人了。唉！那傷害對一個人確實很嚴重。希望你們真能理解我！

先介紹一下自己吧！

我屬於這樣一類人，有文化、有錢、有時間，正處中年，是一位有魅力、有風度的學者。我因慷慨大方而受到許多朋友的尊敬。我主要從事美術鑑賞工作，但我的欣賞口味與眾不同。我們這類人單身漢非常多，又不想與緊緊圍著自己的女人發生什麼，對自己的肯定佔據了生活中的大多數時間。當然也有不滿、有挫折、有遺憾，但那畢竟很少。

我自己就不介紹太多了，坦率就行。你對我大致會有個判斷。

如果你看完下面這個故事，你也許會說我自責得太過了，那個叫做格拉迪·帕森貝的女人才是最該譴責的。這一切，畢竟是她招來的。

本來什麼都不會發生的，但那晚我送她回家了，她回到家後和我談起了那個人、那件事。所以一切都發生了。

如果我沒記錯的話，那是去年二月的事了。那天，我們在埃森頓別墅吃飯，那是一家可愛的、能看見錦絲公園一角的別墅，許多人都來了。

席間，一個人一直陪著我，她就是格拉迪·帕森貝。飯後，我當然要主動送她一程。到家後，她禮貌地讓我進屋。我被人認為是個過於沈悶的人，與司機打了個招呼就進屋了。進屋後，她倒了兩杯白蘭地：「為我們回來一路順風乾一杯。」她這樣說。

她是個矮個子女人，大概不足四呎九吋。我站她旁邊真有滑稽之感，就像站在桌子上居高臨下一樣。這個寡婦面部鬆弛，毫無光彩，小臉上堆滿了肥肉，擠得下巴、嘴、鼻子無處可藏。幸好她還有一張會講話的嘴，時刻提醒著我，不然，我真會把她當成一條鰻魚。

在客廳，我們談了一會兒今天晚宴上發生的事，過了一會兒，我站起來想告辭。

「雷歐納，坐下，」她說，「再來一杯。」

「我得走了。」

「坐下，先坐下，你該陪我喝一會兒吧，我還要再喝一杯。」

她身體微晃著走向壁櫥，她把酒杯舉在胸前，看著她又矮又寬的身材，讓我有一個錯覺：她膝蓋以下胖得似乎連腿都看不見了。

「你笑什麼呢，雷歐納？」她側過身來問，順便為我倒了酒，因為一直注意我的動靜，所以灑了幾滴白蘭地在杯子外。

「沒，沒笑什麼。」我忙道。

「過來看看我最近的一幅畫像吧。」她目光盯在那張掛在壁爐上的大畫上。其實，剛進屋時我就看見了，我一直假裝看不見。我想那肯定是一幅糟蹋藝術的作品，而且一定是由那位名震一時的畫家約翰·約伊頓所作。因為在這幅畫裡用了圓滑的筆法，這讓帕森貝太太在畫像裡看起來成了個有魅力、高挑的女人。

「畫得很漂亮！」我言不由衷地道。

「我很高興你喜歡它，它確實很漂亮。」

「太迷人了。」

「約伊頓就是個天才！你不這麼想嗎？」

「是啊！他比天才還要高出一籌。」

「雷歐納，你知道嗎？約翰．約伊頓現在的畫很受追捧，他畫一幅要收一千美元以上，少於了這個價位就不畫。」

「是嗎？」

「就是這麼貴，許多人還要排隊等他畫呢！」

「這很有趣。」

「所以說他就是個天才，從他收費就能看出來。」

她輕呷了一口白蘭地，默默地坐了一會兒。我明顯能看到她的胖嘴唇被杯子壓出了一道淺痕。她也看到我正注視著她，她用眼角輕輕掃過來一眼。我無奈地搖搖頭，也不想開口。

她隨手把酒杯放在右手邊的墊子上，突然轉過身，對我做出一個建議的手勢，我在等著她說，心想她想說什麼呢？接下來卻是一陣寂靜，這讓我很不舒服。我無事可做，只好無聊地抽著一支雪茄，一會兒看看煙灰，一會兒看看噴到天花板上的煙霧。

她忽然轉過身來面對著我，羞澀地一笑，垂下了頭。她囁嚅著說：「雷歐納，我想告訴你個祕密。」

「下次再說吧，我現在要走了。」

「不會讓你為難的，雷歐納，你好像有點緊張，別緊張。」

「小祕密引不起我的興趣。」

「這個會讓你感興趣的，因為你在繪畫方面很有研究。」她人雖然很安靜地坐著，她的手指卻像一條條小蛇一樣一直在抖著，蜿蜒盤曲地扭來扭去。對我不安地道，「雷歐納，你真的不想知道我的祕密了嗎？」

「祕密還是少知道的好，也許以後說不定什麼時候就會讓你難堪。」

「你說的有點道理，在倫敦就是這樣，尤其是關於一個女人隱私的祕密，有時一個祕密還會帶出其他一些女人。不過，除了約翰．約伊頓，這事與其他男人無關。」

我一言不發地沈默著，我並不想聽這個故事。

「假如我對你說了，你能保證不泄漏這個祕密嗎？」

「我保證不泄漏。」

「還是發個誓吧！」

「有必要嗎？好吧，我發誓不會說出來！」

她從桌上端起白蘭地，慢慢向沙發裡面靠了靠，對我道：「那好，我們開始說這個祕密。你一定知道，約翰．約伊頓只為女人作畫。」

「以前不知道，不過現在知道了。」

「他畫中的女人都是全身像，有坐勢的、有站勢的，像我這幅就是站著的。你再看看那幅畫，雷歐納，你看畫裡面我穿的那套晚禮服怎麼樣？漂亮嗎？」

「是啊！很漂亮。」

「走到畫前面，仔細再看看。」

我隨意地過去看了看，有個地方令我頗為驚異。就是我們能看見畫禮服的顏料，這些顏料看起來比其他部分更重，它們好像被專門處理過。

「看出來了吧？禮服的顏料上很重，是嗎？」

「是的。」

「這很有趣，你現在一定很想知道，別急，我會從頭說給你聽的。」

我暗想，這個囉唆的女人真討厭，我得想個什麼理由才能離開呢？

「大概在一年前。我進了那個偉大畫家的畫室，那是多麼讓人激動啊！那天，我穿上了剛買的晚禮服，是從諾曼．哈奈爾百貨公司買的，戴著一頂別具一格的紅帽，約伊頓先生站在門口等我過去。我看到他第一眼時就被他的氣質所感染，他穿著黑色的天鵝絨夾克，有一雙迷人的藍眼睛。我進了那間畫室，畫室給人的感覺很大，客廳擺著天鵝絨罩的椅子，紅色的天鵝絨沙發，他似乎只喜歡天鵝絨，所以窗簾是天鵝絨的，連地毯都是天鵝絨的。」

「噢，是嗎？」

「我坐下來後，他說話直奔主題，為我介紹自己，他說自己作畫與別人很不一樣，他有一套畫女人身材的方法，用這種方法可以把女人的身材畫得接近完美。下面的話也許會讓你大吃一驚。」

「沒事的，你繼續。」我說。

「『這些都是劣質之作，你看。』他當時這樣說，『不管這是誰畫的，雖然服飾畫得極其完美，你仍會感覺到裡面的輕浮做作，真是毫無生氣的一幅畫。』

「『約伊頓先生，為什麼會出現這種情況呢？』我問他。

「『因為一些畫家的無知，他不了解衣服下的祕密！』」

格拉迪．帕森貝太太停了一下，又喝了一口白蘭地，又接著對我道：「不要老是這樣看著我，雷歐納。這沒什麼，你安靜地聽我說就行了。」

「約伊頓先生隨後是這樣說的：『這也是我一直重點畫裸體畫的原因。』」

「上帝啊！」我吃驚地叫著。

「『帕森貝夫人，如果你反對，我可能會對你做出一點讓步，』他說，『我可以先為你畫裸體畫，等幾個月，顏料乾了之後，你再來一次，我在裸體上給你加上內衣，過一段時間再畫上外套，整個過程就是這樣了，很簡單是吧！』」
「色情狂！難道他是個變態狂嗎？」我吃驚地說。
「雷歐納，我不這樣想，我認為那天我面對的是一個真誠的男人。所以我接著告訴他說，我丈夫是不會同意這種畫法的。」
「『你的丈夫不會知道這種事的，』他說，『我們不會讓他知道的，除了我畫過的一些女人，沒有別人知道這祕密。這裡沒有別人想像的什麼道德問題，像我這樣真正的畫家怎麼會幹出不道德的事來呢？就像我們去看病一樣，你沒有理由拒絕在醫生面前脫衣服啊！』」
「如果只是去看眼科一類的，我當然不會脫衣服。我的這句話使他大笑起來，但他的確是個具有說服力的男人，沒過一會兒，我就同意了。雷歐納，這就是我的全部祕密。」她站起來，在自己杯子裡加了些白蘭地。
「這些都是真的嗎？」
「當然是啊！」
「難道他就這樣一直為人畫像？」
「嗯，不過這些畫過像的女人，她們的丈夫一輩子也不會知道，他們最後能看到的是衣著齊整的女人畫像。其實我覺得赤身裸體地被人畫張像也沒什麼大不了的，一些藝術家早就這樣做了，只是我們那些不開化的丈夫們都反對。」

「我看那傢伙腦子有點問題吧！」

「我不同意，我認為他是個天才。」

「那我想問問你，約伊頓在為你畫像之前，你有沒有聽別人說一些什麼，比如，說他細緻入微的繪畫技巧？」

她正在倒白蘭地的手停了一下，轉頭看著我，羞紅著臉說：「這事你也知道？」通過這個故事，我終於了解了約翰．約伊頓，這個披著完美外衣的騙子，只是抓住了女人愛美的心理。他就這樣掌握了全城一些女人的底細，這些女人很富有也很清閒。他總能想出一些方法，為這些女人排憂解悶。和她們打橋牌，一起逛商場，一塊兒參加酒會。而這些女人只是為了那一點的刺激，那種大把花錢帶給她們的優越刺激感。一些有錢人玩的娛樂項目總是像瘟疫一樣，一出現，就會在她們那個圈子裡流行起來。

「你發過誓，你千萬不要告訴其他人。」

「放心吧，當然不會，不過，我現在該走了。」

「你怎麼這麼死心眼啊，你現在剛剛高興起來，再陪我喝一杯吧。」

我只能又坐下來，看著她慢慢地喝著白蘭地，發現她那雙眼睛一直在暗中看著我，那雙狡猾的眼裡充滿了慾火，慾望就像一條小青蛇在她眼裡纏繞著，我不禁感到有點害怕。這時她突然開口說話了，嚇了我一跳。

「雷歐納，我聽人說過你和珍尼特・德・貝拉佳的事。」
「格拉迪，這事就不要再說了。」
「怎麼，你臉紅了。」不知什麼時候，她開始把手放在了我腿上。
「我們之間現在沒有祕密，還有什麼不能說的。」
「她是個好姑娘。」
「你說她是個好姑娘。」格拉迪停了一下，盯著杯子說，「我知道，她是個好女孩，也很出色，只是……」她放緩了語氣接著道，「只是偶爾她說的話題會讓人感到意外。」
「她說過些什麼？」
「其實也沒什麼，只是說過一些人，其中也包括你。」
「我？她是怎麼說我的？」
「沒什麼大事，你不會喜歡聽的。」
「你就說吧！她說了我什麼？」
「我真不想再說，但她的話讓我很好奇！」
「她說過我什麼，格拉迪？」我迫切地等她回答，後背因為緊張，出了一身汗。
「我想想，當時我們在開玩笑，她就說了點她和你一起吃晚飯的事。」
「她對我厭煩了？」

「我想是的，」格拉迪喝完了那一大杯白蘭地，「我和珍尼特今天下午正巧一起打牌。我問她明天有沒有空，一起吃個飯。她當時是這樣說的：『估計不行，我還得等那個討厭鬼，可能會和討厭的雷歐納在一起吃飯。』」

「她真是這樣說的？」

「是的。」

「她還說了什麼？」

「我不想多說。」

「沒關係，說吧，接著說。」

「雷歐納，不要這樣大聲說話。你既然這麼想知道，我就告訴你吧，不說出來好像不夠朋友。現在，你確認我們是真正的朋友了吧？」

「是啊！快說吧！」

「等等，我得想想，她還這樣說了。」然後格拉迪用我極為熟悉的聲音，模仿著珍尼特的女中音說，「雷歐納，他是個沒有一點情趣的人，吃飯就知道去約賽．格瑞餐廳，連換家餐廳都不會，在那裡，他總是反覆地講，講他的繪畫、瓷皿，一遍又一遍地講。在我們回去的路上，他在計程車裡抓著我的手，擠靠在我旁邊，一身難聞的煙草味。到我家的時候，我就讓他待在車裡，叫他不用下來送我了。他總是假裝沒聽見的樣子，偷偷地看我開門。然後快速跟上來，我飛快地溜進屋，把他擋在門外，以免他追上來，後果……」

聽到這些，我完全崩潰了，這是個可怕的晚上，我昏昏沈沈地回來，第二天天都大亮了，我還沒起床，我還沒能從絕望的心情中走出來。我沮喪又疲憊地躺在床上，回憶著昨天在格拉迪家的談話內容，回憶著每一個細節，她那矮胖的身材、扁平醜陋的臉、鰻魚般的嘴，以及她說的每句話……特別是珍尼特對我的評價。難道珍尼特真是這麼說的？

我突然升起一股憎恨，這憎恨是對珍尼特的，憎恨慢慢傳遍全身。我突然感覺自己一陣顫抖，我努力控制這種衝動，但我控制不住，我要報復一切敢於詆毀我的人。

聽到這麼點風聲，你就這樣。你也太敏感了。但當時這件事讓我不知所措，我還差點殺人了，我只能在胳膊上掐出一條條深痕，發泄一下自己的痛苦，不然我真可能殺人。

後來我又想，只是殺了那個女人豈不太便宜她，再說，我這種人也不能殺人啊，我要找個更好的方法。

我沒有幹過什麼正經的職業，因此我不是一個有條理的人。不過，怨恨與暴怒讓我的思維變得極為敏銳。因此，沒費什麼腦筋，我就想出一個計畫，一個讓我興奮的計畫。我仔細推敲它的每一個細節，改了幾處可能出問題的地方。計畫完全好了，剩下的就是實施。我激動地在床上跳上跳下，感到血脈賁張，手指捏得「嘎嘎」作響。我找出電話簿，查到一個電話，馬上打了過去。「你好，我找約伊頓先生，請他接電話。」
「我是。」
這個男人不會知道我是誰，我從來沒見過他。也許他認識我，因為社會上每一個有錢有地位的人，都是他這種人結交的對象。
「我們還是見面再聊吧，一小時後見面。」對他說了一個地址，我掛上電話。
我興奮地從床上跳了下來，剛才我還絕望地想自殺，現在我感覺很亢奮。
約伊頓來到了我們約定的讀書室，他衣著講究、個子不高、穿著黑色天鵝絨夾克。
我對他說道：「很高興這麼快就見到了你。」
「我也是。」他用又濕又黏的嘴唇說，他的嘴唇蒼白中泛著點紅。我們相互客氣了幾句。很快，我就直接切入了正題：「約伊頓先生，這次來是有個事請您幫忙。這只是我個人的私事。」
「是嗎？」他點了一下高昂著的頭示意我繼續。
「我非常想要擁有城裡某位小姐的畫像，想請您為她畫張像。不過請您先不要告訴那位小姐，我有這個想法。」
「你是想……」
「是這樣的，假如有一位男士對這位小姐傾慕已久，所以總是想送她一幅畫。他要找到一個合適的機會，突然送給她。」

「當然，這聽起來很浪漫。」

「這位小姐是珍尼特．德．貝拉佳。」

「珍尼特．德．貝拉佳？我好像沒聽說過她。」

「我替你感到遺憾，不過，你以後會見到她的，比如在一些酒會或其他類似的場合，我想讓你這麼做——你找到她，和她說你這幾年一直要找個模特，但一直沒有碰到合適的。現在看到她，覺得她正合適，身材、臉型、眼睛都非常合適。你可以免費給她畫張像，我斷定她會同意的。她的像畫好之後，請你送來給我，我會買下來。」一縷帶著恨意的微笑出現在雷歐納臉上。

「你覺得這樣做有困難嗎？」我問，「這樣很浪漫？是不是？」

「我想……我想……」他不知道想說什麼。

「我給你雙倍酬勞。」

那個男人舔了下嘴唇：「雷歐納先生，我覺得這是和一般人不一樣的示愛方式！我想，只要有點頭腦的男人都會同意這樣浪漫的安排呀！」

「一張全身像，必須全身的，還要比梅瑟的那張大兩倍。」

「你說的是『60×36』的！」

「要站著的，我認為，她站著是最美的姿勢。」

「我理解你的想法，也很有幸給這樣一位可愛的姑娘作畫。」

「拜託了，千萬不能說出去，這是只有你、我知道的祕密。」

那個渾蛋走了以後，我強迫自己安靜下來，然後做了二十五個深呼吸。不然的話，我自己都不知道會興奮到什麼程度，可能會像一個傻瓜一樣高興地大喊幾聲。令我當時興奮、事後懊悔的計畫就這樣實施了！那個糟糕的畫家已經同意作畫，這個最困難的部分已經完成。依這個男人的一貫畫法，估計要幾個月才行，現在我必須耐心地去等待。為了能讓這段時間很快過去，我出國去了意大利。

四個月後，我回來了。我很高興，一切都在按原定的計畫進行著。珍尼特的畫像已經畫好了，約伊頓打電話給我，他說有好幾個人想高價收購這幅畫像，但他沒有賣。

我立刻把畫取來，送進了我的工作室，強壓住心頭的喜悅，我又仔細地看了一遍。畫像裡珍尼特亭亭玉立，身穿黑色晚禮服，她靠在一個背景沙發上，手自然地放在椅背上。

說實話，這幅畫確實很好，因為它抓住了女人最迷人的那份表情，畫裡，珍尼特頭略前傾，又大又亮的藍色眼睛，一絲笑意出現在嘴角。不過，狡猾的畫家掩飾了她臉上的缺憾，畫家巧妙地處理掉了她臉上的一點皺紋以及有點胖的下巴。

我湊到畫前，詳細查看了衣服的部分。很好，和我預想的差不多，衣服的色彩上得又厚又重，顏料層次明顯比其他部分厚。我一刻也不想再等了，立刻脫掉上衣，著手幹了起來。

我是個修復畫像的專家，因為本來我就以收藏名畫為業。

清理這件事對我實在是個很簡單的工作，但需要耐心。

我找了些松節油倒出來，加了幾滴酒精，混合攪拌一下，用毛刷沾了些混合液輕輕地刷在了畫像的晚禮服上。這幅畫是分幾步畫的，這一層乾透之後才畫的另一層。這正讓我有機可乘，可以從外到內，一層一層地清理掉，直到……

她的小腹被我刷上了松節油，我反反覆覆刷了好幾次，又加了點酒精，顏料終於開始慢慢溶化了。乾了近一小時，我一直在畫像中她的小腹忙著，我輕輕地刷著，隨著溶化深入到油畫的內部，我好像看到了油畫的裡邊。一星點粉紅色忽然躍入我的眼簾，我毫不放鬆，繼續忙碌著，禮服的黑色被去掉了，粉紅色慢慢顯現出來。

一切進展得都很順利，我想不破壞內衣的顏色而把最後畫上去的晚禮服溶化掉。這要有足夠的耐心與細緻。因此我找到一把更軟一些的毛刷子，適當配製好稀釋劑，工作起來感覺相當得快。我先是從她的腰部開始。隨著禮服下粉紅色不斷慢慢顯露，看到了一件女子束腰，有彈性的束腰使身材更具曲線型，讓人感覺更苗條。往下一點，看到了粉紅色的吊襪帶，吊在她那柔軟的肩膀上。再向下四、五英寸的樣子，就是她的長筒襪。

很快，整個禮服的下半部分被除去，我馬上轉移到畫像的上半部分，從她腰部向上移，慢慢地看到了露腰上衣，顯現出一塊雪白的皮膚。繼續向上到了胸部，裡面露出一種更深的黑色，上面還帶著鑲皺褶的帶子，很明顯那是乳罩。

第一步工作順利完成，我後退了幾步，仔細看著畫像。我看到了令讀者吃驚的一幅畫，只穿內衣的珍尼特站在那裡，就像洗完澡，剛從浴室走出來一樣。

還剩最後一步，也是關鍵一步。我……做完這一切，雖然快天亮了，但我仍舊睡不著。乾脆坐下來寫請柬，一直寫到天亮。我邀請了二十二個人，每個人的請柬上都寫了這樣的內容：「請您在二十一號星期五晚八時賞光到寒舍一聚，敝人不勝榮幸。」

另有一封特殊的信是專門為珍尼特準備的。我在信中說，我熱切地希望出國前能再次見到她，希望她一定要來……

這些被我邀請的人，都是本城屬一屬二最有名的一些男人，還有最迷人、最有影響力的一些女人。我特意要讓這場不普通的晚會看起來很一般的感覺，我聽著筆尖刷刷地在信紙上劃過的聲音，我可以想像得到，那些人看到這些請柬時，會紛紛激動地大聲叫喊：「雷歐納準備了一個晚會，邀請你了嗎？」

「太好了，他會把晚會上的一切都安排得井井有條。」

「我覺得他現在是個可愛的人。」

他們會這樣說嗎？也許根本就不是我想的那樣，可能是這樣的：「我相信他也許是個不錯的人，但珍尼特評論他時說過，他有點令人討厭。」很快，我在對這些事情的想像中發出了邀請。

酒會那天晚上，來的人擠滿了我的大會客廳。他們站在客廳四周，欣賞著我蒐集的名畫，我已經把它們掛到牆上了。他們大聲談論著，喝著馬提尼酒。身上散發著芬香的女人們，興奮得滿面紅光的男人們。我從人群中發現了珍尼特，她穿的依舊是那件黑色晚禮服。此刻在我腦海裡，卻出現了這樣一幅畫面：一個僅穿內衣的女人，黑色鑲有花邊的乳罩，粉紅色有彈性的束腰，粉紅色的吊襪帶。

我不停地在談話的人群中穿梭，時而會禮貌地和他們聊上幾句。為了把氣氛活躍起來，有時我還會接上他們的話題。晚會開始後，大家一起走向餐廳。

「上帝啊！」他們都驚呼起來，「怎麼這麼黑！」、「我看不見了！」、「蠟燭，快點蠟燭！」「雷歐納，你真浪漫！」

叫喊聲中，六隻細長的蠟燭亮了起來，燭光很柔弱，勉強能照亮附近的桌面。遠的地方則一片黑暗，我要的就是這個效果。

晚會開始了，客人們都摸索著找到了位置。

儘管很暗，但他們似乎都很喜歡這燭光下的氛圍，他們的談話不得不提高聲調。這時我聽到珍尼特的聲音：「俱樂部在上星期有個晚宴真是令人討厭，都是法國人，滿眼都是法國人……」我一直在觀察著那些蠟燭，它們太細了，一會兒就會燃完，我開始有些緊張，一種從沒有過的緊張感覺，還帶著一陣快感。聽著珍尼特的聲音，看著她在燭光下有些模糊的臉，我感到血液在體內四處奔騰，全身充滿了一陣陣衝動。

是時候了，於是我深吸了一口氣，「蠟燭要燃盡了，必須得點燈了。瑪麗，請開燈。」一片安靜的房間裡，我清楚地聽到女僕走到門邊的腳步聲，然後是一聲清脆的開關聲。立刻，刺目的燈光穿透了黑暗，我在開燈前乘機溜出了餐廳。

在門外，我放慢了腳步凝神聽著裡面的動靜。先是餐廳裡一陣喧鬧，接著一個女人絕望而痛苦地尖叫著，一個男人怒吼著。吵鬧聲越來越大，每個人都在叫喊著什麼。隨後，我聽到了一個女人的聲音，這聲音從嘈雜中穿出：「快，快，向珍尼特臉上噴些冷水。」

在一陣慌亂中，我也走到了屋外，被司機扶進了轎車，駛出了倫敦市區，到了另一處別墅，離這有九十五英里距離。

每次想到這事，都感到一陣發涼，我希望自己真的是病了。

證據齊全

傑利是一家食品店的老闆，大約三十歲左右，有一頭黑髮，非常英俊。

食品店後面有個小辦公室，傑利此刻正坐在裡面，一張粗糙的松木桌子擺放在他面前。他太太露易絲臃腫肥胖，一頭紅髮，正在前面接待客人。

傑利這時正在想念約翰太太。

約翰太太來他店裡購物時的情景，不斷在他腦中浮現。約翰太太說話輕聲細語，彬彬有禮。她身材嬌小，氣質高雅。她丈夫約翰，是一位著名律師。

傑利想起，有時他去店外，呼吸新鮮空氣，沿街看到約翰向火車站走去。他進城辦公是乘火車的。從他手中的公文包以及昂貴的衣著，就能看出他的才能和收入。

傑利心想：如果自己也像約翰一樣，有受教育的機會，相信自己就會和他一樣，做個律師，出人頭地。他經常幻想，自己是位頗有影響力的律師。在法庭裡，用他富有個性的聲音和經驗，去揭開各種事情的真相。他甚至會幻想，如果運氣夠好的話，他會成為一個著名的外科醫生……

然後他的思緒，又回到約翰太太身上，傑利暗戀這個可愛的金髮女人。約翰太太最後來店裡時，他曾經向她表達過愛慕之情，但她本人卻不領情。

現在那次談話情景，又栩栩如生地浮現他眼前。

傑利那天黃昏讓他太太露易絲回家準備晚飯，約翰太太在露易絲走後，來到了小店。她有點氣喘吁吁地走進店裡，「傑利先生，你好，今天天氣真好，很舒服。」

「是的，約翰太太。特別是現在。」他擠出一個和氣的微笑。

他看著她那淡綠色的眼睛露出驚訝之色，然後臉上出現一抹愉快的光彩。他有件事深信不疑，他知道有些女人很迷戀他，當然包括一些經常來店裡的人，雖然她們總是極力掩飾。現在約翰太太就是這樣，她沿著貨架走來走去，挑選食品，掩飾著她的愉快。

他見時機已經成熟，便漫不經心地跟在她身後道：「我們之間只是生意來往，假如你來這兒只是買肉，買沙拉、乳酪的話。我想我們應該有別的交情……我們在私人方面，應該更進一步認識。」

她停了一下，驚訝地看著我，說：「如果到了某種程度，是應該進一步認識，但我不太明白你的意思。」

他大笑著道：「我只想說，認識你又能經常看見你，是一件美好的事。」

她點點頭，沈著地問：「還有呢？」

「我覺得咱們能多認識一下，該有多好啊！」他感覺到一種衝動，同時奇怪，以前怎麼不這麼說。

「用什麼方式？」

「乾脆找個地方一起喝一杯，現在就去。」

她沈默著沒有說話。

「我有時候回家很晚，我妻子現在也已經回家做晚飯了。」他繼續道。

「是嗎？」

「還有，約翰先生晚上的時候，通常不是在城裡工作嗎？我在這兒工作時，晚上經常看見他，從火車站出來。」

「走路到車站和走路回家，是他的運動方式，因為他工作時間很長。你現在要和我找個地方，一起去喝一杯？」

「我曾去過半島，那是個好地方，那裡的人不認識我們。不過，反正我們只當是討論，你要招待客人的食物問題，行不行？我們一起喝酒有了這個理由，有什麼不可以呢？現在這年代這算什麼。」

「你真的認為，我會去嗎？」約翰太太問。

「我希望你能去，雖然我妻子開走了我的車，但是——」

「但是，我有車，是不是？」

「我先走回家，然後你在半途接我。在外人看來，這樣就像是你讓我搭便車一樣，你認為行嗎？」

她輕搖著頭，凝視著他：「我嫁給了一位很好的丈夫，我現在是一位幸福的已婚婦女，我和丈夫互敬互愛。我非常抱歉，我可能給你留下一些錯誤的印象；假如你真認為我給你留下什麼印象的話，對不起，我是無意的。一共多少錢，傑利先生？」

他覺得自己沒希望了，他為她包裝食品，找零給她。但他仍然確信，約翰太太對他是有好感的。在這一點上，他也許並沒有搞錯。她說她和丈夫相愛，他想，主要吸引她的是她丈夫的地位和金錢。也許她是害怕，害怕失去現有的一切？

假如沒有她的丈夫——這一障礙的話，事情會怎麼樣呢？假如那種情況出現的話，她又會怎麼做？她一定會，會熱烈地迷戀他，迷戀傑利，並向他表露真情。

她拎起包好的食品，將他找的零錢放進錢包，冷冷地道：「傑利先生，再見。」

這事已經過去三個星期了，從那之後，她一直沒來過。他知道這是為什麼，也許她擔心，在他面前，她控制不了自己。他堅信，她害怕動搖後屈服於感情，這會危害到她美滿的婚姻。但如果她丈夫不在了……

「傑利？」他聽到門外的叫聲，他知道是太太露易絲。露易絲很清楚，丈夫鎖著門是因為他不想讓人打擾，但她還是敲了門。

「什麼事？」他厲聲問。

「幹什麼呢？」

「忙呢！」

「忙什麼啊？」

「正在忙我不想讓人打擾的事。」

「希望你告訴我，那是什麼事。」

「就想知道我在這兒幹什麼？就想知道這個嗎？」

「店裡乳酪沒有了。」

「那你打電話再叫一點就是了。」

「你什麼時候能出來？」

「出來時，我會告訴你。」以前他認為妻子很有魅力，但現在，這些都不存在了。

「什麼時候？」

「可能永遠也不出來了。」

她終於停止囉唆，他又繼續想約翰太太。突然，他用一把小鑰匙，打開辦公桌唯一的抽屜，此刻他心中想著約翰，約翰是唯一阻礙他得到約翰太太的人。如果沒有約翰，約翰太太就會喜歡自己。他拿起筆，從抽屜裡取出一張信紙，幻想起來。他很善於寫信，很多人奇怪，他為什麼不把這種寫作才能用在寫小說上，這樣可以名利雙收。現在他要寫的是這封信，名利雙收是以後的事了。

親愛的約翰太太：

我一向尊敬您，雖然您只是我的一位顧客。我驚訝地得知，約翰先生不幸去世，非常難過。爲表慰問特向您寫信，望您保重身體。

傑利夫婦致上

他又讀了一遍這封慰問信，心中反而更加沮喪，並不覺得舒服。如果這封信能真的寄出的話就好了！這種可能還是有的，總會有一天，能用上的。他把寫好的信，鎖進抽屜裡。關上店門後，他回家了，想要卻得不到，只能回家向太太發泄。

那天晚上，他在家中的床上還在想約翰太太。睡不著的他只好起床，坐在客廳開始想。如何能夢想成真……

第二天，他在店裡一言不發，陰沈沈的，露易絲不停地說：「你怎麼一句話也不說？竟然不罵我了，到底出什麼事了？」

他沒有回答。

「你在想什麼？」

「露易絲，這跟你有什麼關係？」

「我想知道，你是怎麼回事。」她說。

「回去做通心粉沙拉。」

匆匆地回家吃過晚飯，他起身說：「我今晚到店裡做帳。」

「去吧。」

「我要工作，所以你不要打電話給我，我不想在電話裡談些無聊的事，懂嗎？」

「哎！我真不懂你。」

在他駕車離開家的路上，他想起最後一次與約翰太太見面。她看他的神情，讓他覺得，她眼中蘊藏著脈脈深情。對此，他深信不疑。假如她不擔心失去丈夫財產的話，那她會不會就同意和我……如果除掉他老公，她仍然可以得到那些錢、產業和保險啊！

對！這樣一來，傑利和她就可以自由來往了。他覺得這是一個良好的開端，很可能他們以後就這樣廝守，他要和約翰太太結婚，當然，得先和露易絲離婚。

他駕車到圖書館，查看目錄卡，他在找有關汽車修理方面的書。然後根據目錄，到書架上找他想要的書。找到書後，他開始查閱有關鎚鑰匙、熱金屬線和彎鐵鈎的部分。他把所有的資料抄在一本小記事本上，然後取火車時刻表。他回到食品店後，詳細閱讀他從圖書館抄回來的資料，並仔細閱讀時刻表。

他天黑時從辦公室出來，坐在前面的店裡，他沒有開燈，坐在窗前。

一會兒，街上出現一個身材瘦長的熟悉人影，手裡拿著公文包。傑利認定，約翰是坐八點零六分的火車回來的……

傑利第二天上午把店交給了露易絲，他去了一個小鎮，小鎮在半島過去的地方，他在那兒謹慎地購買一些工具。然後，他開車回家，到家後把車放到車庫，他有一個工作台在車庫裡。他開始做實驗，在機械方面，他一向很有悟性。到中午的時候，他就能不用自己的鑰匙，打開汽車門，並發動引擎。

在車庫的一個舊箱子底部，他放好了各種用具，然後回到店裡。

「你到哪兒去了？」露易絲一見到他就問。

他看看貨架，岔開話題說：「店裡的涼拌生菜絲，要添一些了。」

那個星期的每天晚上，傑利都躲在黑漆漆地店裡，等待著約翰的經過。約翰每天都在同一時間走過傑利的店鋪，傑利遠遠地跟著他。約翰做事很有規律，總是走同一邊街道，同一條路回家，穿過同一個角落的馬路，回到他寬敞的家。他回家的時間，他太太知道；因此他太太總是開門歡迎他。傑利在星期五晚上站在陰暗的角落，他又目睹了一次約翰太太對丈夫回來時熱烈歡迎的場景，他感覺約翰太太是在歡迎自己，好像自己已經取代了約翰。

他終於回到自己家裡，露易絲開始抱怨他為什麼每天晚上都要出門。他不予理睬，一心謀劃星期一的行動。

星期一晚上，傑利從車庫的舊箱子裡拿出他購買的工具。戴了一雙薄皮手套，還有一個小手電筒。他看看時間，還有半小時約翰的火車就進站了。

他駕車離開時告訴露易絲，他要到店裡記帳。

那是一輛藍色轎車。那幾個夜晚，他跟蹤約翰時注意到那輛車，總是停在兩棵大橡樹的樹蔭下。那地方距約翰夫婦住的高級住宅區正好三公里，恰巧在他住的這個住宅區裡。

在距那輛藍色轎車兩條街外的地方，他停好自己的車。他平靜地下了車，帶著要用的工具快步走過去，現在四周無人，這令他很高興。在那輛藍色轎車前的樹蔭裡，他看看附近的屋子，住戶大概都在後面，因為前屋沒有燈。

他打開手電，戴上手套，開始工作。

他在幾分鐘後發動了引擎，在他事先選擇好的地方，高速行駛三公里後停下來，沒有關引擎。他發現這時自己雙手開始發抖，呼吸開始急促。

他藉著手電筒的光看了看手錶，還有五分鐘，約翰就要經過這裡了。他在陰暗裡等著，他覺得時間就像不走了一樣。終於，約翰出現在藍色轎車後面，經過車旁，向前面的十字路口走去。

傑利驅車加速向前，車輪發出「吱吱」的尖叫聲，全速衝向十字路口。離開人行道的約翰，正準備從十字路口走到馬路對面，約翰轉過頭，看見全力衝來的車。他猶豫一下，驚慌地退到了路旁……事情過去了，就像做夢一樣。傑利一口氣開出了三條街，停下車。

他跳下車後繼續向前跑，他要遠離那輛用來肇事的車。

他把用過的工具，放回自己車的車箱裡。露易絲在他走進屋裡後，又抱怨他晚上出門。但他徑直地走進臥室，躺在床上，對妻子毫不理睬。

他在等待電話或門鈴聲，但兩者都沒有響。

第二天早上，雖然昨晚一夜未眠，但他仍精神抖擻。他帶露易絲到店裡，開車經過報攤時，他買了份日報。登在頭條的是約翰意外死亡事件。回到店裡，他鑽進自己的辦公室，沒有看其他新聞，開始仔細閱讀那個頭條新聞。

〔本報訊〕著名律師約翰危在旦夕。本鎮名人約翰，下班回家途中被撞，肇事者逃走。截至發稿，沒有其他消息。在汽車肇事前數分鐘，那輛車的車主報警，說他的汽車被竊……

傑利讀到這裡笑了。他把報紙揉在一起，扔進垃圾箱。現在沒有什麼可擔心的了，大功已經告成，該考慮未來了。

他用鑰匙打開抽屜，想找到那封沒寄出的信。

信，竟然不見了！他坐在那裡，心怦怦亂跳。然後，他勉強站起身，走到外屋，大聲問露易絲：「我的抽屜，你有沒有翻過？」

她臉紅著，眨眨眼道：「我……」

「告訴我！」

「你最近對我很冷淡，而且行動很古怪。我既擔心又嫉妒，我想，說不定會有什麼祕密在你抽屜裡，也許，有你在外頭什麼人的名字，或者什麼東西，或者電話號碼。你知道，家裡五斗櫃裡有第二把鑰匙。所以三天前，我拿出鑰匙打開抽屜，我發現了一封信。我正要讀內容，聽見你正好進來，只好鎖上抽屜，把信放進口袋裡。一直到我們回家吃完飯，你又出門後，我才有時間看信。」

「讀完那封信後，我覺得很內疚。說真的，傑利，約翰先生去世這件事，我真的不知道。我記得約翰太太向我買過幾次東西，她人很好，很有禮貌。你想到給她寫慰問信，想的真是體貼周到。我以為你可能寫完後，忘記寄出去了。所以，我通過電話簿找到了他們家的地址，貼好郵票，把地址寫在信封上，替你寄去了。我怕你生氣所以沒告訴你，還怕你說我翻你的抽屜——」這時電話鈴響了。

傑利大口喘著氣，死盯著他太太，倒退著過去拿起話筒。

「喂？」他很艱難地開了口。

「傑利先生，是你嗎？」熟悉的聲音。

「是的。」他的聲音聽起來像做夢一樣飄忽。

「今天早晨，我收到你兩天前寄出的信，」冰冷的聲音停頓了一下，變成了尖叫，「你怎麼知道，我先生會死的？」

傑利愣在那裡，手握話筒，他知道將要發生什麼事！

他絕望了！露易絲正以懇求的眼神凝視著他，她在他憤怒的目光下，變得模糊了……

異國殺手

一架巨型噴氣客機在希斯羅機場降落。

這是大衛第一次看見英國本土。他凝視著窗外，看到的是越來越濃的晨霧，晨霧使飛機耽誤了一個小時才到達，直到現在，他搭乘的飛機才終於降落了。

他掏出證件，順利地通過海關的檢查。海關看到他的證件上有這樣的解釋：他是商人，將在此地作二十四小時過境停留。海關的人並沒有要他打開唯一的行李箱，即使他們要檢查箱子也沒關係，手槍和消音器藏得很隱蔽，不會被發現。不過，如果在甘迺迪機場是會被查出來的，那裡有X光檢查，但他們也只照隨身的手提行李。

他叫了一輛計程車，為的是盡快趕到旅館。計程車穿過一片霧濛濛的郊外後進入倫敦，他很想停下來，盡情遊覽這座古老的都市，但這次他有特殊任務，只能放棄。第二天下午，他就得飛回紐約，時間很緊張。運氣好的話，人們也許還不知道他曾離開過紐約。

時間還早，現在上午十點不到，大衛住進公園路的一家旅館。他連行李都沒有打開，因為只準備住一晚上，他用幾分鐘時間，迅速組裝好手槍和消音器。回去時的海關檢查，他也不擔心，在回去前，他就會把槍扔掉。

倫敦在六月中旬的時候，氣溫通常在華氏七十度以下，天氣晴朗多雲；市民出門時，不用攜帶雨傘；一對對情侶，攜手漫步在海德公園；脫掉外套後的少女們，露出修長的雙腿。

這樣的情景令大衛心神蕩漾。

他很快地用過早餐。洗完澡後朝紡車俱樂部走去，那兒離他住的旅館有幾條街遠。他只走那些狹窄、僻靜的街道，這好像成了他的習慣。不過，他偶爾會停下來，看一下在機場買的旅行指南。

快到中午的時候，他來到紡車俱樂部。這個俱樂部在地下室，當他經過一個清潔女工的身邊時，她以探詢的目光看著他。賭場裡面有二十張桌子，大廳與賭城的大廳不相上下，裡面可以賭輪盤、骰子和紙牌。桌子現在全都空著，但當他走過綠色台面桌子的中間時，看見大廳後面的桌子上亮著一盞燈，那張桌子是賭紙牌用的。這是私人重地，有個傳統屏風隔開外面的賭客。他推開屏風，看見一個大個子，正獨自坐在那兒數著成堆的英鎊。

「是查爾斯先生嗎？」他用冷靜的聲音問。

大個子抬起頭，手指緊張地摸向桌子底下的按鈕。「你是誰？你怎麼會進來？」

「你好，我是大衛。是你找我來的。」

那人鬆了口氣，從桌子後面站起來，「對不起，我正在算昨晚的帳。我就是查爾斯，先生，見到你很高興，」他微微皺了下眉頭，「我以為會來個年紀大點的。」

「幹這一行的，沒有年紀大的。」大衛說，他在旁邊一張椅子上坐下，「我在這兒只停留一天，今晚必須了結這事，告訴我具體情況吧！」

查爾斯緩慢地拿起一疊疊鈔票，把它們鎖進一個大保險箱。然後，坐到大衛桌子前。

「你去幹掉一個愛爾蘭人。」

「愛爾蘭人？」

「他叫奧本，他在這兒有點投資，其他的情況你不用知道。」

「今晚動手行嗎？」

查爾斯點點頭道：「我可以告訴你他會出現在哪裡，你去那兒找他。」

查爾斯點了一支煙，大衛不抽煙，幹他這一行，煙癮有時候也會影響行動。大衛看著查爾斯問：「那麼遠雇我來，為什麼呢？從本地找一個殺手不也行嗎？」

「你比本地人安全。」查爾斯回答，停了一下又道，「我發現這事極具諷刺意味。一九二〇年，愛爾蘭人為了暗殺英國官員和警察，曾經雇用芝加哥槍手。那時候，那些槍手是乘船來的，價錢是每位從四百到一千不等。你現在幹掉一個愛爾蘭人，可以得五千，你拿的錢比他們多，可能是因為你是乘飛機來的。」

「我不是芝加哥槍手。」大衛平靜地說，英國人的幽默感他並不欣賞，「奧本今晚會在哪兒？」

「今天是星期二，他會去巴特西收款。」

「巴特西？」

「從這渡過一條河，就到了巴特西公園，公園裡有個開心遊樂場。在開心遊樂場，有他各種各樣的賭博機器，都是小孩子玩的，他從公園抽錢。」

「積少成多，利潤應該不會少吧。」

「有的小孩子一玩就是一個小時，這很讓人吃驚。」他想了一下，「對我來說，他們從明天以後就是我的顧客了。」

「我現在還不知道他的長相，怎麼去殺他呢？」

查爾斯嘆了口氣，「這個問題很關鍵，我這兒有張照片，但不是很清楚。」說完他遞過一張模糊的照片。照片中有一個男人，一位穿超短裙的金髮女郎在男人旁邊站著，那男人沒有什麼特別之處，相貌很普通。「你現在從照片上能認出他嗎？」

大衛想了一下。「可能在黑暗中認不出來，不過，在黑暗中下手，我有一套特殊的方法。」說著，他從口袋裡取出一根細長的管子，「今天，你能見到他嗎？」

「我可以想辦法，讓你見到那個愛爾蘭人。」

大衛舉著管子說：「這東西塗在人身上後，白天看不見，晚上的時候塗抹的地方就會發光。可以用這東西塗在他皮膚上。」

「塗在他外套上比較容易，怎麼樣？」

「他要是換外套怎麼辦？」大衛說，他不想去冒險，「最好塗在皮膚上，這東西一次兩次也洗不掉。」

查爾斯嘆了口氣：「好吧，既然你堅持這樣做，我就按你的意思辦。」

「我要先看看巴特西周圍的環境。你怕別人發現你曾去過那兒，你一定不想親自帶我去，但你應該找個助手，帶我去看看環境。」

「可以，」他按了下按鈕，一個彪形大漢立刻出現，查爾斯對他道，「叫珍妮來！」

大漢轉身退了出去。

一位金髮披肩的女子推開屏風，走了進來。大衛認出眼前的這女子，就是剛才相片中的女人。她高高的顴骨，年輕又美麗，一絲嘲弄般的微笑掛在嘴角。

大衛想，她一定經常被人呼來喝去。

「你找我？」她問。

「嗯，大衛，這是珍妮，我公司的人。」大衛懶得站起來，只是對她點點頭。他忍不住在心裡猜測查爾斯和珍妮的關係，雖然他不是被雇來猜測他們關係的。

「很高興見到你。」女孩說，她這話也許是出自內心。

「珍妮會帶你到巴特西公園，她會告訴你，奧本在哪裡停車，在哪裡收錢。」

「你知道他的路線？」大衛問她。

「知道，我和那個愛爾蘭人，曾走過同樣的路線。」

查爾斯拿著那個發著磷光的管子問大衛：「她可不可以把這玩意兒塗在唇上？」

「我想是可以塗在唇上，但她不要吃進嘴裡。塗之前最好先擦點冷霜之類的東西，這樣事後容易清洗掉。」他並沒有問查爾斯是什麼意思。

「我怎麼覺得我像《聖經》中出賣耶穌的猶大。」珍妮道。

查爾斯「哼」了一聲，不屑地說：「聽我的話，那個愛爾蘭人可能是耶穌嘛！你應該比我們還清楚。」說著，從皺巴巴的香煙盒裡，掏出一支煙遞給大衛，大衛謝絕了，「開車送這位先生，送他到開心遊樂場去，不能出錯。帶他四處看看。」

大衛眨眨眼睛，站起身道：「我想不會弄錯的。明天早晨，把錢送到旅館，我中午飛回紐約。」

他們握手告別，查爾斯冷冰冰的手很不友好。

「第一次來英國？」珍妮開著小汽車，拐過街角時問。

「是的。」

「這種事，你經常做嗎？」
「什麼？」
「我的意思是，在美國，這是你的謀生方式嗎？」
他微微一笑，「有時候我還去搶銀行。」
「說真的，幹你們這一行的，我以前還沒見過。」
他認識的第一個女子，和他也說過這樣的話。她是個棕髮女郎，看上去給人一種疲倦的感覺。她住在布魯克林區一棟公寓的五層。「查爾斯和奧本沒有殺過人嗎？」
「和你不一樣，」她穿過亞伯特大橋後，左轉進入巴特西公園，眼前一片廣闊的綠野，「我以為只有在戰爭期間，人們才會殺人。」然後，她迅速吻了一下他的臉。
「戰爭！那是很久以前的事了。」他望著窗外，「到了嗎？」
「到了，」她把車停在一個停車處，「剩下的路我們要步行。」
「去開心遊樂場最近的停車處是這兒嗎？」
「是的。」
「那個愛爾蘭人帶著錢必須經過這兒？」
「對。」
漫步經過噴泉，他們像一對情侶一樣，踏上一條小徑，兩旁種有花草。一直走到一個十字轉門前，遊樂區的入口處就是這裡。

「遊人並不多。」大衛說。

「晚上就多了。今晚你就會看到轉馬、碰碰車，還有那些吃角子老虎等，那些老虎機吞掉遊客袋中的硬幣。這裡和一般的遊樂公園差不多。」

他看到旁邊有一台複雜的賽狗裝置，上面寫著：玩一次要六便士。但如果贏的話，能贏不少錢。

「在美國，不允許我們賭博，怕腐蝕年輕人的身心。但如果這是合法的，奧本為什麼收錢呢？」

「他只是有股份，在英國，這也不是什麼犯法的事。」

「今晚，他能收到多少錢？」

「數目不多，十到二十鎊的樣子。」

「假如他的錢被搶的話，應該屬於搶劫吧？」

「查爾斯就沒有想到這一點，你真聰明。」

「他花錢請我，就是為了解決麻煩的。我要用磷光在他身上做個記號，你能吻他嗎？但不能讓他懷疑。」

「當然可以。」

「只要在天沒黑之前吻他，他就不會注意到磷光。」
「好的。」她帶著他，經過辦公室，告訴他愛爾蘭人會在那裡拿錢。「他有時候還會去騎轉馬，」她說，「騎轉馬的時候，他就像一個大孩子。」
「然後他走這條小路回去，到停車場開他的汽車？」
「是，他一直都是這樣。」
大衛透過茂密的樹枝尋找附近的街燈。找到後，他向四周望望，確定附近沒有人。他從夾克裡掏出消音手槍，對著頭頂上的燈開了一槍，街燈發出玻璃破碎的聲音。
「這是為今晚做準備嗎？」珍妮說。
「是的。這裡晚上將是一片黑暗，奧本經過這兒的時候，我可以看到奧本臉上的磷光，黑暗中發光的東西會成為靶子的。」
「就這樣了？」她問。
「可以了，我不想誤傷你，所以你吻過他之後，趕緊離開這裡。」
「不用擔心。」
他們回到旅館，時間剛剛過中午，他還有很多時間。他還可以去逛街，看看櫥窗，考慮一下晚上的行動。對他來說，這只是一次尋常的行動，只不過地點換成了國外。
大概在晚上十點，奧本離開遊樂場辦公室，走過黑漆漆地小路，到汽車停放處，然後，他發現大衛在那兒等著。臉上的磷光，將證明他就是奧本，大衛的無聲槍一響，他就是另一個世界的人了。然後大衛從他皮夾裡取出鈔票，飛速離開。持槍搶劫在倫敦很少發生，但他知道，既然發生了，警方必須面對這一事實。而大衛，已經搭乘中午的飛機走了。

他還考慮到另一種可能性：奧本也許會隨身攜帶武器，但那用處也不大，他可以埋伏在黑暗處，而奧本卻是個閃光的靶子，這樣就不會搞錯了。珍妮會不會吻錯人呢，這一點，他也不擔心，這是那個女孩的事。至於街燈，可能會有人報告，說燈壞了，但至少要等到明天以後，他們才會來修。

大衛站在六月的陽光下，漫步在特法拉加廣場，看著廣場上的鴿子。在那兒，他站了很久。太陽慢慢躲到了雲層之後，他還站在那裡，流連徘徊。

他一直很謹慎，也很小心，因此那天黃昏，他從紡車俱樂部出發，跟蹤珍妮到開心遊樂場，他在一棵樹下停了車，遠遠地看見，她和一位黑髮男子聊了一會兒。然後，她吻了黑髮男子的臉頰，迅速地回到自己車上。雖然大衛看不太清楚，但他相信，黑髮男子就是奧本。

那男人鎖上自己的車，目送珍妮駕車離去，便向通往開心遊樂場的小路走去。現在大概是晚上八點剛過，但天還沒黑，四周很多人在散步。大衛不敢貿然開槍，他必須按計畫，等到天黑再說。

他跟著那人走，擦過長髮飄飄的少女身旁，越來越多的年輕情侶穿過這裡，有時也碰上一些老年人。街燈現在全亮了，發出多彩耀眼的燈光，映射著年輕人紅紅的面頰。

奧本在辦公室裡停留了很久。在等候的這段時間裡，大衛覺得頂在肋骨上的手槍熱乎乎、沈甸甸的。

終於，奧本出來了，他輕輕地拍拍胸前的口袋，緩緩地從各攤位前走過，好像是在告訴別人，他有錢。他在一個攤子前停下，玩了幾下球，竟然贏到一個椰子。但他沒有取走，又留給攤主了。最後，他走進一座木頭建築物中，裡面黑漆漆地，他玩了一會兒小汽車。大衛也像他一樣，開了一會兒小汽車。大衛看到那人黑黑的臉，臉上還閃著磷光，終於鬆了口氣。珍妮完成了自己的任務。

在黑暗中，他們拐了一個彎，滑行經過一個亮著燈的區域，大衛取出外套下面的手槍。

現在，如果就在這兒，向那個發光點開槍的話，一定能殺了他。

但這就成了有預謀的凶殺了，還是過會兒吧！在黑暗的小路上動手才像搶劫，於是，他把手槍收了起來。

奧本穿過一道室內的拱廊，離開小汽車，經過一排排的吃角子老虎。前面還有一個叫做「風洞」的入口處，奧本走了進去，大衛緊跟著進去。

因為下午大衛來過，所以他記得「風洞」這地方。「風洞」有個出口處直接通向停車場的小路。奧本此舉是要走捷徑回去。洞穴是情侶和兒童喜歡的地方，它是由岩石和混凝土構成的。

大衛看了一下手錶，現在差五分十點。他想在奧本走出這個地方，踏上小路時開槍。現在洞裡還有其他人，所以當他再次掏出手槍時，他把手槍緊貼著腰。雖然這裡還有別人，但等他們抵達出口時，應該只剩下他們兩個人了。現在，奧本肯定意識到有人在跟蹤他，因為他面頰上的磷光，隨著他的頭不斷地來回擺動。當他們走到外面時，不管怎樣，大衛可以躲在黑暗裡，而奧本能躲在哪裡呢？

有一條厚厚的布簾在「風洞」的盡頭，穿過那條布簾，奧本就消失了。他可能正在外面等候大衛，大衛知道現在是時候了。他彎著腰，迅速跑過布簾，臉上感覺到外面空氣的絲絲涼意。

外面的天色竟然還是亮的。

愛爾蘭人搶先向他開了一槍，擊中大衛的胸部，大衛只感到一陣灼燒的疼痛後，就什麼也不知道了。

凌晨三點是紡車俱樂部的關門時間。

奧本三點前走進俱樂部辦公室，查爾斯和珍妮在裡面。奧本一隻手拿著美國人的消音手槍，另一隻手握著自己的手槍。

「這是——」

「想不到吧？你們倆都想不到吧？想不到我還活著！」

珍妮想朝他走去，但他用手槍指著她不讓她過來。

「請美國槍手來殺我，你真笨！你應該自己下手。珍妮吻我的時候在我臉上留下一點光，可是，你們的槍手仍然像在紐約一樣，他不知道緯度在紐約北面十一度的倫敦在六月中旬，晚上十點鐘以後，天還是亮的。」

「你想怎麼樣？」查爾斯啞著嗓子問。

愛爾蘭人好像等這一刻很久了，他微笑著。當查爾斯偷偷把手伸向桌子的按鈕時，奧本立刻開槍了。

哭泣的檢察官

「現在雙方作最後答辯。傳被告華倫。」法警喊道。

「被告上台宣誓。」

「你願不願意鄭重宣誓，你將要說的證詞無半點虛假，全部是事實。」

「願意。」華倫說。

「你的姓名和職業？」

「華倫，開一家電器店。」

「華倫，你可以坐下。你今年多大？」

「四十六。」

「結婚了嗎？」

「結婚已經二十多年了。」

「你住哪兒？」

「剛好在新澤西州邊界上。」

「那地方距此大概五十里，你每天是不是開車來回跑？」

「是的，包括星期六。每星期我來回跑六天。」

「在維克漢鎮，你開店有多長時間了？」

「快四年了。」

「來維克漢鎮開店，你是怎麼想到的？」

「我在父親去世後繼承了一點遺產，就一直想自己做點生意，選了半天，終於選在這兒開了個店，這也是鎮上唯一的電器用品商店。」

「生意如何？」

「還好，但沒我預期得好。鎮上一時還不能接受一位外來者，如今又出了這……」

「現在，華倫，我們想把事情搞清楚。關於你送給瑪麗的那台電視機，檢察官想討論一下。請你確認一下，這個標有『第十六號物證』的電視機，是不是你送給瑪麗的那台？」

「是的，是我送的那台。」

「它是什麼牌子的電視機？」

「先生，什麼牌子都不是，它是由我組裝的。」

「你自己組裝？」

「是的，你知道，我什麼都想試試。所以，我想用新的電路試試……」

「標簽上寫的是麥克牌。」

「那只是一個舊的電視機殼，因為大小剛好，我就擦亮它，組裝到了一起。」

「組裝在一起大約花了你多少錢？」

「不算時間的話，各種零部件花了我兩百元。」

「這麼說，你送給瑪麗的，實際只是價值大約兩百元的零件？」

「先生，如果你要這麼說也可以。不過，她喜歡那台電視，所以我沒考慮到錢，我就給了她。」

「你組裝時她看見了嗎？」

「看見了，她經常到店裡來。當前面店鋪沒有顧客的時候，我就到後面的辦公室，組裝這個東西。」

「她是不是經常進你的辦公室？」

「『經常』是什麼意思？」

「就是進你辦公室的頻率？」

「大概兩三天一次。」

「能否告訴我們，你在什麼時候認識了瑪麗？」

「是她中學畢業那年認識的，她來店裡經常買些唱片什麼的，她和一般的孩子一樣，放學的途中，順便進來買。」

「後來？」

「我不知道該怎麼說，反正隨著我們聊天的次數增多，很快就對對方產生了信任。她心理上似乎很成熟，比一般孩子成熟得多，也比一般的孩子敏感得多。」

「她漂亮嗎？」

「很漂亮。但在學校，她似乎沒有男朋友，她很孤單。我不久之後就發現了，她為什麼喜歡和我聊天。」

「華倫，你願不願告訴本法庭，她為什麼喜歡和你談話？如果你說出來的話，我們也能了解她的性格。」

「我想，在她心目中我就像父親或長輩一樣，因為她從來沒有父愛，但又一直渴望能夠得到。」

「什麼意思？」

「她從小是跟著繼父長大的，從不知道親生父親是誰。她繼父經常酗酒，性格乖戾，此外，他還非常好色，對她一直圖謀不軌。她繼父還有一大堆前妻的孩子，前妻離開了他。瑪麗成天做些粗活，缺少愛，總是沒人照顧。所以她剛剛能獨立時，就離開了家庭。」

「她那時候有多大？」

「可能十三、四歲的樣子。」

「離開家後，她做什麼工作？」

「她先是和她的一個姐姐住了一段時間，然後，她住過不同的地方，大部分是在女朋友家，這兒住一星期，那兒住幾天。」

「她和男人同居的事，她有沒有告訴過你？」

「她一直沒有和我說過。」

「她在外面鬼混，你有沒有聽說？」

「據我所知，她在讀中學之前，從來沒有在外面鬼混過。但她一向很成熟，不過也會輕易相信他人。」

「她信任你嗎？」

「是的，她總是一副小鳥依人的樣子，讓人很同情。先生，她經常找我聊天，我想她是信任我的。但她那時候，也從來沒有提過自己有男友的事。只是說她繼父對她多麼壞，家庭多麼糟糕。她想盡快完成學業，找份工作，脫離家庭的羈絆。可惜，她一直沒能如願。」

「為什麼說她沒能如願呢？」

「首先，她因功課不及格而沒有讀完中學，她和一群女孩，被一起送到島上一個救濟學校，在那兒，她學習祕書和打字工作。但她經常和我聯繫，在電話中告訴我，那地方的女孩非常不好，竟然還吸毒。在那兒，她只待了兩個月就離開了。然後就回到了這裡，租了一間房子，在這裡找了一份工作。也就是在這時候，她遇害了。」

「華倫，說實話，你是不是認為瑪麗愛上你了？」

「我……我……我想是吧。她經常告訴我，一生中只想有人愛她，也許，這是一種特別的愛。」

「但你從來沒有鼓勵過她？」

「不，先生。難道鼓勵她愛我嗎？」

「為什麼不呢？」

「這問題我不知道怎麼回答，也許因為我年紀比她大不少，也許因為我替她難過，我不想對她隱瞞我已經結過婚了，我愛我妻子。博斯先生，不錯，我愛瑪麗，但和一般人想的那種愛不同。那是一種特別的愛，隱藏在我心中，是出於對她保護的愛，和保護女兒一樣，但和愛女兒也略有不同。我不能忍受她再被人傷害，她的童年已經夠苦的了。」

「這些話，你從沒有和她說過？」

「我雖然沒告訴她，但她能看出來我的意思。所以，當她知道自己懷孕時，她就把一切都告訴了我。」

「告訴你她和另一個男人的戀情？」

「她立刻就告訴了我。當她在幾個星期後發現懷孕時，她很緊張，手足無措。也許，她是怕失去我的友誼。」

「你當時有什麼反應？」

「我能有什麼反應呢？我知道，自從她和那個傢伙開始交往，就會有麻煩的。在不久前的一次晚宴上，她認識了他，一下就墜入了愛河。我想，那是她第一次真正的戀愛。雖然我不喜歡但也沒有反對，我不想掃她的興。她很高興，即使那人是有家室的人，她也不在乎，她相信，那人會為了她和他太太離婚。我心想：你現在還不知道，但以後你就知道後果了！但我沒有和她說這話，她倒是經常對我說，她在戀愛中很高興。高興一直持續到她發現懷孕的時候。」

「後來呢？」

「我早就知道，她會有麻煩。在她告訴我時，我心痛欲絕，她說雖然那人是個大人物，可他不是個好東西。特別是，和那人在一起時她什麼都不是。為了不讓人看見他們在一起，他總是帶著她，到離這兒很遠的地方。當他知道她懷孕了，他非常生氣地責怪她，說她粗心。還說，她如果不拿著他給的錢，打掉胎兒，他就不再見她。」

「他給她錢，讓她去打胎？」

「是的，就在她告訴他自己懷孕的同一個晚上，他立刻給了五百元讓她墮胎。」

「她告訴了你這一切？」

「是的，她和我說了。」

「後面又發生了什麼？」

「她比較迷茫，不知道該做什麼，她很傷心，也很生那個人的氣，還想保留跟那個人的友誼。我讓她去看一位神父，但她不肯。她問我腹中的胎兒怎麼辦，幾乎把我當成了她的精神顧問。」

「你和她怎麼說的？」

「我和她說，如果墮胎，處理不好的話，可能以後永遠不能生育。假如這樣的話，到時候你會很痛苦；另一方面，我又和她說，假如她有了孩子，那在她生命中，第一次有真正可以愛的人了。我還說，如果她現在不想要孩子，孩子生出來後就交給別人領養，現在領養孩子的機構很多。她也許覺得自己剝奪了孩子的生命，如果讓別人領養的話，今後也不必為此事感到內疚。我相信她自己撫養還不如交給別人領養，這可能是最好最安全的辦法。」

「她對你的這些話有什麼反應？」

「我想，她走的時候一定很高興。」

「她做出了什麼樣的決定，最後你也不知道？」

「是的，但我可以肯定，她的情人會威脅她墮胎。」

「你恨她的情人？」

「是的，我想是這樣。」

「你以前見過他沒有？」

「從來沒見過。」

「他是誰？他叫什麼？她有沒有告訴過你？」

「沒有，因為她答應過他，不會告訴其他人。」

「你有沒有什麼線索？能不能猜出他是誰？」

「我抗議。法官大人，被告律師用證人影射他人。」

「博斯先生，你問的問題與本案無關。」法官說。

「法官大人，對不起，我認為證人也許可以提供一些線索。」

「開始重新問你的問題吧！」

「華倫，她的情人是誰？瑪麗有沒有暗示過，或在你面前提到什麼線索？」

「沒有。」

「她懷孕後從情人那裡得到墮胎的錢，發生在什麼時候？」

「她遇害前的一個月。」

「華倫，你應該明白，這很重要。現在你要盡可能詳盡地，把瑪麗遇害那天的事，告訴法官大人。」

「先生，那時的時間是下午五點十五分。那時候，她一定是剛下班，她打電話給我。」

「她給你打電話？」

「是的，她說她想看一會兒電視，但電視機調不出畫面，問我店鋪關門後能不能去幫她修一下。我一般六點關門，所以我對她說，我等會兒過去給你檢查一下。我想，也許是電視機焊接的地方出了問題。她非常喜歡那台電視，這我是知道的，因為她在家的時候，電視從早到晚一直開著。她什麼都沒有，以前別人也從沒送給她什麼禮物，所以對我送給她的電視機，她格外珍惜。我在六點一刻關上店門，拿起工具箱就上了車。去她的公寓，大概在二十條街外的地方。」

「她住的地方，你以前去過嗎？」

「我送她回家時順道去過幾次，都是在我關店門後，但並沒有進屋。不過，我在送電視過去的時候進去過一次，就那次也只待了很短的時間。」

「什麼時候送電視機去的？」

「一星期前。」

「進入公寓，那是你唯一一次嗎？」

「是的，先生。嚴格來說，它只是一棟古老樓房裡的一個房間，並不是我們所說的公寓，房間與前面的街相對，通過旁邊的梯子進出房間。」

「你有沒有見過她的房東？」

「沒有。」

「關店門後你開車直接去了她的住所？」

「是的。那時候，天已經黑了。我到那兒後，看見她屋裡的燈還亮著，聽見電視也在響著。我敲了幾次門，都沒有人回應。我動了一下門把手，發現門並沒上鎖。到房間後，因為沙發擋住了我，我開始沒有看到她，我首先聽到電視裡傳來像是兒童節目的聲音，大概是卡通影片，但屏幕上沒有影像。」

「後來呢？」

「我以為她在浴室，或者到房東那兒去了，就喊她的名字，但沒人回答。我又向房子裡面走了幾步，終於發現了她，她一動不動地躺在沙發前，面部透出一股黑色。我試一下她的脈搏，發現她竟然死了。」

「發現她死亡到你報警，過了多長時間？」

「我記不太清了，十分鐘或許十五分鐘的樣子。」

「所以你被懷疑是殺人兇手，被警方逮捕？」

「是這樣，先生。」

「華倫，我問你，瑪麗是不是你殺的？」

「先生，沒有，我發誓！我沒有殺她。」

「華倫，現在我要把你交給檢察官先生，法官大人已經同意，由檢察官來問話，等一會兒，我還有問題問你。」

「好的，先生。」

「你問證人吧，哈克先生。」律師對檢察官說。

檢察官道：「一個慷慨的人、一個仁慈的人，你的律師是這樣說你的。對那個可憐的女孩，你的律師說，你對她有著父親般的感情。你是這樣說的：那個女孩被她的情人殺了，還是一位不知名、讓她懷了孕的情人，那人本來已經給了她錢，讓她去墮胎。在後來的一次狂怒中，那個情人毆打女孩致死。如果這些是真的，是不是可以這麼認為——他不光是殺了那女孩，還殺了他們未出生的孩子。你證詞的主要內容就是這些嗎？」

「法官大人，我抗議。檢察官的用語帶有誹謗性和諷刺性。」

「抗議無效。哈克先生繼續問話。」法官說。

「這位博學的律師先生，如果我得罪了你，那我很抱歉。但我能看得出，他的當事人非常工於心計，是個邪惡的、殘忍的兇手。那個女孩的年齡只有他年齡的一半，他和那個女孩有過關係後，為了擺脫責任，也為了不被家人發現，竟然想出這樣荒誕的故事，說她另有情人，這樣可以使自己開脫，也能引起陪審團的同情，這是在顛倒黑白。我可不相信，陪審團聽了被告這些話後，會忽略所有證人提供的犯罪事實，那些證人都發過誓，他們說，受害人與這位被告之間，有著不同尋常的關係。」

「檢察官，你在作辯論總結嗎？」

「對不起，法官大人。」

「注意問題的範圍，不要長篇大論。」

「華倫先生，你的店員們作證，他們說，瑪麗經常到店裡來，每次門都不敲就直接進你辦公室，而且每次進去都很長時間不出來。他們還說，晚上關門後，好幾次看見你們在一起，她坐在你車裡一起離去，這些你否認嗎？」

「那些我不否認，先生，但我們之間並沒有什麼不正當關係，是他們理解錯了。」

「是嗎？你的意思是說，一個像你這樣成熟、英俊的健康男人，面對那樣一個女孩，會一點都不動心？你難道沒有熱烈地做出反應？沒有受寵若驚？」

「我是有點受寵若驚，但我對她並沒有熱烈的反應……不是你說的那樣。」

「說對了，這也是我要問你的，你與瑪麗有過性行為，你否認嗎？」

「是的，我堅決否認！」

「你和她沒有那種關係，你能證明嗎？」

「法官大人，我抗議。」博斯律師說。

「抗議有效。」法官說。

「你有發生婚外情的機會，否認嗎？」哈克繼續問。

「法官大人，我再次抗議。」博斯律師道。

「抗議無效，我認為這個問題很恰當。」法官說。

「不錯，我好多次開車送她回家，難道都讓我找證人來證明嗎？我從辦公室直接到她家，難道也要找個人作證，說我在她門外面只停留了一兩分鐘，而從沒有進她的公寓嗎？當然，我不否認我有進去的可能性。」

「華倫先生，謝謝你，我們現在談談你送的禮物。你平常送東西給別人嗎？」

「平常是什麼意思？」

「你平常送不送東西給他們——你所有的店員和所有的顧客？」

「當然不。」

「會給一些顧客送禮物嗎？」

「有時送。」

「舉例說明一下。」

「一時想不出什麼例子。但店裡只有一個顧客時，我也會送點像唱片之類的小禮物。」
「不送電視機？」
「不送。」
「但你卻送瑪麗一台彩色電視機，你還送過她什麼別的禮物嗎？」
「聖誕節和她生日時送點禮物。」
「不只是這些吧，你給過她錢嗎？」
錢？我想應該給過，不過次數很少，偶爾的。」
「一次給多少？『偶爾』是什麼意思？」
「在她手頭拮据的時候，這次十塊，那次五塊的給她，讓她渡過眼前的局面。」
「你想讓陪審團相信，你和這女孩之間，沒有其他的什麼而純粹只有友誼嗎？」
「我們之間只是純粹的友誼。」
「你和瑪麗的事，告訴過你太太嗎？」
「法官大人，我抗議。我看不出這個問題和凶殺有什麼關係，被告妻子在這方面已經作過證，檢察官這樣做有著卑鄙不良的企圖，目的是讓陪審團對我的當事人產生偏見。」博斯律師說。
「法官大人，我是想要顯示證人的性格，才問這個問題的，博學的被告律師誤解了我的意思。」哈克說。

「抗議無效。被告請回答。」法官道。

「我沒和我妻子說過這事。」

「但你結過婚，瑪麗是知道的？」

「她知道我已經結婚。」

「作為一個已婚男人，和少女建立這種關係，你不明白是不對的嗎？你編造的故事，還想讓人們相信。什麼她有一個情人，是她只認識四個月的已婚男人？但證明那個人的身分，你卻找不出一點證據來，那個人難道是存在的嗎？法官大人，我認為所謂的第三者，根本不存在。陪審團的女士們和先生們，我認為被告編造這個動人的故事，是想掩蓋自己的罪行，他是——」

「哈克先生！我的法槌已經敲了很久了，你現在才聽到？不用你來替陪審團下結論，他們自己會得出結論。」

「對不起，法官大人。華倫先生，先聲明這只是假設，假如第三者真的存在，你認為，他殺害瑪麗是為什麼？難道是你所說的，他是因為重視名譽嗎？」

「我想一定是這樣，她告訴他，自己不會墮胎，於是，他非常氣憤，便毆打她，毆打中失手殺了她。」

「你的猜測？」

「是的，先生。」

「華倫先生，難道我們會相信你的品德嗎？你已承認和這個女孩的關係了。你承認給她電視機，難道我們會相信你沒有其他動機，只是因為慷慨才給她的？警方到達現場看到只有你在場，難道我們會相信你留下是因為有責任而沒有逃跑嗎？難道我們會相信，以前你去她的公寓只去了一次嗎？然而，看見你多次和她開車到那兒的人很多。難道要我們相信實際上不存在的另一個男人，也沒有人能證明這個人存在。難道我們要相信上面全部的事情嗎？」

「你們要相信，那是事實。」

「還有，那個不存在的情人給她的五百元錢呢？銀行戶頭沒有，她也沒有購買大件的物品，警方也沒有找到；什麼都沒有，她那筆假定的錢，你認為會在哪兒呢？」

「不知道，她也許還給那人了。」

「法官大人，我沒有問題了。」

「博斯律師，你還有沒有要問證人的？」法官問道。

「法官大人，我需要仔細研究這份證詞，我想等到後天再問。」

「檢察官有意見嗎？」

「沒有。」

「很好。第二次開庭時間在星期四上午十點。」

「現在開庭，本案主審法官——傑姆。」

「被告，提醒你一下，你的誓言仍然有效。博斯先生，你開始提問吧。」

「法官大人，在我詢問之前，能否允許我的助手，把一個電插頭插到電視機——第十六號物證上？」

「博斯先生的目的是什麼？」

「我希望確證一下被告曾經說過的話，他說過電視機需要修理。」

「檢察官有無異議？」

「法官大人，我沒有異議。」

「可以，插頭可以接到電視機上！」

「傑克，把那個插頭接上吧！謝謝。華倫，你曾說過，瑪麗打電話要你去修電視，但當你到她的住處時，你看到的第一件事就是電視沒有畫面，只有聲音，對嗎？」

「是的。」

「現在，打開電視！請大家離席。」

「打開電視的開關嗎？」

「是的。好，行了。現在電視已經打開了，現在我們只能看到黑黑的屏幕，根本沒有圖像，連線條也沒有，電視像關著一樣，什麼也看不到。對不對，華倫？」

「是的，先生。」

「但我們還是聽到電視裡面說話的聲音……我甚至聽得出來，這個節目是第七頻道的，對不對？」

「是的，這個台是第七頻道。」

「法官大人，我暫時先請這位證人下來，因為後面我還請了一位證人——維克漢鎮的高爾警官作證。」

「請高爾警官上證人席。」法官說。

「警官，我現在請你仔細回憶一下，當時在現場的情景。你到案發現場時，電視機還在響嗎？」

「沒有，先生。」

「在警察局保管期間，你和其他人有沒有動過這台電視機，或者想拿出去把它修好？」

「先生，我們沒有動過它，只是為了取指紋，我們在上面撒過藥粉。」

「你說過指紋的事，在電視機上，只找到兩種指紋，被告與受害人的指紋？」

「是的。」

「這段時間，你一直保管著這台電視機嗎？」

「是的，先生。」

「警官，謝謝你。請被告回到證人席上。華倫，關於這台電視機我想多問幾個問題。是你親自組裝的電視機？」

「是的，是我組裝的，用我新買的零件和自己原有的老材料組裝起來的。」

「那對這台電視機，你應該很熟悉了？」

「是的，很熟悉。」

「現在，我想請你在這裡把它修理一下。」

「法官大人，我抗議。被告律師純粹是表演。」

「博斯律師，此舉有什麼目的嗎？」

「法官大人，這台電視機也許會決定我當事人有罪或無辜。法庭否定他的每一個機會，我都不高興。」

「很好，開始吧。」

「華倫，請你取下你的工具袋——二十四號物證，你看一下電視能否修理。」

「我可以試試。」

「法官，我請求你注意觀察被告。被告正把整台電視機翻轉過來……他擰開一些螺絲後取出組合盤……檢查下面的電路……你找到問題在哪裡了嗎？」

「好像是一個接頭鬆了，只要焊接一下就行，這和我先前想的一樣……焊好了，現在電視機就會有畫面了。瞧瞧，有了。」

「法官大人，那是第七頻道，色彩鮮艷，看來我說對了。華倫，謝謝你，你關掉電視後回到證人席。現在我問你，華倫，那電視機的機殼，你是從哪兒弄來的？」

「拆下來的，是從一台舊麥克牌電視機上拆的。用那個舊外殼搭配上新零件，舊外殼很好控制，因為它很輕。」

「控制什麼，是調整聲音大小的控制按鈕嗎？」

「是的。」

「華倫，告訴我，有沒有任何指示或標誌在這個外殼上，能說明這台電視機是黑白的或是彩電的？」

「先生，上面沒有任何標誌。」

「告訴我，我在問話期間，你在作證期間，這台電視機是彩色的，有誰提到過？」

「我們都沒提到。」

「華倫，為什麼你和我，一直不說這台電視機是彩色的？」

「因為我們知道，除了我們兩個以外，只有瑪麗的情人知道它是彩色電視機。」

「從一開始，我們是不是就知道瑪麗情人的身分？」

「是的，我們早知道瑪麗的情人是誰，但卻沒有證據。」

「我們怎麼會知道？」

「她的情人是誰？瑪麗告訴過我。」

「你在以前的證詞裡說瑪麗沒告訴你，那麼你撒謊了？」

「我是撒謊了。」

「為什麼撒謊呢？這一點我可以為你補充，被告是在我的授意下撒謊的。我們請求原諒，法官大人。華倫，我們為什麼要一起撒謊呢？」

「因為我們知道，只有我的一面之詞來指控他，是毫無用處的，況且對方在法庭裡還是有權有勢。我們希望……我們想，我們可以從說些什麼、問些什麼入手，從他說過或問過的話裡，套出了事情真相。」

「不過，華倫，現在大部分電視機都是彩色的，他不能猜測那是彩色的嗎？」

「是的，但第一次遇見瑪麗的時間只有他才知道，那是四個月前。我很留意這一點，在回話中沒有提到。」

「法官大人，我沒有問題了。」博斯律師說，「證人現在交給你！哈克先生。」

但身為檢察官的哈克，這時，竟然在法庭上哭了。

黑髮女郎

胡力歐靠在櫃台邊，買了一包香煙。他付了錢，正準備拆開香煙，這時他看到一個美麗的黑髮女郎，正走進雜貨店。

她走路的姿態非常誘人，向胡力歐這邊走來。她的上衣是一件袒胸露背的緊身衣，優美、結實的身材表露無遺，她下身穿著粉紅色的短褲，整個人看上去就像一位參加國際運動會的女運動員。她臉上的表情開朗活潑，皮膚乳白色中略帶點咖啡色，還有一對藍色的眼睛。她牽著一條大狗，那是一條純正的法國獅子狗，狗的毛髮被修剪得整整齊齊，這條狗看起來輕快又活潑，正跟在牠主人身後。

黑髮女郎走到收銀櫃旁的報架旁，拿起一份報紙，折了一下，報紙的兩頭被輕輕弄皺了。她把報紙放到那條大狗嘴邊，高興地說：「貝貝，幫我叼著。」

貝貝使勁地搖著尾巴，高興地把報紙咬在嘴裡，等著主人付了報紙錢後一起離開。

胡力歐把拆了一半的香煙塞進口袋。他彎下腰，開始逗那條狗玩，因為他天生就喜歡狗。「嘿，貝貝，」他微笑著說，「你很漂亮，是吧！」

他伸出一隻手，讓狗嗅著。胡力歐抓著狗嘴上的報紙，假裝要拿走報紙。貝貝搖著頭，雖然牠知道這是逗著玩的，但還是緊緊咬住報紙，牠烏黑的眼睛中發出炯炯的光，虛張聲勢地從咬著報紙的牙縫裡，發出嚇人的叫聲。

胡力歐站起身對著黑髮女郎微笑，她正接過店主找的零錢。

「獅子狗的智力很高，的確是一條好狗。」胡力歐說。

黑髮女郎朝著他點點頭，表示同意他的話。櫃台後面的店主這時說：「貝貝真聰明，對不對，貝貝，你每天都為主人叼報紙回家？」

胡力歐說：「眾所周知，一般的狗在智力上是不如獅子狗的。」

黑髮女郎看出胡力歐很喜歡那條狗，便對他微微一笑，也看出他很喜歡自己。然後，她離開櫃台，牽著狗出去了。貝貝叼著報紙，驕傲地仰著頭跟在她身後。

從剛買的一包香煙裡，胡力歐取出一支，點著吸了幾下後，舉手向店主告別。他出了門，到了外面的人行道。他看見那個黑髮女郎和她的狗，正在向北走去。

時間是午後一點，這天非常熱，不一會兒，流汗讓胡力歐的襯衫都濕了。雖然非常熱，但看著走在太陽下的黑髮女郎，讓他感到清新、涼爽。

他用眼睛的餘光看到了哈利和萊曼，他們正離開馬路對面的櫥窗，向他走來。

他並沒有加快步伐，像沒有看見他們一樣，繼續往前走。他們和他保持著一定的距離，一直行走在對面的人行道上。直到他走向自己住的低級旅館，他們倆才跟上了他。

這是一家簡陋的旅館，只有一個酒吧和一個吧台在休息室裡，樓梯口的後面就是吧台。酒吧這時候沒有人，只有一個肥胖的侍者趴在吧台上，酣然入睡。

剛踏上第一個台階，胡力歐就聽到哈利在叫他，「胡力歐！」

胡力歐停了下來，轉回頭，瞇起眼睛，看著哈利和萊曼。「是哈利？」

「是啊，」哈利說，「你住在這家旅館？」

「暫時住著。你是來找我的？」

「是無意中碰到，不是專門找你。」哈利說，「上星期，你給了安迪住址後就搬家了，怎麼回事？」

「你們應該知道，我是付不起房租。」

「幸好我們今天在那家雜貨店看見你，不然的話，安迪也許會認為，你想溜掉呢！」

「我怎麼會做那樣的事！」胡力歐說，「你們有事嗎？」

「我們談談。」

「上星期，我已經告訴安迪，我現在沒有錢。還談什麼？」

「這話你說過，我知道。」哈利和萊曼現在站在樓梯口，「還是去你房間談吧！」

胡力歐轉身帶著他們，走上狹窄的樓梯。樓上有一條黑糊糊的走廊直通房屋深處，兩旁各有六個房間。胡力歐打開離樓梯口最近的一間房門，哈利和萊曼跟在他後面。進房間後，萊曼隨手關上了門。哈利全身肌肉鼓鼓的，身材十分魁梧。萊曼個子卻很矮小，他有一隻眼睛突出，下巴上留著鬍鬚。

胡力歐坐在凌亂的床上問：「什麼事？」

「安迪這樣認為，你現在也許有錢了。」哈利輕聲道。

「我沒有錢，現在我上哪兒弄錢去？安迪不是答應，給我一個月的期限嗎？不過，他還附加了幾個條件。」他用諷刺的語調說，「安迪說這話的時候，你們不是在場嗎？」

「是啊，」哈利說，「但現在安迪認為不必等一個月，因為你有錢了。」

胡力歐盯著他：「用什麼還？」

「廢話，還能用什麼還？當然是用錢了。」哈利得意地笑著說。

「什麼錢？我不是說過我沒有——」

哈利打斷了他，對萊曼道：「你聽見了，萊曼？『什麼錢？』我們在說什麼，他好像根本不知道似的。」萊曼有一隻眼睛壞了，壞了的眼睛一動不動，另一隻眼睛轉向哈利。

胡力歐看著萊曼的眼睛，他很想笑。但他努力控制著，不讓自己笑出來。

「什麼錢！你們在說什麼？」他問。

「安迪聽說你昨天成功了。」

「成功了？」胡力歐驚訝地說，「什麼成功了？」

「搶劫世紀合作社成功了！」哈利說。

胡力歐沈默半晌，然後道：「安迪為什麼認為是我幹的呢？」

「他怎麼知道是他的本事，反正他現在知道了。」

「你告訴他，他搞錯了。昨天發生搶劫的事，我也是今天看報紙才知道的，怎麼可能是我幹的呢？告訴安迪，我肯定會還他錢，但我不會用搶銀行的辦法來還他。」

「如果你不去搶劫，又從哪兒弄錢呢？」

「也許從別的放高利貸的人那裡借，但我估計一分錢也借不到。我的名字大概已經被安迪列入黑名單，其他放高利貸的人知道後，誰還肯借？」

「不錯，胡力歐，你向安迪借了三千元，一分錢也沒還。」哈利輕蔑地說，「這消息馬上在道上傳開了，所以你現在從別的高利貸人那裡根本借不到錢。」

「那安迪還指望我去哪兒借呢？連高利貸也免談了。」

「我們還是說點有用的吧！安迪說，從世紀公司你弄到了五千元。」

「他瘋了！他怎麼會這麼說呢！」胡力歐叫道。

「也許，你沒說真話。」他做了個手勢給萊曼，萊曼於是從外套下面，掏出一把手槍對準胡力歐的肚子。

「你們想幹什麼？」胡力歐問。

「安迪說，想看看你到底有沒有錢。」哈利回答說，他走過去抓住胡力歐的手臂，拉他站了起來。

胡力歐本來還想反抗，但是，他知道反抗毫無用處。

「朋友，轉過身來。」哈利說。

胡力歐看著萊曼的手槍慢慢轉過身。哈利的雙手，搜索著他的全身。從他口袋裡，哈利搜到一條骯髒的手帕、剛買的香煙、一支圓珠筆、一包火柴，現金只有三十八元八角兩分。

哈利把胡力歐的身體轉過來，對著他道：「錢在哪兒？」

胡力歐指著哈利扔在地板上的鈔票說：「你不看到了嗎，都在這裡。我全部的財產——三十八元。我為什麼要搬到這個垃圾場？你們現在應該明白了吧！」

哈利和卡曼又開始搜索胡力歐的房間。哈利敲敲地板，聽聽有沒有鬆動的地板，也許藏在鬆動的地板下，連床墊都被他撕開了。他推開唯一的房間窗戶，窗台也仔細搜尋了一遍，結果什麼都沒有。

「垃圾桶放在什麼位置？」哈利問。

「在走廊左邊的第二扇門那兒。」胡力歐回答道。

哈利走出去，去找垃圾桶了。

萊曼站在房間中央，拿著槍看住胡力歐。不一會兒，哈利回來了。

「垃圾桶那兒也沒有。」哈利對萊曼說。

「讓我來問問他。」這是萊曼第一次說話。

哈利嘿嘿笑道：「你認為他在撒謊？好啊，你來問吧！」

萊曼點點頭：「我想，他應該是在撒謊。你把他的手放在桌面上。」

哈利把胡力歐拉到桌子邊，抓住了他的左手腕，胡力歐的左手被他使勁地按到桌面上。

「這樣行嗎？」他問萊曼。

萊曼點點頭，突然掉轉手槍頭，用槍托猛地砸在胡力歐的小指頭上。胡力歐痛苦地哀號一聲，他聽到自己手指頭斷裂的聲音，他使勁掙脫著，想把自己的手從哈利手中抽出來。哈利大笑著繼續壓住他的手。萊曼舉起槍道：「這只是對你的一個警告，從現在起，你每撒謊一次，手指就斷一根。我問你，你搶的錢在哪兒？」

胡力歐痛苦地抿緊嘴唇，臉色蒼白地道：「我知道，安迪有許多耳目在本市，但這次他真的弄錯了。我再和你們說一次，我真的沒有去搶劫，更別提那筆搶來的錢了。安迪的債，我現在沒辦法還，就算你們打斷我全部的手指頭，我也還是拿不出錢來。」

萊曼舉起手槍道：「哈利，把他的手按住。」

「等一下，」哈利說，他在思考著胡力歐的話，「夠了，萊曼。要不我們再和安迪聯絡一下，然後再看怎麼處置他。」

萊曼同意了哈利的說法，把槍收了起來。

胡力歐抽出受傷的左手，用右手輕輕地摸著斷裂的小指說：「萊曼，以後別讓我看到你，不然我會扒了你的皮。」

萊曼微微笑道：「哎呀，胡力歐，你這麼說會嚇死我的。」說著，用手擦了擦他那隻壞了的眼睛。

哈利大聲說：「胡力歐，手指的事很對不起。就算這次世紀公司的案子不是你做的，是我們錯怪了你。但這件事是對你的警告吧！為了你自己，我希望你說實話，你知道的，安迪不喜歡人家拖欠借款。」

「我知道，」胡力歐說，「但你們用這種方式催款，實在讓人憤怒。」

兩人離開了。胡力歐走到外面的公共浴室，關上門後在洗臉盆裡接滿冷水，他把受傷的手放進冷水裡浸泡，疼痛在冷水的浸泡下慢慢減輕了。然後，他回到房間躺在被毀壞的床墊上，在床上思考著下一步該怎麼辦。

他在三點鐘的時候下了床，整理了一下領帶和外套，用梳子理了下頭髮，撿起被他們扔在地上的錢，放進外套口袋裡。臨出門時，在五斗櫃的破鏡前照了照。他估計這個樣子上街，應該不會引起人們的特別注意。

他走到樓梯口看到了酒吧，也就是休息室，現在這裡擠滿了人，大約有十來個來自附近工地的建築工人在喝啤酒。哈利和萊曼可能在外面等著他，胡力歐還是決定不冒險了，他不打算從酒吧走。對借債的人，安迪會派人一直盯著。

胡力歐從旅館後門進入後面的窄，走到巷子的盡頭，他打量了一下周圍，發現沒有人跟蹤他。在一家加油站附近，他找到了一個電話亭，掏出一枚硬幣扔進去，開始打電話。

接通後，聽筒裡傳來一個女人的聲音：「喂？」這聲音，正是出自那位帶狗的黑髮女郎。「你是不是有一條黑色獅子狗，那狗還天天為你叼報紙？」

「是的，」她愉快地說，「你是……」

「我叫胡力歐，就是兩個小時前在雜貨店和你談狗的那個人。」

「我一直等你呢，你總算打來了。」

胡力歐先是嚇了一跳，繼而想事情也許會很順利，便謹慎地問：「是錢的事嗎？」

「當然啊，開始的時候我非常驚奇，後來，我想那錢不會是別人的，一定是你的，是不是？」

「是我的。」胡力歐說，「我現在能到你那取錢嗎？見面之後，我會向你解釋這到底是怎麼回事的。」

「你知道玫瑰道225號嗎？」她馬上回答說，「我就住在那兒。」

「那是你家的地址吧，我搭計程車過去。」

「我很好奇，所以我會在家等著你。」

胡力歐用骯髒的手帕揩拭額頭，離開電話亭，他將受傷的手插進外套口袋裡。在加油站附近，他攔了輛計程車，坐上車後直奔黑髮女子的住處。

她打開門，仍然是那套粉紅色打扮，那條黑獅子狗跟在她旁邊。

「胡力歐先生，請進！」

貝貝高興地叫了一聲，使勁地搖尾巴，好像也認出了他。

她領著胡力歐，走到一間樸素而高雅的客廳，因為客廳的空調開著，所以胡力歐感到非常地涼爽舒適。

他在一張輕便椅子上坐下，女主人也坐了下來，但她剛坐下，就立刻站了起來說：「胡力歐先生，喝點冰茶、還是來杯酒？」

「冰茶就行，很抱歉，我到現在還不知道你的名字呢！」

「約瑟芬，」說著，對他微微一笑，「稍等一下，我馬上過來。」她經過一扇門好像進了廚房，過了一會兒，她端出一壺冰茶和兩個杯子，把茶和杯子放在桌上，「你不認識我的話，我的電話號碼你是怎麼知道的？」

「我在雜貨店裡逗貝貝玩時，在牠的頸牌上看到你的電話號碼。」
「啊！那你可真細心。照這樣說的話，狗嘴裡的五千元，我想是你放進去的。」
「你和貝貝似乎是那裡的常客，所以我估計，雜貨店的人認識你是誰。」
貝貝嘴裡叼著一根塑膠火雞骨頭，聽到有人喊牠的名字，便向胡力歐走來，坐在他面前。牠用明亮的眼睛乞求胡力歐，希望他能和牠玩拉扯遊戲。用那隻沒有受傷的手，胡力歐扯了幾下塑膠骨頭。貝貝咬住骨頭，猛地拉了回來，故意從喉嚨深處發出幾聲低吼。
約瑟芬說：「當我看到你那包百元大鈔，從貝貝的報紙裡掉下來的時候，你能想像出我的感覺嗎？」
「當時那是我唯一能想出來的辦法，」胡力歐嚴肅地說，「這個辦法，可以安全地把錢弄出店外，回頭也還可以再取回來。」他認為自己說多了，「約瑟芬小姐，真對不起，我的事把你也捲了進來。」
「不必道歉，我倒是感覺很刺激！」約瑟芬說，「我很高興參與此事。不過，我想知道在雜貨店時，為什麼你要設法將那筆錢脫手呢？」
胡力歐喝了口冰茶，對她道：「跟你說實話吧，在當時，保住這筆錢的唯一辦法就只能那樣做。我欠了一位放高利貸的幾千元，上個星期，因為沒有錢我就告訴他，我實在還不出。因此，他寬限了幾天還款時日。然後，出乎意料的是，我在前幾天晚上贏了五千元。開始的時候，我用僅有的二十元下小賭注。慢慢地，就贏了五千元，那五千元就是今天我放進貝貝銜著的報紙裡的錢。為什麼我要這樣做呢？我在你進店之前向窗外看了一眼，剛好看到兩個人，那兩個人替放高利貸的人收帳，他們專門用暴力討債，事實上就是兩個無惡不作的歹徒。總之，我立刻懷疑，那兩個人可能知道我贏錢的事，一定在門口等我出去，必要時可能還會對我動武。所以，我當時的處境很危險。」

「許多人都說，放高利貸的都是吸血鬼。」約瑟芬瞪大了眼睛，聽他講完後說。然後，她停了一下，不屑地皺皺鼻子，「我在想，既然你贏的錢夠還債，而且還是還高利貸，為什麼不乾脆趁早還清呢？」

「但有個地方更需要我的錢。」

「什麼用處比還高利貸還急。」

「是這麼回事，在哥倫比亞城，我有個姐姐。」胡力歐嚴肅地說，「在一次車禍中，我的父母去世了，我姐姐把我撫養成人。她現在一個人生活很艱難，六個星期前，她又中風了。所以，我借高利貸是幫她支付醫藥費的。這五千元，也準備給她留著的，這年頭的醫療費用太高了！」

「胡力歐先生，我為你姐姐難過，但你沒有工作嗎？總要找個正經的賺錢方法吧？找放高利貸的也不是辦法啊？」

胡力歐狡黠地笑了一下。「我不喜歡正正經經地天天上班，我平時以賭博為生，但這六個月來一直輸，可能是手氣都不好吧。前天晚上，終於贏了這五千。」他一口氣把冰茶喝完，「我下午要搭汽車到哥倫比亞城，現在，我能不能取回我的錢？」

「幾點的車？」

「五點。」

「時間還早呢，你還有些事沒告訴我。」

「還有什麼事？」

「比如，那兩個收帳的打手有沒有打你？」

胡力歐從口袋裡伸出左手給她看，她一看之下，驚叫起來。左手小指頭皮肉烏青，腫脹得非常大。

「天哪！」約瑟芬喘著氣說，「他們打了你，指頭打斷了沒？」

他對著她默然地點點頭。

「你怎麼不去醫院？」她說。

「你給我錢，我馬上去看醫生。」

她又倒了一杯冰茶。

「你那五千是在這。」她考慮了一下說，「但你難道不怕我獨吞嗎？」

「我能看得出，你是個誠實的女人，我甚至覺得貝貝看起來也很誠實。」他咧嘴對貝貝笑了一下。

「謝謝，我也替貝貝謝謝你。說實話，開始我還真想佔為己有。我還從來沒見過那麼多的錢！就算私吞了你的錢，你也不能把我怎麼樣。後來，我又考慮了一下，我想這筆錢一定是你的，因為在雜貨店門口，只有你和狗玩過，你也喜歡獅子狗。最後，我還是決定把錢還給你，可到哪兒找你呢，我又不知道你住哪兒。所以，我打電話告訴了我哥哥，他在辦公室裡接到了電話，我把整個事情的經過都告訴了他。他說，我應該留下錢一直等你的消息。他相信，你會來找我的。」

「我不是來找你了嗎？你哥哥說得對。」胡力歐有些不耐煩了，「約瑟芬小姐，請問我的錢現在在哪兒？我能取走它嗎？」

「在那兒，中間的抽屜裡。」她隨便指了一下空調下面的桌子說，胡力歐知道，她說的是實話，「你的錢在原來的信封裡一直未動。胡力歐先生，但我希望你等到我哥哥回來時再把錢取走，我已經打電話告訴哥哥了。他聽說你要來取錢，就和我說，希望你能等著他，他已經在路上了，馬上就到，他來是想問你幾個問題。」

「什麼問題？」

「身分之類的。我哥哥說，關係到錢總應該注意點。」

胡力歐想從這個女人手中取回錢，然後迅速離開，但他又不能露出焦急的樣子。「那我就等他一會兒吧！你哥哥是不是律師？他要查我的身分，細心到可以當律師了。」

「他不是律師，是警察，專門負責偷搶之類的警官。」

胡力歐痛苦地驚叫了一聲，好像他的一根指頭又被人敲斷了一樣。

約瑟芬眼睛中流露出好奇的神情，仔細打量著他。「我看到那些鈔票是連號的，就給我哥哥打了個電話，他說你的這些錢是世紀公司搶來的！」

胡力歐慌亂中驚得跳了起來，不小心碰到了受傷的手指，他痛得尖叫了一聲。他想盡快逃離此地，便向大門衝去。這時，約瑟芬大叫一聲，「貝貝，看住他！」

胡力歐呆住了。貝貝跳到胡力歐面前，兩隻眼睛露出凶光，緊盯著他的臉。

胡力歐手足無措，一時不知該怎麼辦。這時前面門廊響起匆忙的腳步聲，胡力歐將疼痛的手插進口袋，索性默默地坐回椅子上。

兩位警察帶走胡力歐時，胡力歐回頭看著約瑟芬，從她的臉上看到了同情和懷疑。

「胡力歐先生，在哥倫比亞城，你真有一位生病的姐姐嗎？」她問，聲音裡少了平時該有的愉快。

胡力歐把頭轉回去，並沒有回答。

奇蹟配方

奧斯卡・布朗殺死了自己的妻子！

就在他六十五歲生日那天，他把她從樓梯上推了下去。

一切都源於那本發黃的舊書，如果不是那本舊書，他也許不會那樣做，他在前一天清理閣樓時，發現了那本書。

那本書叫《神奇配方》，名字聽起來很奇怪。奧斯卡無意地翻著發黃的書頁，突然，一個標題進入了他的眼簾：「你的生活會因為這個配方而發生奇蹟般的變化。」在這個古怪的標題下面就是一個配方，奧斯卡看到這個配方，不禁有些驚訝。因為在任何一個食品室都能找到配方的配料。還有一條重要說明在配方的下面：「喝這個配方前，你必須擺脫讓你討厭的人或物。然後，你把所有的配料混合起來，拌勻後喝下去。接著奇蹟就會發生，生活中你將得到應有的一切。」

這條說明是在開玩笑吧！奧斯卡想：假如你擺脫了讓自己厭煩的人或物，還要這個配方幹什麼呢？但奧斯卡又想起來，他現在住的這棟房子，以前的房主據說被吊死了，好像是因為一個老太婆搞巫術。奧斯卡不斷重複著那句話：「奇蹟就會發生……」他也許不久後就會忘了這件事，但不幸的是，他第二天信步走進了公園。

生日那天他信步來到了公園。他已經很老了，今年都六十五歲了；坐在公園裡，悲哀地看著一對對的戀人們，年輕的小夥子摟著姑娘的細腰在陽光下散步；他還不時地聽到，姑娘在接吻前誘人的笑聲。

他看著這些公園裡的年輕姑娘，不禁想到自己的妻子，兩者之間的對比讓他再也無法容忍自己的妻子。他的妻子娜丁總是穿著高領羽綢衣服。甚至晚上在他們的臥室裡，她也穿得整整齊齊。睡前，她總是先披上一件法蘭絨長睡衣，在這件衣服的遮蓋下才會脫衣服。每天天亮前半小時，她總是準時醒來，並叫醒奧斯卡。然後，她便開始了長達一天的嘮叨，她會指責人間的一切不平事，直到晚上九點睡覺，她才會停止嘮叨。她把屋裡打掃得乾乾淨淨，關鍵是讓他也要打掃。她還有一個特別的習慣，那就是經常清潔鑰匙孔，奧斯卡覺得很沮喪，因為他覺得這一行為很有象徵意義。

坐在公園的奧斯卡看著那些年輕的戀人，他想到自己的青春已經一去不復返了，不禁潸然淚下。他沒有得到那些姑娘，但他原本應該得到的；年輕姑娘動情地擁抱，他也是從來沒有得到過；年輕姑娘熱烈地呻吟，他更是從來沒有聽到過。這全是因為，在他二十五歲時，他為了金錢和娜丁結了婚。

他心中的熊熊慾火還在燃燒著，他氣憤地從公園走回家。於是，他從樓梯上把自己的妻子推了下去。後來，警察說他的妻子死於意外。

他按照那本舊書上的配方調製好藥水，一口喝下了那些藥水，感覺有點鹹。

藥水喝下後，根本沒有奇蹟發生，不過，自己一下子多了很多錢是真的。

為了錢他才和娜丁結婚的，但婚後他發現，那筆錢娜丁看得很緊。娜丁除了日常的開銷外，很少用錢，她很節儉。她把他辛勤工作了四十年掙的錢，全都拿去存了起來。現在，那筆錢終於落到他的手中。他發現自己一下子竟然得到一百多萬元。似乎這些錢是奧斯卡用一生的痛苦換來的。

奇蹟就在這時開始了。

他的食慾，開始越來越好；他的頭髮，開始慢慢從灰白變成棕色；他的四肢，開始慢慢靈活起來；在眼科醫生的勸說下，他戴的眼鏡也摘掉了；他發現，自己越來越年輕了。

他有點迫不及待了，他的期望越來越高；但他耐心等待著，極力控制著自己；他的牙齦上長出了第三顆牙齒。

他終於知道，奇蹟發生了——他在變年輕！

當然，人變年輕了也給他造成一個難題，那就是周圍的人會怎麼看他！解決這個問題，他還是有辦法的。他在人們注意到他發生變化之前悄悄地離開了家鄉，來到一個旅館，距家鄉足有五百英里，他在那裡制訂了一個計畫，那個計畫制訂後，他就堅定不移地執行起來。

他和娜丁，一起過了四十年死板的生活。現在，他決定重新過這四十年，不過，這要等到他年輕到二十五歲的時候。他回到二十五歲的時候，要跟一個傻頭傻腦的漂亮金髮女郎好好地玩玩兒，不管這個女郎是真對他好，還是喜歡他的錢。

他只有一個辦法獨佔金髮女郎，那就是跟她結婚；他覺得，如果你跟一個情婦結婚，那也沒有什麼不好，只要不是妻子這樣的類型就可以了。

他現在唯一要做的，就是避免他每六個月年輕一歲的事被大家知道，如果大家知道了，將會對他很感興趣。政府可能把他關起來，關進一棟周圍拉著鐵絲網的房子裡。這樣的話，除非金髮女郎買一張票才能看到他，（那時的他估計會被當成科學研究對象，只能買票才能看到他）要不，他以後就不會再見到金髮女郎了。還有一個問題，假如一個金髮女郎知道在他們銀婚紀念的時候，他已經變成一個小孩子，小得甚至需要她給他換尿布，那她不管有多傻，都不會跟他結婚的。所以，每六個月奧斯卡就會搬一次家。同樣地，他的財產也和他的人一樣，從一個銀行換到另一個銀行。

在他住過的那些不同的房間裡，他慢慢地從六十五歲退回到六十歲、五十五歲……他樂不可支地坐在那裡，有時會喃喃自語地念叨：「假如我又回到二十五歲，我該做什麼？」

快退回到三十歲時，他發現自己很難控制和姑娘們調情；當他由三十歲退回到二十多歲時，一個聲音在他耳邊不停地響起：提前幾年開始享受吧，這有什麼關係呢！但奧斯卡．布朗不想破壞自己的原定計畫，雖然他知道，堅定不移地按既定方針行事是很難做到的。

現在，他像個僧侶一樣過著禁慾的生活，這是為了以後更好地享受。

終於，他的年齡退回到二十六歲半。他去了紐約的公園大道，在那裡以最快的速度租了一套公寓，剛放下行李就衝向黃昏的曼哈頓。今晚，他不用禁慾了。

現在大多數像二十六歲這樣年紀的年輕人，他們渴望性快樂，他們以為只要愛對方就夠了，這只能說明他們還不了解人性。但奧斯卡清楚地知道，不花錢的情人是不會長久的，因為他對人性研究了八十五年。

所以，奧斯卡在那兒六個月裡一直在花錢。他把錢花在精美的食品和昂貴的酒水上，花在夜總會和酒店裡，花在為那些棕髮女郎買昂貴的衣服上。他二十五歲生日馬上就要到了，所以他找了個棕髮女郎只是為了練習一下。

在遠足者夜總會，他終於找到一個令他心儀的金髮女郎，她叫格羅麗亞，是這家夜總會的脫衣女郎。她看到他的錢包後立刻愛上了他。

她家比較窮。父親是個酒鬼，她母親雖然有許多情人，但也只是為別人洗洗衣服。此外，她還有不少兄弟姐妹。她家鄉小鎮裡的體面人，都瞧不起她。

「我有一個夢想，我要過好日子。」她說。所以她來到了紐約。

「我想過更好的生活！」到了紐約一段時間後，她又說。

奧斯卡注意到她的確找到了她想要的生活，她和一些有錢的男人一起吃喝玩樂，參加瘋狂的舞會，醉生夢死。

格羅麗亞很會討男人歡心，所以在奧斯卡二十五歲生日那一天，他們兩個結婚了。

他在婚後的第二天早晨大吃一驚。

格羅麗亞金色的頭髮，已經被她恢復成原來的棕色。「現在，我也是個體面的人！」她興奮地叫道。從她的嫁妝箱裡，她拿出許多難看、劣質的衣服；她規定：不許在家裡喝烈酒，晚上九點睡覺；她檢查了他的帳簿並宣布，從現在起錢由她來管。

她還對他說：「我知道你很有錢，但你不能浪費你的生命；所以，你應該找個好工作，努力幹下去。」

他向她提出離婚。她說你最好別想這事，離婚是不體面的。再說，你有離婚的理由嗎？現在，她已經不是以前那種女孩了。

從奧斯卡跟她結婚那天起，他像常人一樣又開始變老了。

那個配方和它承諾的一樣給了他應得的東西。

他跟格羅麗亞，又過了一次和以前一樣的四十年。

第三個電話

史蒂文森中學的校長是莫里森，他在下午一點二十分接到我打給他的電話。

我用手帕捂住話筒說：「有一個炸彈在你的學校裡，十五分鐘之內就會爆炸。這絕不是在開玩笑！」

莫里森沈默了幾秒鐘，然後生氣地問：「你是誰？」

「別管我是誰。我絕不是在開玩笑。十五分鐘之內，一個炸彈將會爆炸。」然後，我立刻掛斷了電話。

我從加油站裡的電話亭橫穿過馬路，回到警察局後乘電梯到了三樓。

我走進值班室，看到我的搭檔彼得・托格森，他正在打電話。

我進來後，他抬起頭道：「吉姆，莫里森校長又把全校的人都疏散出來了，他又接到一個那樣的電話。」

「聯繫爆破小組了嗎？」

「正在聯繫。」他撥通了爆破小組的電話，然後把事情的經過告訴了他們。

我們來到史蒂文森中學，這裡共有一千八百名學生，現在全都撤出來了。學校已經接到了兩次這樣的電話。前兩次我們過來處理的時候，告訴過學校老師，如果遇到這種情況，應該先疏散學生，把他們疏散到安全的地方。

莫里森校長戴著一副無邊眼鏡，他頭髮灰白，身材高大。他正和一群老師聚集在拐角，看到我們來了，他迎上來對我們說：「電話恰好是一點二十分打來的。」

這時，爆破組和另兩個小組也緊跟著趕到了。

我的目光透過鐵絲圍欄，看到兒子大衛和五、六個同學在一起，他們正趴在鐵絲圍欄的後面。彼得也正望著那群孩子，他對莫里森道：「你認識那個孩子嗎？」

莫里森看起來很疲憊，他勉強地笑了笑：「這些孩子，我認識的不多。做校長的遠沒有老師認識的學生多。」

彼得點著一支雪茄。「吉姆，你應該高興起來啊。看來這件事馬上就要解決了。」

我站起身說，「任何一個孩子發生意外，都不是我們願意看到的。」

我們開著車去一棟兩層樓的房子，那棟房子和街區其他房子一樣，那是貝恩斯家。

貝恩斯先生眼睛藍藍的，他個子很高。他為我們開了門，一看到是我們，他臉上的笑容立刻不見了。「你們怎麼又來了？」

「萊斯特今天病了嗎？我沒看到他上學。」彼得說，「我們想跟你兒子談談。」
貝恩斯的眼睛閃了一下，道：「為什麼要找我兒子呢？」
「原因和我們上次來是一樣的。」彼得微笑道。
雖然貝恩斯很勉強，但還是讓我們進去了。「萊斯特很快就會回來，他去藥店了。」
「他沒有生病嗎？」彼得坐到長沙發上道。
貝恩斯看著我們。「我沒有讓他去上學是因為他感冒了，不過，他剛才去藥店買可樂了，看起來他的感冒並不嚴重。」
彼得的態度很和氣。「你兒子今天上午十點半時在哪兒？」
「他沒有打過電話，他一直都在這兒。」
「你怎麼知道他一直都在這兒？」
「我今天休息，我和他一天都在一起。」
「那你妻子呢？」
「她十點半時就在這兒。隨後，她出去買東西了。她也可以證明萊斯特在十點半時沒有打過任何電話。」
「希望是這樣。萊斯特一點二十的時候在哪兒？」
「就在這兒，我和妻子都可以作證。」他皺了皺眉頭，「今天有兩個電話？」

彼得點點頭。

貝恩斯坐在椅子上，我們坐在客廳等著。貝恩斯有些不安，身體不自覺地扭來扭去。然後，他站起身說：「我要去看看樓上的窗戶，不知道關了沒有，馬上就回來。」

貝恩斯離開客廳後，彼得扭頭對我說：「吉姆，怎麼你光讓我一個人問，你一個問題也不問？」

「這種事你一個人問就可以了。」

他點著一支雪茄，「看來這事馬上就能解決了。」旁邊桌子上有一部電話，他拿起來聽著。聽了一會兒，他用手捂著話筒對我說：「貝恩斯在用樓上的分機到處打電話，他根本不知道他兒子現在在哪兒。」

又聽了一會兒，彼得微微一笑。「她妻子在超市。他在跟他妻子說話，他告訴她我們來了。還要她見了我們後，就說萊斯特整天都在家，一個電話都沒有打過。」

我透過窗戶看到外面有一個金髮少年，他正向這裡走來。

彼得放下電話，他也看到了那個孩子。「那是萊斯特。我們抓緊時間盤問他，爭取在他父親下樓之前把問題問完。」

萊斯特・貝恩斯腋下夾著一條捲起的浴巾，渾身上下被曬得紅撲撲的。他走進屋子後看到我們，臉上的笑容也立刻不見了。

「萊斯特，我們知道你今天不在學校。」彼得說，「今天你去哪兒了？」

萊斯特咽了口唾沫。「今天我就在家裡，沒去上學，因為我覺得身體不舒服。」

彼得指指他腋下的浴巾。「浴巾裡是不是捲著剛用過的游泳褲？」

萊斯特臉色變紅了。「也許我只是有點過敏，而不是感冒，大概在上午九點左右，我的身體很快就好了。」他深吸了一口氣，「於是，我決定去曬曬太陽、游游泳。」

「你游一整天不餓嗎？」

「我隨身帶了幾個漢堡。」

「有人和你一起去嗎？」

「就我一個人去。」他不安地晃動著身體，「又有人打那種電話了，是不是？」

彼得笑笑，「那你下午為什麼不去上學呢？剛才你說你上午的時候身體就好了！」

萊斯特雙手扯著浴巾。「我本來想去學校的，但我看了一下時間，竟然一點鐘了，就算去也來不及了。」他輕聲補充了一句，「所以我決定在水裡多玩一會兒。」

「這麼說你本來只打算游一個上午，下午去上學是嗎？如果你只玩一個上午的話，還需要帶漢堡嗎？」

萊斯特的臉越來越紅，他最後決定實話實說。「其實我今天就是不想去學校，我並沒有感冒，媽媽和爸爸還不知道我是在騙他們。不想去學校主要是因為今天一整天都是考試，早晨考公民課，下午考歷史課。我知道，我肯定考不好。所以，為了能通過明天的補考，今天晚上我打算好好復習一下。」

我們聽到腳步聲，有人下樓了，我們就等著。

貝恩斯從樓上下來，看到我們和他兒子站在一起就停了下來，對兒子道：「萊斯特，別跟他們說什麼，讓我來說。」

「晚了，」彼得說，「你兒子已經承認，他今天不在家。」

萊斯特驚慌地說道：「那些電話，不是我打的。真的不是我打的！」

貝恩斯走到他兒子身邊說：「萊斯特到底做了什麼，為什麼你們老盯著他不放？」

「我們來並不是找他麻煩，」彼得說，「不過，我們有充分的證據表明，那些電話和一個學生有關，可能就是學生打的。但那些電話打來時學校正在上課，換句話說，只有缺席的學生才可能打電話。」

貝恩斯忍不住道：「難道萊斯特是今天唯一缺席的學生嗎？」

彼得說萊斯特就是今天唯一缺席的學生，然後繼續說：「十八天前，是第一個電話打來的時間。事後，我們發現那天有九十六個學生缺席，當然，我們是通過檢查史蒂文森中學的考勤記錄才知道的。缺席的九十六人中有六十二個是男生，包括你的兒子在內，我們跟他們全部談了話。那次你兒子一個人感冒在家，你妻子去參加一個朋友的生日聚會，你在上班。

但你兒子堅決否認，他曾打過電話，當時因為我們沒有足夠的證據，只能相信他的話。」

萊斯特懇求他父親：「爸爸，電話我真的沒有打過，我怎麼會做這樣的事呢？」

貝恩斯看了兒子一下。然後，轉過頭木然地看著我們。

彼得繼續道：「今天上午十點半，是第二個電話打來的時間。檢查了考勤記錄後我們發現，兩次打電話的時間缺席都只有三個男孩。」

貝恩斯心裡不禁微微一動。「那兩個男孩你們查過了嗎？」

「就在我們要去調查那兩個男孩時，又有一個電話在今天下午打來，所以我們就還沒去查。這下子通過了缺席記錄我們知道，三個嫌疑人中有一個是不可能打電話來的，因為他下午回學校上學了。」

「還一個呢？」

「他在醫院。」

貝恩斯馬上反駁他：「難道在醫院就不能打電話嗎？」

彼得微微一笑，「那孩子得了猩紅熱，是上個週末和他父母一起到州外遊玩時染上的。那家醫院離這裡五百英里遠，而且，那裡的電話全是當地的電話。」

貝恩斯聽完這些後，看著他的兒子。

萊斯特臉色蒼白地說：「爸爸，你是知道我的，我從來不對你撒謊啊！」

「當然，兒子，你沒有撒謊。」話雖這麼說，但他的臉上，還是露出了懷疑的神色。前門這時開了，一個女人走進來。她滿頭棕色頭髮，臉色蒼白。可能是路上走得太快了，她現在還在喘氣。她停了一下，態度堅決地說：「我剛出去買了點東西，只有一會兒工夫，其他時間我一直都在家裡，萊斯特的行蹤我一清二楚。」

「沒用了，媽媽。」萊斯特可憐巴巴地說，「他們全知道我今天逃學了。」

彼得伸手拿起他的帽子。「晚上的時候，我希望你們和兒子交流一下。我相信，由你們出面做工作比我們好。」他遞給他們一張名片，「你們三個在明天早晨十點的時候，最好都到警察局來。」

彼得開車轉過拐角，來到外面街上後，對我說：「但願他們不要再為他們的兒子圓謊，不然的話，我們就不好辦了。」

「有沒有這樣一種可能，是不是學校外面的人幹的？」

「可能性很小，這事基本上是學生幹的。」彼得嘆了口氣，「炸彈恐嚇電話的影響已經夠惡劣的了，如果真是那個男孩所為，那對他的整個家庭的影響更壞。」

警察局五點下班，我五點半回到家。

妻子諾娜正在廚房裡做飯，看到我後說：「今天上午，史蒂文森中學又接到一個恐嚇電話，我是中午的時候從新聞上看到的。」

我親吻她。「今天下午又接到一個，一共三次了。下午的那個恐嚇電話因為發生的時間太晚了，因為來不及，報紙就沒登。」

她揭開鍋蓋。「你們有什麼線索了嗎？」

我猶豫了一下說：「發現了一個嫌疑人。」

「是誰？」

「一個名叫萊斯特．貝恩斯的學生。」

她有點可惜地說：「還是一個學生啊！那他幹嗎要這樣做呢？」

「不過，他到現在為止一直不承認電話是他打的。」

她仔細打量著我。「吉姆，你臉色看起來不是很好，是不是碰到這種事感覺很糟糕？」

「是啊，非常糟糕。」

她微微一笑，關切地說：「你去叫一下大衛，晚飯馬上就好了。他應該在車庫裡，正在修他的車。」

我到車庫裡的時候，看到大衛正把化油器放在工作枱子上，大衛和他母親一樣，眼睛都是灰色的。

他對我道：「爸爸，你還好嗎？你看上去很疲倦的樣子。」

「只是有點累。」

「打電話的人找到了嗎？」

「發現了一個，但還不是很確定。」

他皺起眉頭問：「誰打的？」

「一個小男孩，他叫萊斯特・貝恩斯。你知道他嗎？」

大衛看著擺在面前的零件。「知道。」

「那你知道他人怎麼樣嗎？」

大衛聳聳肩。「我跟他接觸不深，不過，他看起來人還不錯。」他眉頭仍然皺著，「那些電話，他承認是他打的？」

「沒有。」

大衛拿起一個螺絲刀。「那你們怎麼懷疑到他的？」

我和大衛說了我們是怎麼做的。

大衛看起來不會擰螺絲的樣子。「他是不是會有大麻煩了？」

「以現在這種情況來看是有麻煩。」

「他應該受到什麼處罰呢？」

「現在還不好說。沒有前科，也許他會被從輕發落。」

大衛想了想說：「他這麼做，也許只是為了開個玩笑，他只不過想讓學校停一會兒課。

但沒有人因此受到傷害，您認為是不是這樣呢？」

「如果人們驚慌失措的話，那可就不是開玩笑了。很多人會受到傷害。」

大衛固執地道：「不會出什麼事的，因為我們演習過怎麼疏散。」

我敢打電話，也是因為知道這一點。

大衛放下他的螺絲刀。「是萊斯特打的，你是這樣認為嗎？」

「也許吧。」

第三個電話是我打的，但前兩個電話卻不是我打的，也許是萊斯特・貝恩斯打的。

大衛沈默了一會兒。「當學校接到第一個電話後，爸爸，所有缺席的學生，你都和他們談過嗎？」

「我沒有談過，不過，我們局裡的人和孩子們談過。」

大衛咧嘴一笑。「爸爸，怎麼沒有人找我談話，那天我也缺席。」

「兒子，有找你談話的必要嗎？」別人的孩子我不敢說，但我的孩子不會做那種事。現在，我知道我兒子有話要對我說，所以，我等著兒子往下說。

大衛吃力地道：「今天早晨，其實我也缺席。」

「我知道。」

他看著我的眼睛。「通過篩選之後，最後你們鎖定幾個嫌疑人？」

「三個，」我說，「但其中一個在另一個州的醫院裡，所以不可能打電話。」我打量著大衛，「還有兩個嫌疑人——萊斯特．貝恩斯和你。」

大衛勉強一笑。「我很幸運，因為第三個電話是今天下午打來的，而那時我就在學校，這樣的話我也被排除了，可憐的萊斯特就成了唯一的嫌疑人了。」

「是啊！萊斯特挺可憐的。」

大衛舔舔嘴唇。「萊斯特的父親是不是站在他那一邊？」

「是的，父親總是站到兒子那一邊。」

大衛一言不發地擺弄著化油器，頭上好像在冒著汗。不一會兒，他嘆了口氣，抬頭對我說：「爸爸，萊斯特沒有打那些電話，那些電話是我打的。我想，你還是把我帶到警察局吧。」他深深地吸了一口氣之後，接著說道，「我那麼做沒有任何惡意，只是想鬧著玩，開開玩笑罷了！」

這個結果不是我想聽到的，但現在，我為我的兒子感到驕傲，他不願別人代他受過。

「但是，今天下午那個電話不是我打的。爸爸，我只打了前兩個電話。」

「我知道下午的電話不是你打的，因為那是我打的。」

他驚奇地瞪大了眼睛。過了一會兒，他忽然明白了什麼。「你想掩護我？」

我疲倦地笑笑。「這件事牽扯我的兒子，也許我不應該這樣做，但一個父親有時候也會糊塗。如果真的是萊斯特而不是你，那該多好。」

大衛沈默了一會兒，不停地用破布擦擦手。「爸爸，我覺得，應該告訴他們那幾個電話都是我打的。把我們倆都捲進去，沒有一點必要。」

我搖搖頭。「我做的一切，我會告訴他們。」

看著大衛的表情，我覺得他為有我這樣一位爸爸感到驕傲。

「走吧！我們先去吃晚飯。晚飯後我們再打電話給萊斯特的父親。飯後打給他們雖然晚了一小會兒，但沒有什麼關係。」

大衛咧嘴一笑，「但這對他們父子關係重大啊！」

我只好一回到屋裡，就馬上拿起了電話。

出軌

約翰．瓊斯知道他必須殺掉自己的妻子瑪麗，這麼做他也很無奈，但他必須為她考慮，這是他唯一能做的事。

沒有正當的理由離婚是不可能的。瑪麗對他一直很忠貞，而且還善良、美麗、開朗。結婚這麼多年以來，她從不像其他女人那樣，整天對著老公嘮嘮叨叨。她打得一手好橋牌，做得一手好菜，鎮上的人幾乎沒有說她不好的。

他覺得非常遺憾，不得不殺掉她。他要離開她，但他怎麼也說不出口，對她來說，這是一種侮辱。再說，他們結婚已經二十年了，在兩個月前的結婚紀念日上，他們都說自己的婚姻是世界上最幸福的。那次，他們當著十幾位羨慕他們的朋友的面舉杯保證說，他們會一輩子相愛。他們說，他們會海枯石爛，至死不渝。

他們一起經歷過許多，如果就這麼把瑪麗殺了，那他也太卑鄙了。

假如瑪麗沒有了他，她的生活毫無意義。她也許可以繼續開她的商店，那個商店自從開張以來生意一直非常好。但她並不是一個以事業為主的女性，純粹是為了消遣她才開了那個店。當時的情況是，隔壁的鄰居要賣房子，於是他們就買了下來。他們只是在兩棟房子中間的牆上裝了一扇門，也沒怎麼裝修。瑪麗說，她開家具店只是為了丈夫不在時消磨時間。雖然她很有商業頭腦，但開這個店對她來說並沒有什麼特別的意義。約翰覺得店裡亂七八糟，他很少進店。他一進那裡就覺得很不安，那裡面的所有東西好像隨時會掉下來一樣，非常擁擠地擠在一塊兒。

瑪麗的生活興趣不是在商店上，而是全在他身上。他如果和她離婚，那麼就沒有人帶她去聽音樂會，也沒人帶她去玩橋牌了。她最喜歡的聚餐晚會，也不可能再參加了，因為沒有了他，他們的朋友不會邀請她。她離了婚的話，就剩一個人獨自生活，她會像那些老處女和寡婦一樣，過著悲慘的生活。

瑪麗對他一向百依百順。他確信，如果他要求她離婚，她會同意的。但他怎能讓瑪麗過那樣悲慘的生活呢！不，她應該得到更好的結局。向她提出離婚對她是一種羞辱。

如果他不曾遇見瑞迪絲就好了！但他一點也不後悔遇見她，在去萊克星頓出差時，他認識了瑞迪絲，那一次的相遇讓他充滿活力。遇見瑞迪絲後，他覺得自己終於知道了什麼叫做愛了。瑞迪絲和他僅僅見過幾次面，就迫不及待地要和他結婚，她說，她已經不可救藥地愛上了他。瑞迪絲在等他！瑞迪絲在催他！

他現在必須除掉瑪麗，用什麼方法除去她呢？安排一次意外事故應該是可以的。在哪裡動手呢？擁擠的商店就是一個理想的地方。在那裡可以輕而易舉地結束瑪麗的生命，那裡有沈重的石頭雕像、吊燈和壁爐架。

他和瑞迪絲上一次在萊克星頓的一家旅館幽會時，她用讓約翰陶醉的、舒緩悅耳的聲音催促道：「親愛的，你必須把我們之間的事告訴你妻子，你必須趕快和她離婚。」

有關瑞迪絲的事，他該怎麼告訴瑪麗呢？

瑞迪絲為什麼吸引約翰，約翰自己甚至都說不上來。

與瑪麗的和藹不同，瑞迪絲很優雅。雖然瑪麗比瑞迪絲還要漂亮或迷人，但不知為什麼，瑞迪絲的魅力令他無法抵抗。在瑪麗面前，他是一個體貼、和氣的丈夫；在瑞迪絲面前，他是一個熱情、充滿活力的情人。和瑞迪絲在一起，他體驗到前所未有的亢奮，覺得生活總是充滿激情。瑞迪絲是土、氣、火和水這四個元素；而瑪麗——他強迫自己不去比較她們。但不管如何，他為什麼要強迫自己結束和瑞迪絲這種狂熱的迷戀呢？

現在，約翰和瑞迪絲在一起。他們正準備去酒吧時，約翰看到了查特．弗萊明，看到他向旅館的服務台走去。約翰想：他到萊克星頓來幹什麼？

在任何地方都可能碰上熟人，這是偷情的人約會時的普遍感受。他們覺得可能沒有一個地方是安全的，在任何時候、任何地點都會被人發現。

約翰最不想見到弗萊明，如果自己和另一個女人在一起被弗萊明看到的話，弗萊明一定會到處傳播這事。弗萊明這個大嘴巴會告訴所有認識約翰的人，告訴他們約翰有別的女人。

約翰這時非常不自在。弗萊明在服務台不知在說什麼，只要他向四周看幾眼，就會發現約翰和瑞迪絲。約翰覺得不躲起來一定會被他發現，便找了個可笑的藉口溜到旁邊的報攤邊。他躲在一本雜誌後面直到弗萊明登記完，看著弗萊明乘電梯上了樓，他才敢露頭。

他們總算躲過了，太幸運了！

約翰覺得這般躲躲藏藏，玷污了他和瑞迪絲之間高尚的感情，也讓他無法忍受下去了。他必須想辦法徹底解決這件事，但他不想傷害瑪麗。在美國，每天都有上千的人死掉，他親愛的瑪麗為什麼不是其中之一呢？她為什麼不能自己死掉呢？

約翰對瑞迪絲道：「我剛才感到非常驚慌，因為怕查特．弗萊明看到我們之後，會把我們的事說出去。」

瑞迪絲鎮定地說：「親愛的，我早就說過，這件事你應該馬上告訴你妻子。這次意外事件說明我是正確的。你現在明白了吧，我們不能這麼繼續下去了。」

「寶貝，你說得非常對。我會盡快做出決定。」

「是的，你必須盡快做出決定。」

約翰不知道的是，瑪麗現在也墜入了情網，情況和約翰一樣。她一直認為，自己深愛著丈夫。但直到那天，她才發現自己以前是多麼天真。那天，肯尼斯來到她店裡，想買一個莫扎特的半身雕像。她店裡有好幾個莫扎特的半身雕像，此外，店裡還有巴赫、貝多芬、雨果、巴爾扎克、莎士比亞、華盛頓和哥德的半身雕像。

顧客一般是不會報自己姓名的，但他向她說了自己的名字。於是，她也自報家門。聽完他的介紹後，她發現他是鎮上一位著名的室內設計師。

「實際上，在室內擺放莫扎特的半身雕像，我認為會影響房間的整體效果。」他說，「但我的雇主就是這麼要求的，我只能照辦。還有別的東西嗎？我想看看別的東西。」

她帶他參觀了商店裡的其他存貨。他們是什麼時候墜入情網的，她記不太清了，只記得他整個上午都在店裡，快中午時，他發現後面有一間小屋。那小屋裡堆了許多帶抽屜的櫃子，他對此好像特別感興趣，便伸手去拉一個抽屜，但不知怎麼回事，最後竟拉住了她的手。「天哪！你這是要做什麼？」她說，「如果有人進來怎麼辦？」

「讓他們自己在店裡隨便看看。」他說。

雖然她不敢相信，但這種事的確發生了。

後來，她在約翰出差時不再感到孤獨，有時候反而希望他去出差。瑪麗和肯尼斯在那間堆滿櫃子的小屋裡祕密幽會，為此，還專門在小屋裡添了一張躺椅。

有一次，他們在小屋裡太投入了，沒發現已經有客人來到店裡。直到來人喊道：「瓊斯太太在嗎？我要買東西。」瑪麗才急急忙忙地從小屋裡跑出來。

她知道，現在自己的口紅糊了，頭髮也很亂。

來人是鎮上有名的長舌婦——布麗安太太。如果布麗安太太發現了瑪麗和人幽會，她會到處說給別人聽，約翰當然也會知道。

幸運的是，布麗安太太那天的注意力全在奶油模子箱上，沒有注意到瑪麗身上的細節。

瑪麗對肯尼斯說：「幸好沒被發現！」

肯尼斯不高興地說：「我真的愛你，深深地愛著你。我想，你也是愛我的。但一直這麼偷偷摸摸的，我怎麼受得了，我已經厭倦了，你明白嗎？告訴你丈夫，你要離婚，我們必須結婚。」

肯尼斯不停地催她離婚，他認為離婚是一件很容易的事。但她怎能與一個深愛著她二十年的男人離婚呢？這樣做很無情，這樣做也剝奪了約翰的幸福。

約翰要是死了就好了。美國每天都有數以千計的人死於心臟病，為什麼他不能心臟病突發死去呢？她親愛的約翰為什麼不突然死去呢？如果他死了，一切都好辦了。

電話鈴響了，鈴聲聽起來都帶著怒氣。瑪麗拿起電話聽到肯尼斯憤怒的聲音。

「瑪麗，今天下午那事真是既荒唐又讓人感到羞辱，我無法忍受了。你在那裡帶顧客看奶油模子，而我卻躲在門後！我們必須盡快結婚。」

「耐心點，親愛的。請你再等等。」

「我的耐心已經到了極限。我無法再等下去了。」

她知道，肯尼斯說的話是真的。她覺得，如果失去了肯尼斯，自己的生活將毫無意義，就算對約翰她也從來就沒有這麼依戀過。

她又怎能把親愛的約翰一腳踢開呢？他活著就是為了給她快樂，他的存在都是以她為核心的。他們除了認識一些結過婚的夫婦外，其他沒有什麼朋友。如果她甩掉他的話，約翰將一個人過著孤獨可憐的生活，他一個人怎麼過剩下的幾十年呢。他失去她會成為一個怪人，朋友們出於同情而邀請他去參加一些聚會。看到他，周圍的人們會議論道，約翰真可憐啊！他這樣還不如死了好呢。他將住到某個破爛單身公寓，因為不會照顧自己，飯也吃不好，一頓飢一頓飽的。不，她怎能忍心看到他過那樣的生活。

如果肯尼斯沒到她的店裡來找莫扎特的半身雕像就好了。那種半身雕像別的地方多的是，價格還比她賣得便宜。如果她不在家裡放莫扎特的半身雕像就好了。如果她和肯尼斯沒有這種瘋狂的戀愛就好了。但這一切都已經成為事實。

她現在覺得，和肯尼斯在一起一秒鐘也勝過和約翰在一起一輩子。

她將尋找一種迅速、有效、乾淨的辦法來擺脫約翰。她想只能用這個辦法了。

約翰出差回來了，那天晚上他覺得瑪麗很漂亮。他腦海裡甚至冒出來這樣一個念頭：覺得這一生有瑪麗陪伴就夠了。但想到瑞迪絲後，這個念頭立刻消失了。為了能和瑞迪絲在一起，他決定照原計畫行事。

他決定，就在這天晚上溫柔地殺掉瑪麗，必須得溫柔。當然，他得先吃瑪麗為他準備的晚餐。不僅僅是因為禮貌要求他這麼做，也是他的確餓了。

一邊吃一個女人為你準備的奶酪蛋糕，一邊準備謀殺她，這聽起來似乎很殘酷。但殘酷並不是他的本意，他是迫不得已。所以，他剛吃完飯，就著手進行謀殺。他不知道用什麼方法殺死她。他看到那個堆滿半身雕像的地方，也許那裡是殺她的一個好地方。

「剛出差回來，挺累的吧！來，喝點咖啡。」瑪麗微笑著遞給他一杯咖啡。

「謝謝你，親愛的。你這麼一說，我還真的想喝咖啡了。」

他喝咖啡的時候瞥了一眼桌子對面的瑪麗，他看到她臉上的表情很不自然，這讓約翰很困惑。一起生活了這麼長時間，她一定知道他想幹什麼，也一定了解他的想法。這時她面帶微笑地說道：「親愛的，我要出去一下，我剛想起店裡還有些事要做，等我一下，我馬上就回來。」她這個燦爛的微笑，讓他覺得一切正常，她並沒有察覺出什麼。

她走出餐廳，經過大廳很快走進了商店。

但她並沒有馬上回來，約翰等了一小會兒，還是不見她回來。他喝了兩口咖啡，然後決定去商店看看她為什麼還不回來。

他發現她在中間那個屋子裡，背向外坐在一個大沙發上，旁邊全是放滿雕像的架子。他進來的時候，她也不知道。

這個時候下手正是時候！她的肩膀怎麼在抽動？難道她在哭泣嗎？或者是她知道了他的想法，還是她已經知道他們的共同生活快結束了。但他又覺得她的肩膀這麼抽動著，可能是因為她在笑。他沒有時間去猜測，她到底是在哭還是在笑。他不能錯過這個絕佳的機會。她正低著頭趴在維克多．雨果或班傑明．富蘭克林的雕像旁，只要約翰輕推一下雕像，它就會砸到她的頭蓋骨了。沒有太多的猶豫，他推了一下雕像……

殺人是如此簡單，推一下就行了。

可憐的瑪麗！可憐的女人！

他覺得，瑪麗死了，他們三個人都好過。他並沒有因為殺了她而責怪自己。但事情這麼容易就成功了，讓他多少有點不敢相信。如果他知道事情是這麼容易的話，估計他前幾個星期就動手了。

約翰鎮靜地瞥了瑪麗最後一眼。回到餐廳後，他準備給醫生打個電話。等警察來了，醫生一定會告訴他們，這是個意外。約翰幾乎連謊都不用撒，他只需說瑪麗可能自己碰到了雕像，然後雕像落地時砸到了她，其他的一切照實說就行。

他慢慢地喝著還溫熱的咖啡，不禁想起了瑞迪絲，他很想打電話告訴她這一切，他們再過一段時間就可以永遠在一起了，就可以結婚了。但是，他決定還是暫時不給瑞迪絲打電話，他不想冒險。

他從來沒有這麼輕鬆過，現在的他覺得快樂而鎮靜。這種輕鬆源自一種解脫，他剛才做的事解開了一個難題。他忽然覺得很想睡覺，感覺好像從來沒有這麼瞌睡過。他還沒有給醫生打電話，怎麼能睡呢？但強烈的瞌睡感驅使他趴在餐桌上就睡了，甚至他想去沙發上躺一下都來不及。

約翰不會想到，瑪麗在那杯咖啡裡放了過量的安眠藥。

瑪麗和約翰的朋友一致認為，這場雙重悲劇是這樣發生的：那天晚上，瑪麗在危機四伏的商店裡，不小心被雕像砸到頭上。約翰發現瑪麗死後，傷心過度地意識到，沒有瑪麗他也無法活下去。在極度絕望的情況下，他在咖啡裡放了大量的安眠藥，自殺殉情了。

在瑪麗和約翰慶祝他們結婚週年時，兩人都說過「至死不渝」的話。這樣看來，世界上最恩愛的夫妻非他們兩個莫屬。在這個虛偽和謊言流行的世界上，還有什麼能比他們深摯的愛情更動人呢。從那以後，小鎮上的人只要想起瑪麗和約翰，想起兩個人為了曾經的誓言在同一天死去，就會感動不已……

好萊塢的流氓

森克算不上是個壞人，雖然他身上可能有幾分傻氣。事情始於一個晚上，那晚我和他坐在海邊，海水正嘩嘩地從藍色的太平洋湧向加州海岸，經海岸的撞擊，海水破裂成無數的白色泡沫，煞是好看。已經到了午夜，森克從毒品帶來的興奮中清醒過來，他雙臂抱膝，下巴支在雙臂上，眼睛一直凝視著大海。

「它看起來很美，不是嗎？」我說。

森克聳了聳肩，他的頭髮被海風吹起。

「它本來很美，可你仔細去想的話，就覺得它不那麼美了。你看，大海正在啃咬著海岸，吞食著海岸！海洋正不停地撕咬著加州，如果看得仔細一些，你甚至可以看到它的牙齒。」

我沒有理會森克。他總是會說一些不著邊際的話，就算是在清醒的時候也是如此。他不止一次地聲稱，假如有什麼東西要攻擊他，他一定會先下手為強。森克是一個身材瘦長、看起來毛茸茸的傢伙，有時候有些心術不正。

認識森克是在舊金山，當時，我們那個破落的住處一共居住了二十多個人，各個行為怪異，警察每星期都要來好幾次。後來我和森克決定離開那裡，搬離那個鬼地方。我們收拾好簡單的行李去了洛杉磯，流浪的日子從那兒便開始了。可總居無定所也不是辦法，我們已經開始厭煩這樣的日子。

「我有一個主意。」森克一邊說著，一邊用指尖劃過長髮，像是在洗頭。

「說來聽聽。」

「郵票和古董。」森克把身子坐直，向後躺在沙灘上，「有個人叫里爾的人，你有沒有聽說過？」

「當然！他是電影界的流氓，一個真正的鄉巴佬。」我回答他說。

「他很有領袖氣質，身邊有許多不同類型的女孩子。他還收藏了許多東西，像是郵票、古董，還有珍玩。」森克一說起這個，整個人都興奮起來。

「那又能怎樣？」

「他去歐洲了，就在昨天！」

「誰告訴你的？」

「報紙上說的。」

「你想趁這個機會去偷他的郵票和珍玩？」

「沒錯，」森克點點頭接著說，「我們找到他的住處，然後破門而入，就像去舊金山那個政客家裡那樣，那回我們偷走了所有的威士忌。就這麼定了！明晚我們過去玩玩，老天，那該死的保險箱一定很難弄。」

「我們明晚找到地方，就進去。」我被他高昂的興致所感染。

「該死！看那兒！」森克突然抬起頭，指著海上遠處的一些燈光說，「那些有錢人正在遊蕩。這些該死的混蛋，他們的銀行存款總是五位數的，可我們連一個銅板也沒有！一想到這個，我就難受！」

坐了一會兒，我們往停放老爺車的地方走去。海風微微地吹著，我們被風輕推著，衣服被吹得黏在背上。

要打聽到里爾的地址很容易，沒有大費周折。從一家旅行社，我們得來了需要的消息，甚至我們還看到那裡的一張照片。那是一座巨廈，隱藏在山谷中，像是與世隔絕一般。四周有圍籬，還有一些大樹，總之，那地方絕對符合你的想像。我想，這個偷竊計畫應該不會有什麼問題。

「大廈裡總會留有管理員或其他人吧？」

「管理員？」

「是的。那麼大的地方，里爾總會留下什麼人來看守別墅吧？」

「沒你想得那麼麻煩，你不了解那些人。他們不像我們，金錢在他們眼中沒那麼重要。他去歐洲應該需要一些日子，他們外出旅遊一般會選擇乘輪船，而不是坐飛機。」森克向我打包票保證說。「你再想想，那麼大的房子，想逮到我們可不容易。他必須有一打以上的管理員才行。」森克繼續安慰我。

那晚，我們開著老爺車向山谷進發了，汽油是從一位紳士的汽車裡偷來的。到達目的地的時候，太陽剛下山，我們發現，那幢房子美得就像一幅風景畫。在我們眼前出現一片略帶紫韻的雲，它很低，好像這種美麗觸手可及。

這裡美極了，森克和我被這美麗給鎮住了。

儘管這樣，現在想想，我還是希望根本沒去過那裡。這是心裡話，我向你保證。

里爾的房子很隱蔽，青藤爬滿整個牆。森克把汽車停在一棵樹下，熄掉燈後，我們開始細細打量這座房子。它有兩層，建造的地方比地面略高，樓上尖尖的頂閣直刺天空。我們一直在那兒靜靜地等著，監視著房子裡的動靜。

已經到了午夜，還是沒有一點動靜。

「現在行動吧？」森克說。

我沒有回答他，只是看了看森克腰裡掛著的那把刀。以前我們作案的時候，即使屋裡沒有人，但森克還是帶著刀，我知道他害怕屋裡有人，其實我也害怕這個。

這時候可容不得猶豫，我們快速跨過黑漆漆的草坪。接著爬上牆，跨過鐵柵，落到牆的另一邊。森克大口喘著氣，在星光下，我能看見他正咧著嘴笑。

「它太誘人了，像一隻熟透了的大櫻桃，等著我們來摘呢！」森克說。

房屋裡黑黑的，我們正朝著那兒走去。一間浴室和一個大游泳池出現在我們的左邊，儘管視線很模糊，但從形狀上還是分辨得出來。游泳池的水面閃著光，水面上方有個跳水板，它高高地杵在那兒，活像一個斷頭台。

森克趕忙向四周看了看，在確定沒有問題之後，用刀柄將一塊落地門的玻璃敲碎。他把手伸進去，門被扭開了。我們進屋了，動作很快。

房間裡漆黑一片，看不到任何東西。森克和我很默契，我們同時把手伸進口袋找出鋼筆式手電筒，頓時，黑暗中有了兩道亮光。

「我們先找郵票吧。」森克的聲音聽起來很興奮。

古玩只能暫時擱置不提了。這間屋子裡擺的淨是些畸形的玻璃動物，根本值不了幾個錢。我們走出那個房間，進入了一個長長的通道。我開始有些不安，可說不清是什麼原因。現在想想，大概是一切太順利了，而過分的順利通常是不正常的，只是當時我們太興奮了，根本沒有時間考慮這些。

「也許我們可以打開一盞燈，反正這裡只有我們兩個人。」說完森克摸索著，把我們這間房子的燈打開了。整個屋裡亮堂起來，我們這才發現，玻璃櫃裡有很多很多的古玩。

「好極了！我們先找郵票，然後再看看還有什麼值錢的東西。」

森克話音剛落，「郵票在樓上的保險箱裡。」突然一個聲音在我們身後響起。你可以想像，當時，我們真的僵住了。我嚇得出了一身冷汗！

我轉過身，竟看到了里爾！是的，是他！他站在門口，面露惡漢般的微笑。這微笑在我做孩子時就見過，和電影裡看到的一模一樣。他拿著一把長劍，森克的刀和這把長劍相比，更像是一個玩具。「我們……我們只是瞧瞧……」森克結結巴巴地說。

「不，我知道你們是來偷盜的，你們以為這房子裡沒人，因為報紙上說我去了歐洲。『歐洲旅行』經常會吸引你們這種人。」里爾以和善的聲音說。

「請您把話再說得明白一點，我想這裡邊可能有什麼誤會。我們敲門，可沒有人答應，我們以為這個地方已廢棄了，這才進來瞧瞧。」森克冷靜下來，回答說。

「別再編造這沒用的謊言了，我一直在等著你們出現，等著像你們這樣的人出現。」里爾說著，那姿態就像在演戲。

有人走進房間來了，他站在里爾的身後。等我看清楚他的臉時，差一點暈倒。是托奧！——銀幕上有名的惡漢，通常扮演納粹將軍。接著，房裡又走進四、五個人，我在銀幕上見過他們，蓋茨、勞吉、蒙娜，幾分鐘內我把那些人全都認出來了。蒙娜瘦得皮包骨頭，一張吸血鬼一樣的臉，嚇我個半死。托奧身穿一件黑色長袍，他從口袋裡掏出一把槍指著我們。蒙娜用飢餓的眼光盯著我，僅僅這眼光，就已經讓我渾身直打哆嗦。

森克和我被四個男人圍攏起來，在這種陣勢下，根本容不得掙扎。我們的手腳都被捆上了。雙手縛在一張長沙發上，腳踝被綁在沙發腿上。

「你們憑什麼這麼做？誰給你們的權力？到底在搞什麼名堂？」森克氣憤地問道。

「或許，你可以把我們理解成一個小型的俱樂部。每隔一段時間，我們就會向外宣稱這裡的主人不在，以此來吸引一些像你們這樣的人。」里爾的笑不懷好意，這樣的笑，曾讓他名噪一時。

「你是說，許多電影明星都參與此事？」我詫異。

「哦，不是這樣，可別玷污了好萊塢的好名聲。只有我們八個，全演壞人的八個，我們都是銀幕上響噹噹的壞人。」里爾詼諧地側了一下身，不經意裡擺出一個姿勢，漫不經心地說，「雖然我也演過愛情片。」

「行了，廢話少說！說吧，準備怎麼處置我們？報警？」森克問道。

「不必那麼緊張，其實只是玩個遊戲罷了！這是本俱樂部的宗旨。」托奧笑道。

「遊戲？」我開始害怕起來，事情肯定沒那麼簡單。

「電影裡的情節你們應該見過吧？因為我們扮的都是壞人，在銀幕上我們就得經常死亡，就算我們一共死了一百四十九次，而英雄卻繼續活著。」里爾說。

「年輕人，你們一定想像不到，我們有多麼討厭這個！」托奧接著說。

「好吧，你們準備怎麼做？」森克問道。

「這個簡單！在攝影機前，我們重新表演一段以前表演過的情節，只是這一次，我演英雄，你們演壞人。」

我的腿開始抖個不停，因為我想起，托奧在有部電影裡被釘過三次木樁。

「不，絕對不行！」森克叫道。

誰都沒有去理會他，依然饒有興致地聊著天。他們一個人在屋角的吧台上調酒，另幾位走過去，就跟銀幕上的好萊塢宴會的場面一樣。

他們饒有興致地討論，準備商量出一個對付我們的好辦法。

最後，擲骰子——托奧的意見，被採納了。

擲骰子的聲音又響起來了，我和森克的心也開始七上八下。

「他們屬於我了！」里爾舉起了酒杯，一副勝利者的姿態。「就他了，我一會兒跟他拍《加勒比海浴血記》的最後一段！」他指著森克說。

「絕對是個不錯的主意！」托奧表示了贊同。可憐的森克被拉了起來，此刻，他的掙扎顯得那麼微不足道。

另外幾個人走出屋子，他們去取海盜服。

「別擔心，寶貝。我們不會忘記你。」蒙娜醉醺醺地對我說，眼光迷離。她喝醉了，就在站起來的時候，一隻蛇形金屬飾物從手腕上脫落了，剛好掉在我坐的沙發旁邊，我挪動著把那個飾物藏起來。森克被他們帶走了，他看起來害怕極了。房間只剩下蒙娜和我。我悄悄地移動著，想盡辦法讓那件銀飾頂住我手腕上的繩子。在許多早期的作品中，里爾都用這種辦法來割斷繩索。

繩子很舊，割斷它似乎也不是什麼難事。繩子快要斷了，他們又回到了房間裡！為了防止他們的懷疑，我停下了動作，靜靜地待著。

里爾穿著艷麗的海盜服回來了，後面跟著森克，他也穿著類似服裝，只是顏色沒那麼鮮艷。裝上鬍子和所有配備之後，森克看起來確實很像一個海盜。這一點我得承認。

「你去游泳池！」里爾命令。

森克被他們推向了游泳池，他不停地回頭望望我，那種無助的眼神真叫人難受。

「蒙娜！你來！」里爾叫她。

蒙娜微笑著看看我，之後像跳舞一樣隨其他人出去了。現在，房間裡只剩下我一個了，我拼命地開始割繩索。

談話聲不時地從游泳池那邊傳進我的耳朵。「燈光安上邊，對，就安上邊。」
「這個角度看起來不錯。」
「記住，只拍一個鏡頭。」
接著是一陣大笑，而後便是移動裝備的聲音。
趁著這個沒人注意的時間，我用盡全力去割繩索。終於割斷了！來不及喘氣，我解開腳上的繩子，離開那間屋子，悄悄從進門時敲破的落地門那兒溜出去了。就在我從房子裡出來，大步往黑暗中逃竄時，我聽見有人喊了一聲：「開始。」
我邊跑邊不時地透過樹籬往裡面張望。在燈火通明的游泳池那邊，森克和里爾面對面站在高高的跳水板上，他們手裡都拿著劍。森克站立在跳水板的末端，背對泳池，那個地方很危險，稍不留神就會從上面掉下來。
「我已經洗劫了最後一條船！」里爾大聲叫道。
決鬥開始了，我這才發現，原來森克手上的劍竟是橡皮做的！
終於，我穿過草地，接近我的汽車了。我鬆了口氣，停下來又往那邊望了望。森克正奮力用那把軟軟的劍做著無謂的抵抗。突然，里爾的劍向森克刺了過去。此刻的森克，只能後退。他大叫著掉進游泳池，水花四濺。衣服太笨重了，他整個人就像是鉛做的一樣，來不及掙扎，便沈到了水底。

在汽車發動起來的那一剎那，傳來了里爾大叫的聲音，聽不清楚他在吼些什麼。接著又是一陣掌聲……

那件事已經過去很長時間了，現在回想起來還是心有餘悸。在很多時候，我總是做一個可怕的夢。在夢裡，蒙娜微笑著，嚼著口香糖，拿著尖銳的木釘和一個巨大的木錘，向我撲過來！木錘舉起，落下！我被困住了，想動，可怎麼也動不了。一陣難以形容的可怕聲音出現了，隨後是一陣熱烈的掌聲，這聲音跟我那次聽到的一模一樣。我充滿恐懼地從睡夢中醒來，嚇得一身冷汗。

曾經，我試圖把整個故事說給別人聽，可沒有人相信這是真的，雖然它確實是真的。

總有人會相信的，總有那麼一天……

現代羅賓漢

在「羅斯山莊」公寓裡，有三個人正圍坐在餐桌邊，他們是露易絲、吉姆，還有我——大衛。

我們談著「除惡俱樂部」的生意，當然，我們會一邊聊，一邊享受浸汁螃蟹、生菜沙拉，剛出爐的法國麵包，還有特選的白葡萄酒。這些都是由我的僕人——福特，幫我們準備的。平時，福特只料理我一個人的衣食，因為到現在為止，我還是單身一人。

身著時髦衣服的福特，長了一張菲律賓式的黑臉，只見那臉笑容可掬地問：「菜還適合各位的口味吧？」

「嗯，相當可口，你的烹飪技術真的是越來越好了。」吉姆用他那極具特色的低音讚賞地說道。

「那就是說，還算不錯？」

「確實很不錯。」露易絲表示認同，同時點了點頭，她有一頭漂亮的金髮。

福特匆匆地返回廚房去了。那股麻利勁兒，看起來應該是有約會在等他。明白了這個以後，我自己倒滿一杯飯後的白蘭地，說：「露易絲，你來說說。」

露易絲熟練地將一支紙製香煙塞進一個隨身攜帶的精緻煙嘴裡。吉姆隨即拿一個銀質的打火機幫她點煙。他有一張粗獷的臉，是一個身材高大、四肢細長、長著灰褐色頭髮的傢伙。

拿著煙，她開始跟我們透露從俱樂部分會調查得來的消息。她說：「那一幫酒鬼，一堆接連不斷的騙局，有關人壽保險的。」

吉姆晃了晃他的大腦袋，臉上流露出一種很心痛的表情，這種表情通常在他譴責別人缺乏道德時才會出現。「那一定不是受益人製造的吧？」

「確實不是。」露易絲說。

露易絲和吉姆兩個人，在事業上都取得了一些成就。露易絲是一個時裝設計師，同時也是一個藝術家；吉姆是一位律師。而我，是一個做投資生意的老闆。儘管露易絲的職業跟她從事的「除惡俱樂部」的任務有些不搭調，可她相當敬業。即使她臉上正帶著動人的微笑，但一提到將會除掉的窮凶極惡之徒，她就充滿了憎惡，那種冷酷絕不亞於南美洲的大毒蛇。

「僅僅為了能免費喝上幾瓶酒，那些酒鬼，就把自己保險單上『新受益人』一欄，填上供酒人的名字。就在供酒人剛確定保險費有人繼續支付，保險單仍有效時，那個酒鬼已經不在人世了。」我說。

露易絲緩緩地說：「在這個案子裡，事情變得相當殘酷。這些只顧吃喝、棄家不顧的受害人，費盡心思從家裡偷偷地拿走了保險單。可他們的妻子並不知情，依然不斷地往那個單子裡支付保險金。誰也沒有想過，要去檢查那張單子。等到受害人一死，準備去領取保險金時才發現，保險單已經不見了，受益人竟成了別人。」

吉姆搖頭。「一共有多少人？」他語氣中帶著厭惡。

「五個，全是醉倒在路旁之後，被打死的。」她平靜地回答。

吉姆用拳頭重重地錘擊桌面，義憤填膺地說：「他們怎麼能殘忍到這種程度？這簡直匪夷所思。」

「警方那邊有沒有什麼消息？」我問。

「還沒有，我們查到了一些。」露易絲回答。

「說來聽聽。」吉姆直截了當地說，一雙棕色的眼睛閃著光，表情生動極了。

露易絲輕啜著酒杯，接著上面的話說：「五個人都是男性，年齡均在五十歲左右。全都是典型的酒鬼，一個個只顧自己花天酒地，不管妻兒老小的死活。目前，家屬裡面有兩個需要特別醫療的小孩；還有一個年紀稍大點的孩子，看起來很聰明，因為他媽媽臥病在床，所以不得不輟學，出去掙錢，養家糊口。他們所有人應得的賠償金，全都進了一個不相干的人的口袋。」

「那人是誰？」吉姆粗聲粗氣地問道。

「他叫利思，在街上有一家酒店。」

「當他知道，自己已經成為受益人之後，就在那裡天天盼著，希望他們早點死亡或者遭遇什麼不測。」吉姆猜測。

「沒那麼簡單，我們調查人員可不這麼看。」露易絲又笑了，一雙碧綠色的眼睛看起來還像是個孩子。

「你是說，他連這個也等不及了，乾脆自己親自動手了？」吉姆跳了起來，他感覺有些心痛。

露易絲默認，聳了聳肩：「在他們死亡的一個月之前，壽險的受益人已經變成了利思。接著，一個月的時間，他們全都死了，而且都是被毆打致死的。可警方並不清楚實情，不知道利思馬上就要從中受益了。儘管，他們遲早會弄清楚事實，可是……」

「所以說，」我插了話進來，「我們必須趕在他們之前行動，替那些可憐的遺屬取回那筆錢。」

「沒錯，可是我們要怎樣行動？」吉姆又是一副怒不可遏的樣子。

兩人都把目光集中在了我身上，因為輪到我來結尾了，那是我的責任。我坐在那裡，沈思起來。就像做一項股票投資一樣，我預先列出幾種現有的方案，然後選擇最有利的一個，並且向他們闡明這樣做的理由。

吉姆吃驚地盯著我看。顯然，他一時間還不能適應我思維的巨大轉換。在他看來，一個身著正裝的炒股行家，不可能想出一個如此不可思議的賭局。儘管如此，他最後還是表示贊同，從他閃著的眼睛裡，能看到他的決心。

「你太厲害了，大衛！」露易絲轉身吻了一下我的臉頰，喃喃地說。

次日，天黑下來的時候，露易絲小心地開著車，吉姆和我坐在後座，一直到第三街附近的一個停車場。

她必須得小心一些，確保不違規。假如被阻攔的話，我們的刻意的偽裝就會被發現。到那時候，上報是免不了的。我們總是會做一些冒險的事情，一不留神就成了新聞人物。

終於抵達了事先選擇的停車場。場地半空，光線不是很好，遠處模糊可見一個躺在地上的人影，看樣子應該是睡著了。天霧濛濛的，街燈和汽車燈顯得朦朦朧朧。「我們走了！露易絲，鎖好車門。」吉姆叮囑道。

「我會拿鬼臉，噓聲把他們趕走。」她說著，清脆的笑聲響了起來。

我微微一笑，跟吉姆一起下了車。我們心中很清楚，對於這些，露易絲完全應付得過來，她甚至擁有走鋼絲的勇氣。

「好戲就要上演了，準備好了嗎？」我問吉姆。

吉姆身穿一件弄得很髒的夾克，帶著戲劇化的假鬍子，眼睛發紅——我們事先用藥水點成的。他做了一個要回答問題的姿勢，然後，突然轉換成一個醉酒的架式，一路從停車場顫巍巍地走進了人行道。在一處街燈底下，他搖晃著歪歪斜斜的身軀說：「快點，夥計！」那聲音聽起來有些含混不清。我的裝扮和吉姆差不多，我以凌亂的步履追上前去。我們兩個人看起來，就像兩個已經醉得昏天暗地的瘋子。

表演了五分鐘之後，我們來到利思的酒店，進門的時候，門上的鈴鐺叮叮噹噹地響了起來。房間的光線很強，為了防止有人前來偷酒。

利思站在櫃台後面，眼神裡透露出極度的不信任。他個頭不高，是個禿頭，一副厚厚的近視眼鏡架在鼻梁上。鏡片在頭頂的日光燈下反著光，隔著鏡片，他直直地盯著我們。

「小心一點！要是一瓶酒碎了，你就得進監獄！」利思高亢而厭煩的聲音響了起來。

吉姆用手扒著櫃台角，以保持身體的平衡，然後憤怒地瞪著利思。

「快說你想要什麼，付完錢，趕緊離開這兒！」利思命令道。

「酒！」我說。

「先得給錢！」利思平靜地說。

因為付錢的事，我們理論了很長時間。事情和我們料想的一樣，無論我們說些什麼，他毫不動搖，堅持要錢。最後，吉姆身體前傾，在他的耳邊竊竊私語。

「這是誰給你出的主意？」利思那雙厚鏡片後面的眼睛猛地眨巴了一下。

「是唐恩，老唐恩，」吉姆的嘴裡含糊地吐出一個名字——露易絲告訴我們的，「不過最近沒有見過他，他說，你給他辦過這個，你也為我和我這位朋友辦辦，怎麼樣？」

「有多少？」利思悄聲問。

「一萬。」

「是哪種類型的人壽保險？」

「普通的。」

「你們兩個都是？」

「沒錯。」我說。

利思把已經寫好他名字的字條塞進吉姆胸前的口袋，說：「按字條上的名字，去保險公司更改，改後再拿來給我看修改單據。現在你們趕緊從這裡離開！」

第二個晚上，我們又去了那個地方，露易絲也跟我們同去了。她裝扮成那一帶最低賤的女人的樣子：頂著一頭鮮紅的假髮，塗著濃厚的橘色唇膏，黑黑的睫毛膏塗在她那雙碧色眼睛上。她修長的身材也在特意的裝扮之下，看起來怪怪的——她用東西墊在紅色的毛衣底下，整個上身看起來異常的肥腫。腿上的那條黑色褲子，膝蓋打彎處已經磨破了。

她在我們前面進入燈火通明的酒店，隨著她的步履而一起扭動的臀部，看起來有些誇張。利思凝視著她，能看得出來，他正在猜測她的職業。

吉姆走上前去，塞給利思兩張偽造的保險單，那是「俱樂部」特意為我們準備的。於是，他暫時忘記露易絲。利思看到兩張假保險單的新受益人是自己的名字時，猛地點了點頭，然後打開了擺放在櫃台上的兩瓶劣質酒。那是一種喝了會叫人喉嚨燃燒的酒，但今天是第一天，即使這樣的酒，我們也只能拿錢買。

「真是好酒！」吉姆說。

「真是個該死的酒鬼！」利思一邊鄙視地詛咒，一邊去取兩瓶廉價的波恩酒。

吉姆和我各拿著一瓶酒，一旁的露易絲正垂涎欲滴地盯著我們手裡的酒瓶。就在我們搖晃著向前門走時，利思轉身向後面的儲藏室走去。

吉姆打開門，故意讓門把鈴聲搖響。間斷了一下，他把門關上，門鈴再一次被搖響了，接著他把門上了鎖。我掃視一下四周，把窗戶上的牌子翻轉一下，讓寫著「打烊」字樣的一面亮在玻璃上。

做完這些，我們三人迅速地潛入後面房間。我們看見，利思正跪在一個看起來很牢固的小保險箱前，我們靜靜地等待著，一直等到他轉好密碼盤，打開了保險箱。就在這時，吉姆用他特有的男低音說道：「待在那兒別動，我們沒叫你動，你最好乖乖地別動！」

利思一聽僵在那裡。吉姆和我向他走近。「站起來，轉身。」我說。

利思很機械地照著我的話去做，他的眼睛瞪得很大，眼神裡充滿了驚愕。接著他眨巴了一下眼睛，低頭看著保險箱，看樣子是想用腳把保險箱的門合上。

「如果換了我，我想我不會那麼做的。」露易絲用甜甜的聲音說，同時用一支小手槍對著利思。

他眼睛直盯著那把手槍，頓了一下，叫道：「強盜！」

「閃開！」吉姆厲聲說。

吉姆趁著利思向右挪幾步的時間，彎下身，取出了保險櫃裡的鈔票。他數了數，接著點了點頭說：「只有一半的錢，我們會把剩餘的錢找齊的。」

「那錢是我的！」利思的聲音聽起來有些發抖。

「這錢是怎麼來的？」我問。

「是我辛辛苦苦掙的。」

「當然，你可以這麼說，謀殺也是一件很不容易的事。」我說。

「我聽不懂你在說什麼。」

「唐恩、莫理斯、霍華德、哈德，還有遜斯。」我乾脆地回答他。

他的眼睛又眨巴了一下。

「在我們身上，你想使用同樣的方法。只怕這次要讓你失望了。剛剛我們給你的，是兩張假冒的保險單。那是我們俱樂部為了對付你，專門給我們準備的。而那五個可憐的酒鬼，他們就慘了，他們把你更改成受益人後，全都被你謀殺了。」

我看著露易絲，說：「你去用這裡的電話，跟他們聯繫一下，叫他們開車過來帶走他。」說著，我從腋下的槍套裡取出手槍，拿槍口指著利思。

露易絲走向放著電話機的櫃台時，只聽利思尖聲尖氣地叫道：「他們不是我殺的！」

「不是你？那會是誰？快說！」吉姆的語氣帶著威脅。

「是……這個我真的不能說。」

「那就是說，你準備一人承擔謀害五條人命的罪行，謀財害命，這罪名可不小。露易絲，別愣著，打電話吧。」我說。

「哦，不！」利思搖頭說，聲音裡夾雜著哭腔，「就算我告訴了你們，暫時逃脫了，進入監獄以後，也仍然沒法活命，他不會就此放過我的。」

「才兩萬五千，總共是五萬才對，這是怎麼回事？你雇人去幫你謀殺，然後把錢跟別人平分了？」我看看吉姆手中的鈔票問。

利思的頭像撥浪鼓似的搖個不停，可就是不開口回答。

吉姆和露易絲在我的示意下，走到了房間末端。我手裡那把一直對著利思的槍還繼續指著他，而利思則一直用恐懼的眼神瞪著我們，他看上去有些緊張。

我告訴了他們我的計畫，接著，我補充說：「這個辦法是有點冒險，所以，假如你們覺得不妥，我們再想想別的。」

露易絲微笑著溫柔地說：「沒問題，我們就照你說的去做。」

「吉姆，你怎麼看？」我問。他點頭表示同意。

於是，我們一同轉向利思。「我們想跟你談個條件。」我說。

「條件？什麼條件？」利思不解地問。

「你打電話給你的同夥，就說又有兩個任務需要他幫忙。你跟他說，我們不久前剛離開你的酒店，並且告訴他方向。剩餘的事情，我們來處理。」

「可是這樣做，對我有什麼好處？他肯定知道是我幫你們安排的。而你們仍然會把我當成謀殺者，說是我雇人去謀害你們，給我繼續添加罪名。到最後，我的處境就更慘了。」

「我們只想抓到真正的殺人兇手，那才是我們需要懲罰的對象，只要抓到了他，就沒有人會威脅到你了。至於你，坐牢是不可避免的，但是，只要你願意合作，你坐牢的時間一定不會太長。」我勸他說。

「那這筆錢——如果我能留下來的話，我會把它藏好的。」

「哦，這個恐怕不行！利思，你要知道，這是證據。」吉姆微笑著回答他，並隨即把錢放進了口袋。

「我根本就沒有選擇的餘地！」利思大叫起來。

「那怎麼會呢？你有一個。」我說著，指了指擺在櫃台上的電話機。

他站在那兒，眼睛又習慣性地眨了眨。接著，躲在鏡片後面的兩眼一下子明亮了許多。

「你們要用什麼方法抓他？」他試探著問。

我說：「從你的後門，向南，上第三街。」

他點點頭，走向前面的電話機。我持槍尾隨其後，停在儲藏室的門邊。

他撥通電話，對著電話，時而低語，時而聆聽，往覆了幾次之後，掛斷了電話。在我的示意之下，我們返回了儲藏室。

「他的外貌有什麼特點？」

「他很高大，總是喜歡穿一件黑色的皮夾克，不戴帽，金髮，面頰上有一道傷痕。」利思回答。

「他使用什麼武器？」吉姆問。

「噢，棍子。」利思說。

「你負責看著他，要仔細地看好。」我對露易絲說。

「好的，我來看守，仔細地看守。」她微笑，拿槍指著利思。

吉姆和我從後門出去了，走的時候每人都帶了一瓶酒。我們腳步凌亂，晃晃悠悠地走著，不時發出故意裝醉的怪笑。但實際上，我們的知覺敏銳而清醒，只要周圍有任何風吹草動，我們都聽得一清二楚。沿途我們被人六次攔住去路，向我們索要酒喝，不過，那些人很容易對付，因為我們很清醒，他們卻爛醉如泥。

最後，我們在一條沒有燈的巷子裡停了下來。我們選中一個水泥門階，半躺在上面，時而低頭喃喃自語，時而大聲瘋笑地——等待一個高大、金髮、身穿黑色皮夾克、面頰有傷痕的人出現。

巷子裡來來回回、稀稀落落地經過了各色各樣的人。

然後，一位有著白色亂髮、戴著墨鏡的夫人出現了。只見她一手持著白色手杖，另一手牽著一條法國牧羊犬。婦人拖地行走的腳上，穿著一雙破爛不堪的鞋子，那樣子看起來可憐極了。她走路的時候整個身子佝僂著，好像有些半身不遂，走起路來，嘴巴醜陋地噘著。

當她差不多經過巷口時，突然轉身放開牽狗的皮帶，一把摘掉墨鏡，隨即放進她那襤褸的毛衣口袋。一瞬間，她的身軀不再佝僂，向我們跑過來的時候，矯健的如同運動員一般。牧羊犬緊跟在她的身後，牠那雙金色眼睛散發出愉悅而又善解人意的光芒。

婦人高高舉起手杖，凶惡地砸向吉姆的頭。但吉姆身手敏捷地躲開了，而我驀然站立，從夾克下掏出手槍。

一看見手槍，她兩眼圓睜，急速轉身，準備逃竄，但是我一個箭步擋在她前面，張開手臂阻攔她。牧羊犬像是一個看客似的站在那裡，不時地閃動著金色眼睛，搖著尾巴，關注著這些舉動。

這時，吉姆站立起來，亮亮皮夾，那是「俱樂部」為我們準備的警察身分證明。

「我知道，可我……」她想要強辯。

我沒給她機會，打斷她的話說：「唐恩、莫里斯、霍華德、哈德、遜斯，他們全都死於這根拐杖下，它的使命就是為了來完成任務。」

她的視線來回在我和吉姆身上轉換，最終停留在我身上，眼光略帶恐懼地問：「怎麼利思，他……」

我說：「從保險金的支付處我們抓他個現行，證據確鑿，他招供了。」

「可是，我們剛剛還……」她有些不解。

「他在我們的監控之下，給你打了電話，現在他還在我們的監控之中！跟我們走吧！」

「你們抓我去坐牢？」她醜陋的嘴顫抖著說。

「是的，不過我們需要先到你的住處看看。」吉姆說。

她握緊手杖，眼神暗淡無光。

「要是你再敢用那東西的話，我就直接開槍從你的雙眼之間穿過去。別愣著，快走吧！」我說。

她的家，實際上就是附近的一家旅館。進去的時候，我們把她夾在中間。經過休息室的走廊時，櫃台後面那個渾身橫肉的收銀員滿臉狐疑地盯著我們看。

我拿槍口隔著口袋對準她，這一點她應該清清楚楚。她拿出眼鏡，架在鼻子上，身體倚著手杖，一隻手牽著那隻性情溫馴的牧羊犬。

「曼蒂，你還好吧？」收銀員關切地問。

「我很好，豪斯，這兩位是我的朋友。」她說。收銀員再次審視我們，搖搖頭，似乎不太相信，但還是低頭繼續看他的廉價小說了。

乘電梯上了二樓，我們一起進入了她的房間，屋子裡堆滿了廢棄物，很亂，而且散發著難聞的怪味。曼蒂站立在一堆凌亂的物品中間，顯得格外無精打采。

她摘掉眼鏡，放在一個沾滿灰塵的櫃子上面，鬆開狗鏈，那架式看上去，像是要準備大哭一場。「其實我沒有做你們認為的事情，事實上是，經過那個小巷的時候，我身上帶了一些錢，怕你們會過來搶錢，所以才……我並沒有惡意，我只是一個可憐的老太太。」

「好了，別演了，假盲、假佝僂、假肢……你的真實年齡，應該比你現在的模樣小上二十歲。說得沒錯，你的確看起來像是一個可憐巴巴的老太太。可那都是假象，實際上，你受雇於人，你在替別人殺人！吉姆，趕快去找我們想要的東西。」

吉姆開始翻找起來。

曼蒂再次緊握那根用途特殊的手杖，因為過分用力，手指有些發白。她的口中開始不住地咒罵，說一些不堪入耳的字眼。她招呼那隻牧羊犬說：「去吧，去阻止他！」但是，狗卻不為所動，一邊快樂地搖著尾巴，一邊用牠那明亮的、可愛的眼睛看著吉姆。

見狀，曼蒂又一次緊握那根特製的手杖，她飛快地提起手杖，想用它來襲擊吉姆。我順勢出手切向她手腕，手杖「嗖」地一下飛開了。

她又咒罵起來。這時吉姆已經找到了我們需要的東西，他從角落裡找出鈔票，點了一遍，一共有兩萬多元。接著，吉姆把錢揣進口袋。

「這錢你們不能拿！」曼蒂的聲音柔和起來，淚水不斷地滾落下來。

「我們拿了，而且必須得拿。」吉姆說。

「一會兒你們就會送我去坐牢？」她說著，眼淚止不住地往下掉。

「哦，不，我們不預備送你去牢房，曼蒂，我們會給你一次機會，我的朋友和我打算把錢留下。」我說。

「你這是在趁火打劫！」她哀求說。

她已恢復自己原來小婦人的角色，也許那個角色她扮演太長時間了，以至於她時常忘記自己的真實身分。

「你要是非這麼說的話，也未嘗不可。不過，我們有的是辦法開脫。問題是，你要不要抓住你的機會？」吉姆說。

「什麼樣的機會？」

「你可以逃走，那樣的話，我們各取所需。來吧，現在你有一個新的開始。」吉姆說著，咧嘴笑了，然後彎下腰，把牆上的電話線扯斷。

下樓經過休息室時，那個名叫豪斯的收銀員，一直在仔細地打量著我們。

略帶醉意，我進入一個電話亭，開始打電話。幾分鐘後，我聽見露易絲的聲音。

「露易絲，我們現在正牢牢地盯著兇手，一會兒就趕回去。因此，你別再去嘗試我們之前說過的辦法了，我不願意看到……」

「對不起，」露易絲打斷了我，「我們絕不能放棄。」說完，她把電話掛斷了。

出了電話亭，正巧遇見一位警察，他正急急忙忙地進入休息室，同時以警覺老練的眼光打量我們，向收銀員問道：「豪斯，出了什麼事？」

「是曼蒂，傑克警員。她的房間正好在櫃台上面，自從她和這兩人上了樓後，就不知道發生了什麼事情，鬧騰得像地獄似的，什麼怪聲都有，打她房間的電話也打不通，你最好上去看看。」

警員看了一眼吉姆和我，命令道：「你倆好好待著，哪兒也別去。」

「他們都醉成那副樣子了，就算跑也跑不遠。」豪斯從櫃台後面說。

警員向他點了點頭，進了電梯。

收銀員對我們沒安好心地笑了笑，說：「要是曼蒂少了一根汗毛的話，你們可就惹上大麻煩了。我們都知道，曼蒂向來是一位甜蜜的婦人。」

「說得沒錯，她是個甜蜜的小婦人。」吉姆說著，東倒西斜地走向櫃台，突然一拳揮過去，重重地落在豪斯的下巴尖上。高大的收銀員臉上充滿詫異，緊接著他那高大的身軀隨著一聲悶響，消失在櫃台後面。

吉姆和我急匆匆地離開那兒，跑上街道，然後繞回酒店後面，看見後門還在開著。我們進入裡面，發現露易絲面朝下躺在地板上。我一邊在心裡暗暗詛咒，一邊慌忙和吉姆一起奔上前去。「露易絲！」我捧起她的臉，大喊著。只見她的一隻眼睛緩緩地睜開，另一隻眼睛擠著。

「嘿，搞什麼鬼！嚇死我們了，還以為你……」吉姆生氣地吼了起來。

當我們把她扶起時，她賠著小心說：「對不起，讓你們擔心了，但是我總得確定一下，是自己人，而不是利思吧。」

「你是怎麼做到的？」我問。

「我掛了電話後，就來到這個地方。我告訴利思，讓他站在我能看得見的地方，但是沒過一會兒，我假裝摔倒，把手槍跌落，利思乘機像餓狼撲食一樣抓起手槍，對著我一連開了四槍。幸好我跟他之間還有一段距離，你要知道，雖然槍裡裝的是空包彈，若是距離近的話，還是會很疼。還好我沒有受傷，而且裝死的樣子看起來很逼真。說實話，我的演技還不錯吧。」

「露易絲，你真是個瘋子，你肯定是瘋了。不過，我不得不承認，你確實表演得相當出色。」我動情地說，親吻了一下她的臉頰。

她笑了，那笑容看起來讓人有些頭暈目眩。「那真正的殺人兇手是……」

「是一個女兇手，一個有著很高殺人本領的矮小老婦人。」吉姆說。

「怎麼會是婦人？」露易絲有些吃驚。

「她可不是什麼婦人，她是一個罪大惡極的殺人犯。確實是她。現在保險金的大部分已經找到了，我們可以直接拿過去，把這些還給應得的人。

「可是，那個婦人？」露易絲問。

「她一定逃走了！」吉姆用十分確定的語氣說。

「那利思呢？」她又問。

「他一定以為已經把你殺死了。他會丟掉那把槍，然後來尋找我們。他相信曼蒂的身手，所以他會認定我們也已經被殺死了，而且身上揣有兩萬五千元錢。但是，當他實在找不到我們的時候，他也會選擇逃走。」

露易絲點點頭，臉上帶著很愉快的表情：「一切到此為止了，對嗎？」

「哦，不，我們還有最後一件事情要做。」吉姆說。

我和露易絲跟隨著他，來到櫃台前面。他拿起聽筒，撥打電話。電話接通之後，他對著電話說：「請記下這件事，一定要記錄正確。這裡接連發生了五件醉倒在路旁而遭殺害的命案，他們五人的名字分別是是唐恩、莫里斯、霍華德、哈德、遜斯。他們五人的人壽險受益人均已改為利思。利思是街上一家酒鋪的老闆，他個子不高，禿頂，戴一副近視眼鏡。他雇了一個名叫曼蒂的老婦人，專門為他下手行凶。這位老婦人一直假扮盲人，有時候會戴著墨鏡，手持白色手杖，還牽有一條導盲犬。那是一隻牧羊犬，眼睛是金色的，性情特別溫馴。她住在『亞加士旅館』。現在他們二人被找到真相的人給嚇壞了，正要離城逃走。現在剩餘的任務就交給你們了，請盡快去追捕他們。」

他頓了一下，又說：「什麼？我的名字？我叫羅賓漢……」說著笑了起來。

掛上電話，我們三個人一起離開了酒店。

百密一疏

霍利把車拐向家門前的車道時，已經中午十一點五十分。他不停地四下張望，確信沒有人注意到他，因為這是個新社區，搬進來的住戶還不多。

他神色緊張地穿過小徑，走進廚房。他太太正站在通向地下室的梯階頂上，她的腳邊放置著兩盆衣物，這些衣物還沒有來得及去洗。這場景跟他事先料想的一樣。

其實，地下室裡放有一台新洗衣機，可她總是不用，堅持自己手洗。她大部分的時間，都耗費在這上面。她的名字叫麗絲，由於年老色衰，外加沒完沒了的嘮叨，霍利早就受夠了她。霍利的職業是經紀人，他在一家房地產公司工作，由於工作的原因，他一天到晚在外面跑，很少在家，而麗絲是一位典型的全職太太，一天到晚待在家裡，足不出戶，也不與任何人交往。只要霍利一回家，總能看見她那一張憔悴不堪的面孔，總能聽到她那一說起來就不會停止的抱怨。聽到腳步聲，她轉過身來，頭髮亂蓬蓬的，臉看上去也髒兮兮的，一看到霍利，她的嘴巴就開始工作了：「地下室還沒刷洗呢……」她說著，長臉很快拉了下來，更增加了幾分醜陋，「哎，聽著，我在跟你說呢！聽見沒有！」

趕快閉上你那張臭嘴吧！霍利在心裡想到。結婚已經兩年了，霍利從未在家裡吃過午飯，現在他突然回來了，可是她作為妻子，竟然不是先問一下他會突然回家的原因，是否身體有什麼不適，或者是出了什麼事情，而是劈頭蓋臉地來了一句「地下室還沒刷洗」！老天，也許在她眼裡關心的只有這個！麗絲彎下腰，笨拙地端起一個洗衣盆，走向地下室的梯子。她邊走、邊說：「還有一件事……洗衣機……」

這一套霍利早已領教夠了。她總是麻煩不斷，總會不停地找出這樣那樣的事情來。霍利再也聽不進去她講什麼洗衣機的事情了，他下定了決心，跨過一個箭步，雙手抓住麗絲的肩膀，閉上眼睛，用力地將她推了下去。一聲驚恐又短暫的尖叫之後，一個重重的東西碰到地板，發出一聲悶響，接著，一切回歸平靜。

霍利睜大眼睛，向地下室的方向窺視。只見麗絲躺在水泥地板上，正面朝上，她的脖子略微有些扭曲，一隻腳搭在最底層的階梯上，洗衣盆翻倒在地，裡面的衣物散落了出來，一條床單被攤開了，正好蓋在她身體的下半部，看起來活像屍衣。

霍利長出一口氣，謀劃了幾個星期，他的任務終於完成了。現在，他徹底解放了，變成一個自由之身。下面的計畫是：他迅速離開現場，去「鑽石旅館」。在那裡，他跟哈雷兄弟有一個午餐約會。他們會在那裡簽一個合約。從此，他會過上一種全新的生活，逐漸邁向成功之路。由於麗絲的死亡，他可以多拿兩萬元保險金，那對他而言，可不是一筆小數目。

目前為止，事情很順利，他只需要繼續。

可就在這時，他突然感到地下室有什麼響動，於是，他止住了腳步。他滿懷狐疑地轉向地下室，開始仔細查看，麗絲的腳正緩緩地從階梯滑落到地板上。

看到這些，他感到極度恐懼，全身開始不停地發抖。如果她還沒有死，只是暫時昏迷，怎麼辦？如果她摔成癱瘓，那就得花一大筆錢，說不定還得坐輪椅……他不敢再往下想了，這些都是他最不願意看到的。還有一點，如果她真的沒死，也許還會控告他蓄意謀殺……

他放棄了迅速離開的想法，雖然他事前是那麼計畫的。但是，現在他發現計畫並不周詳。在沒有確定她已經死亡之前，他是絕對不能離開現場的。他咒罵了自己一句，埋怨自己花費了兩個星期籌劃，卻把這麼重要的一點給漏掉了。

他小心地一步一步走下樓梯，走到仰臥的軀體旁邊，緊張兮兮地觀看。看了一小會兒，他覺得還是不太放心，就壯著膽子，側下身去，伸手試探麗絲的心跳。但就在這一剎那，麗絲的眼睛忽然睜開了，那雙眼睛直勾勾地瞪著他，眼神裡充滿了恐怖和怨恨。

他嚇得魂飛魄散，連忙往後跳開，試圖躲開那雙眼睛。那雙眼睛並沒有再追隨他，只是睜得大大的，像是在凝視著什麼，讓人不由得豎起汗毛。霍利驚恐地尖叫著，慌亂地跨過麗絲的屍首，猶如一隻受了驚嚇的動物，四肢著地爬上階梯。

霍利趕到鑽石旅館時，正好是十二點十分。他下意識地整理了一下自己的衣服，又伸手捋了捋有些淩亂的頭髮，在心裡寬慰自己說：「一切都過去了，麗絲已經死了，剩下的事情，還會跟原來計畫的一樣。」

停車場只停了幾部車，哈雷兄弟的紅色敞篷車還沒有來。這對他而言，是一件好事。他可以說自己是十二點整到這兒的，這樣的話，就可以把回家的那十分鐘給掩蓋過去。

過了片刻，紅色敞篷車來了，停在霍利的汽車旁邊。哈雷兄弟和一位瘦削的律師從車裡跳了下來，三人都穿著運動衫，看起來神采飛揚。

看到霍利，哈雷兄弟中的一位說：「計畫有些改變。我們先去榆樹山的高爾夫球場。球場剛剛開業，我們去那兒吃午飯，吃完飯後，一邊打球、一邊談生意。」

那位瘦瘦的律師走上前來，與霍利握手。「我們剛才跟你聯絡，你辦公室的小姐說你陪客戶出去了。」律師回頭看了一眼哈雷兄弟，接著說：「現在，你可以回去取球桿。」

霍利急忙接過話說：「哦，不用了，球季時，我的球桿一直都放在車廂裡的。我經常去打高爾夫球，這個哈雷兄弟知道。我們坐一起吧，我沒有去過榆樹山。」他拉開車門，請律師上車。

下午五點十分，霍利回到自己的家，他把車開進車庫，熄了火，坐在車裡開始沈思。

到現在為止，所有的行動都完成了。只剩下「發現」屍首和報案了……

他進入廚房，停頓了一下，強壓內心的恐懼。整個下午，麗絲那雙恐怖和憤怒的眼睛一直在困擾著他。說真的，他怕極了那雙眼睛。不過，那雙眼睛應該已經閉上了吧。他如此安慰自己。徑自走到地下室入口，他沿著樓梯向下看去。只有那匆匆的一瞥，他的臉色全變了，頓時一臉慘白！要不是及時用手抓住門框，這一會兒的工夫，他一定會掉進地下室了。

屍首不見了！

樓梯底下連個人影都沒有，那盆散落的衣服已經收拾好了，重新放回了盆裡！他猛地打了個哆嗦。他魂不守舍地來到起居室，接連打開兩個臥室的門。「麗絲。」他試探著叫喊，聲音起初是柔柔的，接著變成了驚恐，「麗絲！麗絲！」他有些聲嘶力竭。

房間沒有人回應，有的只是可怕的靜默。

他蜷縮在起居室裡的一把椅子上，頭腦裡的亂麻不停地瘋長。她還活著？難道她只是昏迷了？可她現在又會在哪裡呢？

下午跟哈雷兄弟簽約時，他已經預付了借來的訂金，一萬元整。他計畫得好好的，以為馬上就可以得到麗絲的兩萬元人壽險費，可是，現在情況變了，也許麗絲沒有死……又或許，她還會報警，說他意圖謀殺，要是那樣的話，警方此刻正在全力抓捕他吧？

突然門鈴響了，他嚇了一跳，從椅子上蹦下來。

他動作僵硬地打開了門，一個身材高大的男子站在門口。對方亮出了警徽，說道：「我是吉米警官。」

吉米警官指著椅子說：「霍利先生，也許你應該先坐下，我有不好的消息要告訴你。」

等霍利坐定後，吉米警官也在對面坐了下來，他從外衣口袋裡取出一個小本子後，就開口了：「霍利先生，我想我還是直截了當跟你說了吧，你妻子摔了一跤，跌進了地下室，這一跤，摔得太嚴重……」

「那她怎麼樣了？是不是已經……」

吉米警官點頭默認，他接著又說：「她的脖子摔斷了，法醫鑑定後說，她是當場死亡，屍首我們已經送到停屍間。」

此時的霍利，根本不用再去假裝震驚，從他踏進家門到現在，他的承受能力就快到極限了。麗絲屍首的消失，警官的突然造訪，帶給他的震驚已經足夠多了。是的，當他聽說麗絲已經當場死亡時，他禁不住地吐出了一口氣。這個小細節已經不再重要了，因為把它解釋為一種過度的悲痛，似乎也說得過去。要緊的是，麗絲死了，而且她也沒有留下話，一切還算順利。

「目前，我們了解的情況是這樣的。你太太的洗衣機壞了，她在上午十一點三十分時，打電話找人修理，下午一點鐘，修理工趕來修理時，他發現了階梯下的屍首。」吉米警官打開小本子說。

霍利心中突然有一種不祥的預感，他的耳邊回響起麗絲那句討厭的抱怨——「還有一件事……洗衣機……」那是他下手前，麗絲說的最後一句話。他又咒罵了自己一句，同時也開始暗暗擔心起來：真是百密一疏，千萬可別因為這事兒露出馬腳。

吉米警官看了看他，接著說了下去：「一接到電話，我們就馬上趕過來做例行檢查，同時也四處找你，你辦公廳的小姐也幫忙去找，可不知道你到底去了哪裡。鑒於這樣的情況，我們只好先去驗屍，後來又將屍體送到停屍間。之後，我一直逗留在附近等你。」

霍利長嘆了口氣說：「她可能是不小心摔倒的。」

「從跡象上看，確實是這樣。」警官翻了兩頁，把小本子平攤在桌上，拿出一支鉛筆，繼續說道，「這個時候來打擾你，真的很感抱歉，但我也是例行公事，希望你能諒解。能否跟我說一下，你今早離家，到你剛剛回來的行蹤？」

霍利點點頭，很配合地說：「這個當然，我和平常一樣，九點鐘準時進辦公室，跟祕書談了一些公事後，我帶著一對老年夫婦出去看房子，十一點四十五分把他們送回公寓。之後，我就直接去了鑽石旅館，在那兒，我有個午餐約會，是和哈雷兄弟，還有一位律師。」

「午飯，你們是在鑽石旅館吃的？」

「不，哈雷兄弟提議要直接到榆樹山高爾夫球場，然後在那裡吃午飯，這樣方便打高爾夫球。」

「你回家去拿球具？」

「不，球具我一直放在車廂裡。」

「接著，你們就開車去榆樹山？」

「是的，我和那個律師同車去的。」

吉米警官把小本子翻過一頁，看著他說：「要是這樣的話，這一天裡，你在送走客戶到去鑽石旅館的這段時間裡是獨處的。」

「而這段時間，正好是你太太的死亡時間……」吉米警官低頭說。

霍利打斷了吉米警官的推測，說道：「等一下，你這是在懷疑我……」

吉米警官搖搖頭，認真地說：「我並沒有懷疑你什麼，只是把事實闡述一下。」他收起小本，連同鉛筆一起放回外衣口袋，「霍利先生，我還有兩個問題想問你，你太太投有人壽保險嗎？」

「有，我們各投一萬元，互為對方的受益人。」霍利回答。

「如果意外死亡的話，各有加倍賠償？」吉米警官進一步確認。

「哦……對，好像是這樣的。」霍利遲疑了一下，看上去像是經過了一番回憶，才剛剛想起的樣子。

吉米警官的手指敲打著桌面，抬頭看著霍利說：「恐怕你領不到加倍賠償了。」

「可你剛才說，她的死亡是個意外。」

吉米警官走到地下室入口，指著階梯底下的地面，說：「你妻子的屍體，就是在這兒被發現的。她跌下去的時候，手裡正端著洗衣盆，衣物散落了一地，一條被單蓋住了她的半個身體。在她摔下來以後，曾經有人走近過她……但是，那個人，由於某種我們不知道的理由，沒有及時報案。」

霍利的臉色「刷」地一下變了顏色，說：「但……但是，我聽不大明白。」

吉米警官從口袋裡掏出一條白手帕，小心鋪在地上，說道：「有一點你應該清楚，你家的地下室好長時間已經沒有刷洗了，堆積了厚厚的一層灰塵，所以我們在床單上發現了一個非常清晰的腳印。霍利先生，麻煩你抬一下右腳，然後把腳踩在手帕上。」他看了一眼已經呆如木雞的霍利，冷冷地說，「對不起，這麼做也是為了取證。」

霍利的嘴突然張開了，他全身不住地開始顫抖，臉色異常蒼白，顏色就如同那張手帕一樣。一下子，他全回想起來了。在他被麗絲的那雙恐怖的眼睛嚇得落荒而逃的時候，確實踩過那條床單。可他一直沒有把這些當一回事，在心裡一直打著他的如意算盤。他的腦子也一直被發現屍體、驚慌報警——這個他早已想像了許多遍的場景佔據了。全都怪這該死的洗衣機！早不壞，晚不壞，偏在這個時候出現了問題！還有那個討厭至極的修理工！他出現得也真不是時候啊！

銀行搶犯

莫利說：「我想，犯罪是一件有趣的事情。」

聽到這句沒頭沒腦的話，巴克嘟囔了一聲，沒有反對他。因為他知道，莫利一定會把這話說個明白，他只需要花些時間等著，而巴克有的是時間。

坐在靠牆的兩張折疊椅上，他們有一搭沒一搭地說著話。他們的面前是一片碧綠的草坪，草坪的那邊圍著鐵欄杆，欄杆外面是條街道。整個退休中心，被鐵欄杆圈起來了。

這個中心的環境很好，許多人來了以後，就喜歡上了這裡，不想再離開。

這是一個清早，草坪上的露珠還沒有乾，陽光也不太強。這時候，是早飯的時間，人們都在吃著早飯，而莫利和巴克已經坐在了樹下。

只見莫利從膝蓋上拿起望遠鏡，開始眺望對面的公寓。莫利是個骨瘦嶙峋的老頭。他身穿一件寬大的花色運動衫，頭髮花白且凌亂，長滿皺紋的臉上鑲嵌著一雙湛藍色的眼睛。今年他已經七十五歲了，可整個人看起來很年輕，沒有一點遲鈍或呆滯的跡象。

「你看，又是五樓的那個女人，她現在又在陽台上。每天早上的這個時間，她會穿著比基尼出來曬太陽。」他說。

「比基尼？那可沒什麼稀奇的。在海灘上你能看見一大堆！」巴克回答。

「這跟海灘上的，可不一樣，你看看就知道了。」說著，莫利把望遠鏡遞給了巴克。

拿起望遠鏡，巴克滿懷好奇地打量著那座公寓。

「你瞧，她不應該曬那麼黑。一個有這麼好身材的女人，皮膚白白嫩嫩的、軟綿綿的才有味道。」巴克說著，把手裡的望遠鏡擱下，身子向後一挺，又慵懶地在靠椅上躺下。他是個身材矮小的人，面部的肌肉已經很鬆弛了，頭上已經沒什麼頭髮了，光禿禿的腦袋上正淌著汗滴。巴克很不耐熱，就像這樣的早上坐在陰涼裡，他也會直冒汗。這樣的天氣，他寧願陪莫利在屋裡待著。

「在這兒也無聊，我們做些什麼呢？」他一邊說，一邊小心地摸摸自己那鐵灰顏色的頭髮，這些稀疏的頭髮，看起來就像是他的寶貝。

莫利說道：「可以去犯罪。我早就想當一個罪犯了，那樣的話，我就不用在這裡待著。想想看，我還剩下什麼？自己的那些養老金和社會福利金，全都給這個中心拿去了。現在自己口袋裡的錢，連買張公共汽車票都不夠。即使能搭車進城，沒有錢去了城裡也沒意思。」

「你需要的話，我還有一些。我兒子給我寄了五塊零用錢。」巴克說。

「這些錢能起什麼作用？我們兩個辛辛苦苦忙了一輩子，到頭來都得到了什麼？結果是兩袖清風、一無所有。我們老實本分、規規矩矩地過了一輩子，現在被逼得無路可走。所有的積蓄，也因為通貨膨脹而全部花光了。巴克，現在我必須告訴你一件事。就在昨天，我去了中心負責人的辦公室，他告訴我，以後每個星期需要多交十美元，如果不交的話，就得離開。天哪！十美元！我哪裡還拿得出來？可是不住這裡，我實在想不出還能去哪兒？」莫利滿是抱怨地說。

「每星期加十美元？他沒有跟我提過。」

「遲早會說的。」

「看來，我們也只能一起離開這裡了，一星期再多加十美元，我也負擔不起。」巴克嘆了口氣，說道。

「別擔心，你還有兒子可以資助你，而我只能靠自己。」莫利寬慰他說。

「那可不行，他還得掙錢養家，每星期多付十美元，他也負擔不起。」巴克憂慮地說。

「把望遠鏡拿給我一下。」莫利說。

他端起望遠鏡，又一次地打量起對面的那座公寓。他邊看邊說：「每天上午，只要他丈夫一出去，有個年輕人就會來找她。接著窗簾就放下來了。每天都這樣，太瘋狂了，他們累不累呀？」

「誰都年輕過，你應該明白那是怎麼一回事。」巴克有些不以為然。

他放下望遠鏡說：「可是，我不會做得那麼過分。如果我找到她，拿這件事情要挾她，讓她每星期給我十美元。不給的話，我就告訴她的丈夫。你覺得這樣能行嗎？」

「你想敲詐勒索？」巴克吃驚地叫了起來。

「我為什麼不能那麼做呢？現在到處都是小偷，從每天的報紙裡都能讀到。那些大財團們操縱金錢，商人們逃稅漏稅，警察們接受行賄，這些事情哪一樣不是違法的？可又能怎麼樣呢？到最後，終歸會不了了之的。另外，還有一些人選擇販毒、搶銀行，或者欺詐。想想看，巴克，他們有什麼錯呢？也許他們的做法才是明智的。等年紀大了，錢也夠花了，不用再為每星期多加十塊錢發愁。」

「昨天，我在晚報上看了一則消息。看到之後心裡就再平靜不下來了。消息大概是說，在銀行，一個人遞了一張字條給出納。字條上說，他身上帶有槍，如果出納不把所有的錢都給他的話，他就會立刻開槍。結果這個搶劫犯順利地得手了，他拿著五千元混進人群裡逃脫掉了。想想看，在這麼大的一個城市裡，想找到他可不容易。他不會被逮到的！其實，我早就想做同樣的事情了。」

「你的意思是，你也想去搶銀行？」巴克不確定地問道。

「是的，我想不出不去的理由。搶銀行，需要的是膽量，這一點我完全具備。」

「可是，你沒有槍。就算把咱們兩人的錢加在一起，也買不了一支槍。即便是弄來了一支槍，你也沒法使用。你有關節炎，根本拿不穩槍。況且，你從來就沒有碰過槍。」

「你說的問題，我也考慮了很長時間。最後，我想明白了，其實我不需要槍。我只需要製造一個小包裹，然後嚇唬一下出納小姐，說那裡面有炸藥。一聽到這個，她就會乖乖給錢了。」莫利鄭重其事地說。

「你還真拿這個當成一回事了？」巴克笑道。

莫利又一次舉起了望遠鏡，看了良久。他一臉嚴肅地說：「巴克，我的老夥計。我沒有跟你開玩笑。現在，我們沒有別的出路了。假如我們再想不到辦法，籌到每個星期額外增加的十塊錢，我們就會被趕出這裡。到那時，我們就只能去貧民窟了。那可不是個好地方，在那裡我們根本沒法出門，一出門肯定會遭到搶劫。同時外加物價暴漲，我們會被活活餓死的。而這裡，雖然不是最好的，可是也還算不錯，還能被人照顧。就因為這十塊錢，要你離開，你捨得嗎？」

「我怎麼會捨得呢！儘管他們整天下棋、打撲克的時候，有點吵。他們的狀況和我們差不多，難道他們能拿出十塊錢？」說著，他掃視了一下四周，只見其餘的椅子也都坐上了人，人們已經開始四下活動了。

「也許吧。我也不清楚。不過那是他們的事情，跟我沒有關係。反正，昨晚我是一夜沒有睡踏實。我得好好想想，到底該怎麼辦。最後我得到了一個答案。你看看公寓房子過去那家的招牌。」他把望遠鏡遞給巴克。

接過望遠鏡望了望，巴克不解地問：「洗車廠有什麼好看的？」

「你看看，另外一個方向。」莫利的語氣裡透露著煩躁。

「難道你說的是銀行？」巴克轉動方向，望了一會兒，叫嚷道。

「沒錯，我就是在說那裡，可是，我們身上的錢不夠，去不了那裡。」

「我們？你是說還有我？」

「是的，我需要一個搭檔。」

「但是，我並不了解銀行的情況。」

「我們是去搶銀行，不需要知道什麼。那些搶銀行的人，也什麼都不懂，但是他們就進去了，把事情做得乾淨利落。」

「怕是說起來容易，做起來難啊。銀行裡面有警衛和警察，他們身上帶著槍，子彈可是不長眼睛的。」巴克的語氣裡掠過一絲恐慌。

「也沒有你想像的那麼可怕，畢竟還有很多人都去搶了銀行，而且也得手了。昨天晚上，我想好了一個計畫，我們只要按這個進行，就一定沒有問題的。」莫利胸有成竹地說。

「那要是我們不幸被抓了呢？」

莫利聳聳肩，安慰道：「不會的，可能性很小。就算真的被抓了，情況能有多糟呢？我們這麼大年紀了，活不了多長時間了。又能坐上幾年牢？那些日子，我們至少不用為額外的十元食宿費發愁。」

從巴克手裡接過望遠鏡，莫利又看了一下銀行，他的臉上掛著一絲微笑，繼續說道：「放心吧，老夥計。我們這次會萬無一失的。各種可能發生的狀況，我都考慮過了。之前我也想過在合作社、零售店、酒吧，或者是洗車廠下手。可是，經過一番對比後，我發現這家銀行是最好的地方。」

「你真想搶劫的話，也許你可以去我們綠石南，那裡有一個屠夫，人特別壞，總是愛缺斤短兩。」巴克建議。

「他一個屠夫能掙多少錢？」

「可是他手頭上的全是現金。」

「我們別想這個了。還是搶銀行吧。這家銀行不大，只有一個進出口。我們中午下手。那時候，銀行旁邊的人行道上全是人，警察不會輕易開槍的，我們很容易脫身。」

「可是，我腿上有靜脈曲張，根本跑不快。」

「用不著你跑。就是讓你慢慢地走，這樣才不會引起別人的懷疑。如果真需要跑的話，讓我來。」莫利不耐煩地跟他解釋。

「你這老骨頭了，準會跑出心臟病來。」巴克的言語裡帶著不屑。

這時，他們身邊出現了一位拄著拐杖的白髮老太婆。她非常費力地走到他們身邊，然後，一屁股跌坐在椅子上，如釋重負一般。坐下的時候，她朝他們笑了笑。

「去我房間說吧，我們的談話，不能讓這個美國小姐聽到。」莫利在巴克耳邊低語。

於是，他們上了二樓，來到莫利的房間。這個房間很小，但很溫馨。莫利坐在床上，巴克坐在一把椅子上，這是房間裡僅有的一把椅子。

「我覺得這件事情不太靠譜，成功機會不大。」巴克打起了退堂鼓。

「你不用替銀行擔心，他們不會賠錢的。他們有保險。何況我們索要的金額也不大。幾千塊錢就行了，夠我們應付好幾年了。你我也活不了太長時間了。」莫利說。

「老夥計，我可不願意聽到這些。我覺得自己身體還不錯，再活個一、二十年不成問題，你也一樣。」巴克反駁道。

莫利顯然是已經不耐煩了。他做了個手勢，插話進去：「別在那兒白日做夢了，現在我們連眼下急需的十塊錢都拿不出來。」

「只是這麼大歲數了，我實在不想做違法的事情。」

「那我問你，在年輕的時候，你有沒有去銀行存過錢？」

「是的，當然。不過不經常去。」

「想想看，銀行拿著你的錢去賺了大筆的錢，而你只得到少的可憐的利息。現在，你只不過是補償你應得的那些利息罷了，難道你不想拿到這些？」

「怎麼不想？說說你的打算。」巴克摸摸下巴，若有所思地回答。

莫利滿臉神祕地將手伸進了抽屜。接著，他從裡面拿出一個長方形盒子，盒子的外面還用褐色紙包著。看著自己的傑作，他笑了，得意揚揚地說：「瞧！這是我的炸彈。」

「我看它更像是一個用紙包裝的鞋盒子。」巴克不太買帳地說著。

聽到這話，莫利拉長了臉說：「這就是一個鞋盒。不過，銀行的出納肯定想不出這裡面裝有什麼？」

「這裡面有什麼？」巴克問道。

「其實什麼也沒有裝。也不需要裝什麼，只要這個就夠了。」他說著，從口袋裡掏出一張紙條，遞給了巴克。

接過紙條，巴克瞇著雙眼，伸直胳膊認真地看了起來。只見字條上寫著：「盒子裡裝有炸彈。如果想活命的話，就把所有的錢裝進紙袋，不許聲張，直到我離開為止。否則的話，我會引爆炸彈，把整個銀行炸平。把每個人都炸得粉碎，也包括你在內。」

「我覺得有點長了。炸了那裡，她肯定會死，你不說她也明白。要是我，我就不寫這一句。」巴克挑剔地說。

「管那些幹嗎？只要她明白就好！」莫利暴躁地說。
「好吧。那你字條上提起的紙袋呢？」
「紙袋在這裡呢。這是今天早上我在廚房拿的。」莫利說著，將一個沾滿油漬的袋子遞給了他。
「怎麼找了個這樣的袋子？這是他們裝魚的！」巴克皺皺鼻子說。
「只要是袋子就行。等她把錢裝好，我立刻離開。」莫利一臉不耐煩地說。
「接下來怎麼辦？」巴克追問了一句。
「接下來就靠你了。你在銀行外面等著，我一出來就把紙包交給你。萬一我真的被抓了，他們也沒有證據。」
「可是，警衛手裡有槍。」
「出納肯定會告訴他們，我手裡有炸彈，他們不會輕舉妄動。」
「那他們也會追出銀行的。」
「那麼多人都在那裡，他們採取不了什麼行動的，也不敢在人群裡這麼去做。」
「我看你是瘋了。」
「不這樣的話，怎麼能成功呢？恐怕別人也想不出更好的辦法了吧？報紙刊登的這類新聞，我一一研究過，他們也沒有新的高招。」

「紙袋遞到我手裡時，他們就會抓住我。」巴克擔心地說。
「放心吧，沒有人懷疑到你的。你只管穿過馬路，在這裡等我。我脫身之後就過來跟你會合。」
「我看，我們十有八、九會在監獄會合。」
「不會的，老夥計。他們不會把老人看成是搶劫犯的。在他們眼裡，老人頂多只敢偷偷東西。只有出納小姐見過我的長相。但是，她一定嚇壞了。記不起什麼事情的。所以，我們兩個只會被認為是午間出來散步的老傢伙。」莫利說。
這一次，巴克沒有吭聲。
「我們需要的只是每星期十塊錢，要的也不多。銀行犯不著為了幾千元大動干戈。」見到巴克不溫不火的樣子，莫利繼續鼓動。
「你簡直是個瘋子。居然真的打算這麼去做！」巴克說。
「是的，我確實瘋了。我已經決定了。我要去爭取我想要的東西。如果你實在不願意幫忙，我也不勉強，我自己一個人去。」
巴克無奈地摸摸臉，用手扯扯領子，然後梳理了一下他的寶貝頭髮，一臉憂鬱地說：「那好吧。既然你執意要進監獄的話，我陪你一起去。省得你一個人在裡面會覺得孤單。今天的日子好嗎？」

「今天和以往的每一天一樣，都是好日子。那我們現在下樓去完成我們的任務。」

等到十二點，莫利和巴克一個在前一個在後地出發了。他們穿過草坪，走出了中心大門。莫利把空鞋盒緊緊地抱在胸前，手裡攥著那個紙袋。他緩緩地穿越街道，小心翼翼地觀察著紅綠燈。巴克低著頭，一瘸一拐地尾隨其後。

終於，兩人來到了銀行的旋轉門前。進門之前莫利轉過頭，看了巴克一眼，那眼神意味深長。

銀行裡很安靜。在出納的窗口前，人們排著隊，一個個都是一副心不在焉的樣子。此刻，大廳裡有三個窗口前面站著出納小姐，她們的臉上都掛著職業性的笑容。莫利選擇了靠門口的一隊，站在隊伍的後面。

站在那裡，他感覺自己的手掌在不停地冒汗，胃部也開始抽搐起來，像是有些消化不良。他這才記起早上忘記了吃胃藥。

剛剛在退休中心的時候，他就是用嘴去說，覺得事情簡單極了，可是現在真正開始實施了，他發現一切沒有想像的那麼簡單。

每星期還得加十塊錢的食宿費呢！他給自己鼓勵了一下。

現在，他是隊伍裡的第四個人。在他的前面站著個身材很高的人，他把莫利的視線全給遮住了，莫利觀察不到出納。這使得莫利有些焦躁不安。於是他稍稍往邊上靠了靠。他又看到了那位年輕的出納小姐，她梳著短短的金髮，皮膚很健康，一看就是一個非常活潑、開朗的女孩。

隊伍開始前移了。

這時候，莫利下意識地瞥了一眼門外。巴克站在門邊，他正往裡面探頭探腦。那個已經禿頂的腦袋閃閃發亮，顯眼極了。笨蛋！這樣會引起別人注意的！莫利在心裡暗暗埋怨。

輪到前面的高個子了，莫利伸長脖子，開始打量櫃台裡的出納小姐。

他看到出納小姐的臉色變了，健康的光澤已經消失，整個臉慘白慘白的。她把一疊鈔票一股腦兒塞進一個紙袋裡，連數都不數。

莫利睜大眼睛又確認了一遍，確實沒有數！

頓時，莫利警覺起來，因為他發現出納在給別人辦理取款業務時，總是顯得不慌不忙，而且總是會把款目核對兩遍。而現在她看起來有些反常：她一直低著頭，兩眼直勾勾地盯著忙碌的雙手，手還有些顫抖。

前面那人將手伸進櫃台，接過了小姐手中的紙袋。出納小姐這才把頭抬了起來，她的目光正好與莫利相遇了，眼睛裡滿是驚恐和哀怨。

拿到錢那人就轉身離開了。莫利不自覺地尾隨其後。他已經覺察到出納小姐受了恐嚇，不得不給那人一些錢，但是他沒弄明白那個人具體是怎麼做的。

那錢是屬於我的，他不能拿走！莫利有些生氣了。

那人神色匆忙地走向門口，就在這時巴克走進了銀行。他的眼睛一直盯著莫利看，將一隻手舉起，向前邁出了一步，恰好擋在那人的去路上。那人憤怒地罵了一句，猛地推了巴克一下。巴克頓時失去了平衡，跌跌撞撞地來回掙扎了幾步，還是摔倒在地上。

莫利突然想起年輕時候常常玩的一個把戲——他經常走在別人身後，伸出一隻腳鉤住對方的腳踝。然後再猛地用力讓對方重心失衡跌落在地。玩這種遊戲是需要一些運氣，也需要把握好時間的。不過，在這方面莫利算得上是個專家。

現在，他用上了自己的專長。冷不防鉤了那人一腳。那人身體前傾，腦袋重重地撞在旋轉門的銅框上。他手裡的紙袋落了下來，裡面的鈔票拋撒了一地。小手槍也掉在了地上，發出清脆的聲音，在大理石地上滑行了一段距離。

站在莫利身後的出納小姐，從極度的恐懼中緩過神來。她發出了很高的一聲尖叫。一位身穿制服的警衛聞聲迅速走上前來。

巴克艱難地從地上起身站立，俯視了一下那個躺在地上的人後，他的目光隨即轉到莫利身上。他聳聳肩說道：「這有什麼可看的？」他說話的時候，渾身發抖，面無血色。

又是一個清早，天氣晴朗，草坪上的露珠閃閃發光。

像平常一樣，莫利和巴克坐在椅子上。

莫利依然拿著望遠鏡朝對面眺望。「瞧，她又出來了，還是比基尼。」他叫嚷著。

「對這個我可不感興趣。到現在我還是渾身酸痛。年紀大了，做違法的事情沒有益處。」巴克生硬地回答他。

「那個人自作自受，他現在已經坐牢了，你還想拿他怎麼辦？」

「要不是他的話，現在坐牢的人，也許就是你。」

「我可不這麼想。其實，你應該看到，如果不是被我鉤了一腳，那人完全可以逃脫。那確實是個不錯的主意。事後，他們也沒有人質問我，為何會出現在那裡。我曾經跟你說過的，一個七十五歲的人，是不會遭受別人懷疑的。反倒是你，擅自走進銀行，把我的計畫全打亂了。」

「我進去就是想阻止你做蠢事。我們也都一大把年紀了，不應該再犯這種錯誤。再說我們根本沒有能力做好。」

「你怎麼老是這麼想？其實，在這裡許多人都很有本領。也許我們應該鼓勵發揮所長，組成一個幫會——」

「聽起來確實不錯，到時候我們要坐著輪椅逃走嗎？不要老是想著那些不切實際的事情了。」巴克無精打采地說。

「照你的意思，你是寧願受苦，承受金錢、精神和肉體的煎熬了？」

「都已經活到七十五歲了，受點苦又能怎麼樣呢？總會找到辦法挺過去的。」巴克聳聳肩說道。

莫利聽完，嘆了口氣說：「但是，接下來的一段時間，我們不會為金錢發愁了。銀行經理說，銀行方面會支付給我一千元的酬金，也就是百分之十。還有報社方面也答應要付給我支票。因為我給他們提供了一個很好的素材。想我這麼大年紀的人，還去見義勇為，奮不顧身抓歹徒是很難碰見的。可是，他們根本不了解內情。我之所以那麼做，只是因為我很生氣。那人取走了本來應該是屬於我們的錢，還把你推倒了。不管怎麼說，我們的錢還足夠在這裡待上一段時間。」

「我們應該可以再多住一段時間。我摔倒在地時，也撿到了一些錢。也許他們會追查？」巴克說著，從口袋裡摸出一疊鈔票，遞給了莫利，鈔票的紙帶上寫明是一千元。

「查是肯定會查的。不過，當時現場那麼亂，有那麼多人，他們也弄不清楚，到底是誰拿走了錢。」

「我覺得，我們還是把錢退回去比較好。」

莫利思考了一會兒，說：「先別急。我們先把錢留著。但願我們永遠也用不著。到那時候我們寫一份遺囑，把錢一分不少地退回銀行，把它當做免息的貸款。」

「這個主意聽起來不錯。那麼，現在我們可以心平氣和地坐在這裡看風景了，把望遠鏡給我一下。」巴克說。

「還有一件事情，我們必須立即去辦。我們得再買上一副望遠鏡，我們的視力不一樣，每次你看過之後，我就得重新調整焦距。」莫利說道。

「這件事情我也很惱火。我們下午就去。」巴克憤怒地回答。

「好了，我想點高興的事。中午的人潮過後，就會有很多漂亮的年輕姑娘出來散步。」

莫利試著緩和氣氛。

「你說的沒錯，我的老夥計。上帝保佑，幸虧你沒有搶銀行。」

「為什麼這麼說？」

「萬一你被捕入獄，就再也沒法看這些漂亮的姑娘了。」

出獄

走道上響起了腳步聲，莫特雙手不由自主地抓緊牢房的鐵門。數年前，自從他被送進這裡的死囚牢以來，這種情況已經出現了五次。坐牢的這段時間，使他慢慢地生出一種怨恨的情緒，這慢慢積累的怨恨讓他很痛苦，他需要發泄出自己的怨恨。

現在，有個人走近牢房，他準備把憎恨發泄給這個人。這個人是監獄的典獄長，他叫奧利夫，現在正由兩位警衛陪著。典獄長面色凝重，他的表情令莫特全身發冷。那神情裡充滿了虛假的哀傷，就像殯儀館的管理員，想在死者家屬面前顯出一點同情的樣子。

看著典獄長的神情，莫特打算接受最壞的消息。莫特自進監獄之後，總向有關部門提出上訴，因而名聲大震，成為監獄裡的風雲人物。現在他估計不會有這麼好的運氣了。典獄長現在已經站在牢房門邊，在他還沒說話的時候，莫特就覺得時間過的令人窒息般的漫長。

「莫特，法院駁回了你最後一次上訴。我和州長剛剛通過電話，他不同意對你暫緩處決。恐怕你在明天上午要被安排處決了。」

「恐怕，恐怕！」莫特不屑一顧地說道，「從進這裡以來，我還是第一次看見你這麼高興呢！每當你宣布我被延期執行的時候，我都能看出你的失望。我現在絕不會向你卑躬屈膝地哀求，也不會捶胸頓足、號啕大哭，更不會做任何讓你高興的事，我要用獨特的方法離開這裡。」

兩位警衛傑弗瑞和衛恩留了下來，典獄長生氣地轉身離開了牢房。兩個警衛都很欣賞莫特的為人，但卻不能幫他做些什麼，兩人只能默默不語。在行刑之前，他們想，沈默就是最好的辦法。

「莫特，我很難過。」傑弗瑞神色黯然地說。

莫特沒說話，他現在需要冷靜，但他那緊抓著鐵門的顫抖雙手，正顯出內心的激動。監獄處決死刑犯的時間是上午六點整，現在是下午四點零五分。也就是說莫特的生命只剩下不到十四個小時了。他曾幾次依靠法律的漏洞，使自己的死刑延緩執行，他希望自己可以憑藉大眾輿論的力量，外面的人會說他在監獄裡飽受折磨，讓最後的判決免他死刑。但是國內外對這個問題的反應，僅僅只是把他為爭取法律爭鬥與生命的事情報導出來而已。一年前他是一位監獄裡的訴訟名人；現在，他是個已經敗訴的死刑犯。

莫特兩眼凝視著前方，慢慢坐下來。他唯一聽見的聲音是翻閱報紙的聲音，此時兩位警衛均在看報，都很不自然。莫特痛苦地閉上眼睛，想到了監獄為他提供什麼樣的方式結束生命。含有氰化物的藥丸會被扔進他住的牢房桶裡，毒氣就會四溢開來，他將扭曲著死去。

在快要死亡之前，他是不是像一般人那樣，回憶著自己一生的經歷呢？如果他真的回憶自己一生的經歷，會發現他的一生就是一部剖析心理的影片，這將會使他很痛苦。他一度懷疑自己、欺騙自己，自己為什麼要花費漫長的時間和屈辱來爭取，爭取讓這一直受傷的心不再受傷，爭取保留住自己這條可憐的性命？

他從小就身體不好，總是生病的他時常休學，因此耽誤了功課。他不是肺炎，就是胃部不適，此外還有嚴重的過敏症，因此他只能經常躺著。醫生對他的家人說，他是由於緊張導致以上狀況的，但他的父親卻不這麼認為，父親說他就是為了逃學而故意生病。莫特想到了父親，這是一個嚴肅、冷酷、從無笑容的男人。他的職業是機械師，他自己經常借酒澆愁，令人惱怒的是他還逼使自己的妻子喝酒，他憎恨體弱多病的兒子。莫特為了讓父親改變對自己的看法，開始變得調皮搗蛋起來。慢慢地開始犯罪，當然，開始的時候罪名很輕。是一位感化院的精神病醫生，告訴他這麼做的。

這時警衛走到門邊，他的回憶被打斷了。

警衛說：「你晚餐想吃些什麼？莫特，你可以隨便點菜。真不知道是誰定的這種蠢規則，一個人不想吃的時候，卻裝大方非要讓人吃。」

莫特道：「奧利夫今晚還來不來？」

「典獄長下班了，他明早才會來，今天不來了。」警衛迷惑不解地說。

「我知道他明早會來，這是他的職責，他會來監督執行我死刑的人，我沒別的意思。」莫特的真正想法是看藥丸子扔進桶裡。他停了一會兒，好像還在回味著這個想法。

「我曾告訴過奧利夫，我會用我自己獨特的方式出獄。」他繼續說道，「我要點一份昂貴的大餐，我會一點不剩地吃下去。你告訴奧利夫，這最後一餐正是我想要的。晚餐給我來烤龍蝦、法國炸魚、小蝦沙拉、蘋果餅、咖啡，外加一份青蛙加豬肉燉的羹。最好再加點好麵包，讓垃圾政府為我這頓飯埋單吧！」

晚上七點三十分，晚餐做好了，警衛把它端到牢房來。警衛看到這些菜，想到這是莫特臨死前的最後晚餐，就覺得反胃，心想莫特如何咽得下去啊！

警衛對著莫特道：「辦伙食的管理員氣得哇哇叫，不過我還是努力讓他們全部做齊了你點的大餐。很抱歉我只能做這麼多了！」莫特沈默著，看著警衛從小洞裡把飯菜塞進來。警衛又開始看報了，莫特接過飯菜，大口地吃了起來。

過一會兒，牢房裡面傳來巨大的喘氣聲，兩位警衛吃了一驚。他們快步衝到牢房前，迅速打開了牢門，發現莫特已經倒在地上。他那已經變得青藍色的臉腫脹著，呼吸也變得困難。「衛恩！快打電話給醫生和典獄長！」

幾分鐘後，醫生讓正在做人工呼吸的年輕警衛起身，他檢查了躺在地上的人犯。過了一會兒，他抬頭看著典獄長，對他宣布說：「人死了！脈搏停了，心跳停了，呼吸也停了，瞳孔開始擴大，你的囚犯已經死了。」

「這怎麼可能，醫生？他前幾分鐘還生龍活虎的，真該死，現在麻煩大了。他會不會是心臟病？」

典獄長的表情使醫生很不高興，他面無表情地說：「還沒驗屍，現在還不知道死亡的具體原因，不過我很想知道事情的發展經過。衛恩給我打電話時說：『快點來，莫特出了意外！』其他的我就不知道了。」醫生死死地盯著用過的餐盤，沒吃完的龍蝦還剩下一對爪子，兩個爪子像一對討厭的叉子，莫特像是被那對爪子叉住了。

這時典獄長心煩意亂，他在辦公室裡聽到輕輕的敲門聲，他嚇了一跳。典獄長惱怒地叫一聲：「進來！」聲音裡充滿了慌亂和不安。

這時太陽已經升的老高了，現在是上午十一點，慢慢過去的時間並沒有讓典獄長感覺比昨天好點。莫特昨晚突然死亡的事件，打亂了監獄的正常秩序。醫生打開門，進來了。

「醫生，驗屍了沒有，是不是心臟病？」

「他不是死於心臟病。我昨晚就開始懷疑自己的猜想，他是不是有一種怪病，驗屍證實了我的猜想。他這種病例極其罕見，光驗屍也找不到他的死因。驗屍只能證明他不是死於什麼，關鍵是他以往的病歷。」

典獄長氣急敗壞地說：「驗了一天，你竟然不知道莫特是怎麼死的？」

醫生很有耐心：「你沒注意我剛才說的話，我說過『極其罕見的病例』。我當然知道他是怎麼死的，從醫學來說，他是死於『血管神經性水腫而引發的貝類反應』。也就是說，嚴重的過敏反應導致了他的死亡，這種過敏比你想像中嚴重。」醫生繼續說，「典獄長，我昨晚和傑弗瑞談過，但他只知道發生了什麼，不知道原因。當我看見龍蝦的那對爪子時，我開始確定到我的猜想。你剛走，我就去診所檔案室裡查看了莫特的病歷。之後，我在今天上午的驗屍結果上看到了一些事實，他的心臟擴張、喉頭腫大等。」

典獄長神情疑惑地說：「醫生，你到底認為這是怎麼回事呢？」

「典獄長，我簡單和你解釋一下，莫特主要想在死前戲弄你們一番。我看過他的病歷，知道他對貝類的海鮮過敏，但他吃普通的魚卻一點問題也沒有。海鮮中的貝類，特別是龍蝦，卻能置他於死地。聰明的囚犯知道，自己當時的緊張狀態能增加過敏反應的嚴重性。他臨刑前的心理，加上引起嚴重過敏反應的那頓最後晚餐，讓他以自己的方式結束了生命。」

醫生兩眼直視著典獄長，語帶諷刺地說完了上面的話。他停了一下，繼續道，「典獄長，你應該換種方式來考慮。就把龍蝦當成死刑用的氰化物，反正這兩個東西都能置他於死地。這樣想，你就不會難過了。」

後窗

清晨的陽光，正在紐約格林威治村的一個住宅區裡醞釀著新一天的悶熱。無論從哪個角度看去，此時的這裡都顯得既僻靜又毫不起眼。遠遠的天邊，一塊一塊的雲朵就像是地面上的水蒸氣，彌漫在低矮的天空。

一幢六層樓房緊挨著村裡的大街，這樓房還是那種老式的結構，左右對稱，並且樓裡沒有電梯。這種小型公寓樓房在這座城鎮中隨處可見。常年的風吹日曬，讓樓梯已是鏽跡斑斑了，可這還是人們進出都必須依靠的唯一通道。公寓樓的每一層都有兩套房間，沿著鏽跡斑斑的樓梯走上樓來，打開房門，就可以依次進入客廳、起居室、臥室、廚房。另外，每套房間的陽台後面都還備有一個防火梯，從陽台上直通到下面的院子。

距離這幢六層樓房後面不遠的地方，還有一幢公寓樓，但是稍微矮一些。一個三十多歲的年輕人在二樓的一個房間裡，正躺在窗前的輪椅上酣睡著。在暑熱中，這個年輕人睡得很沈，汗珠像豆子一樣從他的面頰緩慢地往下淌著。他的左腿從腳腕到大腿部被厚厚的石膏裹著，上面還歪歪斜斜地刻著幾個讓人感到奇怪的字：「此處裹著的是L. B.傑弗里斯的斷腿。」這個年輕人就是我們這個故事的主人公，一位精力充沛的35歲高個子男人。

屋子裡的東西毫無秩序地堆放著，又多又雜，顯得非常凌亂。在他的身邊，放著一張小桌子，上面放著一台照相機，是攝影記者專用的那種能拍攝高速運動的機型，但是在外觀上，這台照相機看起來已經非常老舊、破損不堪了。在這張桌子的一個角上，還擺放著一張大約10英寸的照片。照片上顯示出，一輛已經失控的賽車正衝著鏡頭直飛過來。

在這個房間的牆上還掛著一張大約14英寸的照片，一幅主題為「暴力」的小品。在照片的右下角是一個醒目的簽名：L. B.傑弗里斯。這張照片裡的圖像是重炮轟擊時剎那之間的景象，只見石塊、塵土，人和物，彈片，都懸在半空中。

另外，在這張照片的上方，還掛著另一張，是飛機廠工人罷工時與軍警發生衝突的照片。照片裡，警察正在和罷工的工人進行混戰。拳頭、棍棒、警棍來回飛舞，身上的血跡，人們眼中的憤怒，被擊倒的人想掙扎著再站起來的動作……就在照片的下角也有一個相同的簽名：L. B.傑弗里斯。

還有一張照片，鑲在一個精緻的鏡框中，顯示出在內華達州平原上進行原子彈試爆時的畫面，它顯得令人生畏，又讓人感到壯麗。

屋子的牆角，豎放著一個木頭架子，上面混亂地擺放著各種膠卷等攝影用具和各種大小不一的鏡頭。還有一些時裝雜誌堆放在一個觀察架上，封面上都是千姿嫵媚、百態動人的模特兒。還有一些底片放在雜誌的旁邊，當然也都是些年輕女子的……這整個房間，就是我們故事的主人公攝影師傑夫的。

從傑夫家的窗口看去，對面六層大樓裡住著的人們已經開始起身了。這時，原本安靜的空氣慢慢地出現了動靜。這些居民們一天的活動，也就正式拉開了帷幕。因為正值盛夏，所以每戶人家都敞開著窗戶，顯露出各自在自己的小天地裡忙碌的情形。

一個四十多歲的作曲家正在三樓右邊的屋子裡刮鬍子。桌子上的收音機開著，播放著一位男人的聲音：「……聽眾朋友們，早上好，這裡是紐約沃爾電台。現在的時間是7點15分……現在城市的室外溫度大約有華氏84度……聽眾朋友們，你們是否已經到了不惑之年？但是有沒有想到過自己生命的價值和意義呢？或者，當你清晨睜開眼時，你是否感受到了情緒低落、疲倦不堪？你是否有過這樣令人身心焦慮的感覺？……」

作曲家聽到這兒，不由得皺起了眉頭。他放下剃刀，也沒有擦掉滿臉的肥皂泡就走到收音機前。他有點煩躁地調過一連串廣告節目，直到再次找到一個播放音樂的電台，才稍稍滿意地回身繼續去刮自己的鬍子。

在那幢樓房的四樓後陽台上，也就是防火梯旁邊，懸掛在防火梯上的鬧鐘一個勁兒地響個不停，此時，一對在露天過夜的夫婦也睡醒了。他們無精打采地坐起來對視了一會兒，好像是在說，整個晚上他們兩個人誰都沒有睡好覺。

一座相對低矮一些的屋子裡，就在作曲家臥室左邊向下的位置，一台小電扇正在窗邊旋轉、擺動。電扇安置在桌子的右角，在桌子左邊放著一個麵包烤箱。這間屋子的主人此時就站在桌子的旁邊，一位18歲的年輕芭蕾舞演員，名叫托索。她身材婀娜豐滿，現在只穿了一件內褲，正在廚房裡準備著自己的早餐。只見她一邊隨著錄音機裡的練習曲，不停地伸臂、踢腿、彎腰，做著各種舞蹈動作，一邊把早餐用具一樣一樣地放在桌子上。

那座公寓的五樓右邊的窗口裡，一位婦人微微探出身子，打開了掛在窗外的鳥籠。幾隻美麗的小鳥立刻活躍起來，歡叫著衝出籠子，飛向天空……

仍在熟睡著的傑夫，額頭上布滿了細細密密的汗珠，並且汗珠越聚越大，終於很快流到了一起，最後順著傑夫的臉頰彎彎曲曲地流到嘴邊……

一支溫度計掛在牆上，裡面紅色的水銀柱一動不動地停留在華氏93度的刻度上。

這個時候，在傑夫身邊的電話鈴突然響起來。傑夫猛地驚醒過來，立即拿起話筒，兩眼惺忪地對著電話說道：「喂，我是傑弗里斯。」是傑夫的編輯甘尼森打來的電話，只聽他用異常熱情的口氣高聲說道：「恭喜你了，傑夫。」

傑夫一怔，莫名其妙地問道：「恭喜我什麼？」

「你的石膏不是該拆了嗎？」

傑夫苦笑了一下，反問了一聲：「誰說我的石膏該拆了？」他邊說、邊懶洋洋地朝窗外瞥了一眼。

對面兩個幾乎一絲不掛的女孩在大樓專供曬日光浴的樓頂平台上又說又笑。她們躺在鋪在樓頂平台的浴袍上，這樣其他的人就看不見她們了。傑夫的臉上掠過一絲失望的神情。

電話裡的甘尼森用充滿自信的口氣繼續說道：「今天是星期三，從你摔斷腿的那一天算起，直到現在，已經整整七個星期了，我說的對不對？」

「你真是健忘，甘尼森，你這樣怎麼還能當上編輯？」

「我靠的是謙虛用功、勤奮工作的啊！當然，也少不了偶爾利用一下出版商的祕書小姐。」甘尼森開玩笑地辯解著，然後他頓了一下，又說，「怎麼，是我記錯時間了？」

「時間倒是沒錯，只不過是我要再熬一個星期，才能破繭而出，是你多算了一個星期而已。」傑夫一邊無奈地用手拍了一下那條裹著石膏的腿，一邊又朝對面的樓頂望去。

前面的那座公寓的三樓上，那位芭蕾舞演員還在繼續操練著她的高難度舞步。

甘尼森聽了傑夫的話，顯然非常失望。他繼續說道：「唉，誰也不想遇到這樣的事情！還是算了吧，傑夫，人不能天天都走運。我也不例外。好了，就算我沒打電話來吧。」甘尼森說著也有點煩躁了。外面是越來越熱了。

「好吧，甘尼森，我真替你感到委屈！」傑夫也無可奈何地說道，「當然，一想到我還得裹一個多星期的石膏，你就心裡不舒服，它就像是一把枷鎖。」他一邊對著話筒說著，一邊用眼睛緊緊地盯著對面的芭蕾舞演員托索，因為她現在正跳得起勁。

「最佳攝影師，我的傑夫，我這一星期最大的損失就是缺少了你這樣最好的記者，而你最大的損失就是錯過了一個非常好的機會。」

「去哪兒？」傑夫回過神來急忙問。

「唉，真是遺憾，現在說也沒有用了。」甘尼森故意賣起了關子。

「不，不，你說，快說，」傑夫一下子來了精神，「你打算讓我去哪兒？」

這時，對面公寓裡的托索小姐走到了冰箱前，依舊邁著歡快的舞步，從冰箱裡面不急不慢地取出一隻雞腿。然後，她關上冰箱門，輕盈地跳回到房間中央，一會兒啃雞腿，一會兒又把它在手中揮舞著，那雞腿就好像是她的一個道具似的。房子另一端的那張桌子上放著一包已經切好的麵包片和黃油，她晃動著下肢，放下雞腿，打著旋兒轉到桌子旁邊，然後把黃油擦抹到麵包片上。這樣一個連貫的動顯得既優美又具有節奏感。

「本來計畫讓你去印度。」電話那頭繼續傳來甘尼森的聲音，「可是今天一早，我從雜誌社社長那兒得到了可靠的消息，說印度很快就要硝煙彌漫了。」

「我早就對你說過，你不記得了嗎？我們下一個目標就應該到那個地方去看看。」傑夫興奮地對著話筒嚷道，好像完全忘記了自己裹著石膏的腿。

電話那邊甘尼森的聲音，依然顯得有些不痛不癢：「嗯，好像你曾經這麼說過。」

傑夫非常激動地說：「你說吧，我什麼時候動身？過半小時還是一小時？」他激動得早已把自己目前的處境忘得一乾二淨了。

「不行！你想拐著石膏腿去？」甘尼森非常乾脆地拒絕了他。

傑夫一聽，立刻急了，「喂，你別這麼死心眼，最好也別惹我生氣。再說，如果不行，我完全可以坐在吉普車裡，甚至騎在水牛背上拍照。這條腿根本不是問題。」

甘尼森笑了笑說：「我們可不能拿你來開玩笑，你對我們雜誌社來說簡直太重要了，我還是考慮派摩根或蘭巴特去吧。這樣應該更好些。」

傑夫聽完，便氣呼呼地說：「好呀，我為你摔得半死，你卻派摩根或蘭巴特去？這就是你對我的報答？就是把我的一份好差事給別人？」

傑夫一邊說著，一邊又伸長了脖子，朝對面的公寓裡望去。他一直都在關注著托索的一舉一動，這時，只見托索一連著做了幾個360度的轉身，最後是一個特別穩定停住的動作。動作完成，乾淨利落，非常漂亮優雅。然後，她慢慢地坐到桌子前，開始吃早餐了。從開始到現在，托索的早餐就像是在舞台上表演。

「說實話，我可沒有叫你站在那條賽車道上去拍照片的。」甘尼森加重了語氣說。

「你沒叫我站在那兒？這麼說是我自己找死了？」傑夫也有點生氣了，「你要求的是要與眾不同，要具有戲劇性。現在，反正你是得逞了，達到了自己的目的，可是你一弄到自己想要的東西，就立刻翻臉賴帳了。」

一邊說著，傑夫一邊把目光從托索那兒移向作曲家的窗口。此時，作曲家正坐在一架鋼琴前，若有所思地捧著自己的臉頰，不知道在苦思冥想什麼，還不時地用筆在樂譜上飛快地寫著。一會兒，作曲家站起身來，走到窗戶前，尋找著從外面傳來的打擾了自己注意力的音樂聲。原來讓他無法集中自己注意力的那種激昂的芭蕾舞音樂正是從樓下傳來的。

「……就這樣吧，好了，傑夫，再見吧！我們有時間再聯繫。」甘尼森在電話那頭耐著性子勸道。

「不，不，甘尼森，稍等一下，你必須帶我出去走走。」傑夫忙叫道，「我整天在這屋子裡傻坐著，已經六個星期了，真是難以想像，除了透過窗口看看我的鄰居，我基本上什麼事兒也沒有幹。這種日子簡直就像把我給關進了監獄，我真是再也忍受不下去了。」傑夫無奈地抱怨著自己遭遇的這一困境。

這時，對面的作曲家氣憤地站了起來，把筆一摔，看他那種樣子和表情，好像也是受不了才下定決心要到外面去進行抗議的。傑夫向作曲家做了個同情的笑臉，等待甘尼森答覆。

電話那頭，甘尼森毫無商量餘地的說道：「傑夫，再見。」

「甘尼森，別掛，聽著，你如果不把我從這百般無聊中拯救出來，我也不敢保證自己能做出什麼樣的事情來。」

甘尼森一愣，問道：「你想幹什麼？」

「我……我要結婚！這樣一來，我以後可就哪兒也去不成了！」他自己也不知道自己想要表達什麼。正說著，他看見對面公寓裡的那位戴眼鏡的推銷員，正沿著鏽跡斑斑的樓梯走到二樓自己的房門外，掏出鑰匙，打開門走了進去。推銷員的手裡提著一隻鋁製手提箱，那應該是他們這種職業的人常用來裝樣品的。他來到臥室，先摘掉帽子，然後把手提箱重重地放在地上，隨著用右手背擦了擦額頭上的汗。透過臥室的窗口可以看到，推銷員的妻子有氣無力地靠在床上，一臉的病容，好像是正在經歷著一場噩夢的困擾。如果仔細點看，還能看到在他們的床頭櫃上，擺滿了藥盒、藥瓶、水罐、羹匙等病人所需要的東西。這些都足以說明，他的妻子是一個長年臥床不起的病人。

「我說傑夫，你也應該結婚了。」聽到甘尼森這樣說，大大出乎傑夫的意料，這說明自己剛才對他說的話沒有起到威脅的作用，反而招來了對方的嘲笑，「不然，你會變成一個刻薄、孤僻的怪老頭。」甘尼森繼續說著。

妻子知道推銷員丈夫回來了，便用一塊長毛巾蓋住額頭，又故意躺了下來。只見推銷員邁著大步走進臥室。妻子一見丈夫，突然取下敷在額頭上的濕毛巾，並且翻身坐了起來，還指著推銷員不知咒罵著什麼。這時推銷員停住了腳步，像是在安慰她。但是妻子還是在繼續指責著。她一邊責罵，一邊指著手錶，意思像是在責罵丈夫回來得太晚了。

聽筒旁邊，傑夫馬上接口說道：「是呀。真是難以想像，甘尼森，你能想像我就變成這樣的一個人嗎？每天，當我筋疲力盡趕回家的時候，迎接我的將是老婆那些沒完沒了的嘮叨，我還得忍受那些洗碗機、洗衣機、垃圾處理機那種可怕的、枯燥的機械聲音。你能相信嗎，甘尼森？」他一邊說著，一邊緊緊地盯著推銷員的窗口。

「是嗎？你太悲觀了，傑夫，現在做妻子的再也不會像你說的那樣無理取鬧了，她什麼事都會和你商量的，只是你現在還沒有遇到而已。」甘尼森在電話那頭說著。

「是嗎？但在我周圍，這些家庭主婦們都還是愛嘮叨的。或許在租金昂貴的高級住宅區裡，做妻子的會與你商量。你要是來我這裡看看就會明白的。」傑夫不無諷刺地說，因為他正看著對面推銷員的妻子在指手畫腳地嚷嚷著。這時候，推銷員似乎也忍無可忍，大聲吼叫了起來。傑夫非常專注地看著對面的一舉一動。

「嗯，傑夫，你當然比我了解。好吧，就這樣吧，我改天再給你打電話。再見。」甘尼森不想再聊下去了，想趕快結束這次不是很愉快的談話。

「好吧。不過，你下次最好能給我帶來些好消息。」傑夫無奈地說道。說罷，他便掛上了電話。

他還在一直注視著對面的情況，他看見推銷員仍在和妻子激烈地爭吵著。一會兒的工夫，推銷員一甩手，大步走出了臥室，怒氣沖沖地。他走到起居室，拿起帽子往牆上狠狠地一摔，然後「砰」地撞上門，氣沖沖地離開了自己的房子。屋子裡原本沸騰的空氣立即冷卻了，安靜得讓人難以忍受。

忽然，傑夫感到裹著石膏的小腿一陣癢癢。他不由得搖了搖頭，趕緊拿起一個木製搔癢耙，輕輕地伸進石膏裡，小心翼翼地搔著奇癢難忍的小腿。一會兒，當他忙完了上面的動作，便又朝窗外看去。

傑夫看到，推銷員索瓦爾德一隻手拿著一副花剪，另一隻手拿著小鋤和小耙，走到樓下的後院裡。或許他是想讓自己放鬆一下，只見他走到一個小花壇旁，一會兒彎下腰，給花培土、澆水；一會兒跪下，察看著那些花，給花鋤草、修剪枝葉。

這時候，另一件有意思的事情吸引住了傑夫的注意力。赫林．艾德小姐，就是住在托索樓上的老太太，手裡正拿著一份《先驅論壇報》，動作緩慢地走到院子裡，坐在一張帆布折疊椅上。

「早啊！」那個喜愛小動物的婦女西弗勒斯太太透過五樓的窗口，探出頭來，向下面的赫林．艾德小姐打招呼。

但是，赫林小姐似乎正在出神地想著什麼事情，並沒聽見來自五樓的問候，仍然專注地坐在折疊椅上。

「喂，早啊！」西弗勒斯太太又一次問道，不過這次的聲音大多了。

赫林小姐突然一怔，如夢初醒的樣子，馬上回答道：「噢……您也早啊！」

西弗勒斯太太看見赫林這樣，先是一笑，然後伸手離開窗口，取下了鳥籠。

赫林小姐戴上眼鏡，開始看拿著的那份《先驅論壇報》。但是，沒有一會兒，隔壁的一種聲音吸引了她的注意，她抬頭看去，原來是推銷員在幹活兒。她指指點點的，並且嘴裡還說著什麼，好像在告訴推銷員應該怎麼做。他一開始看著她，並沒有說什麼。赫林小姐還是若無其事地說著，聽了一陣之後，推銷員突然正面看著她，唇部還在激烈抽動，這個微小的表情非常明顯，看起來他對赫林小姐的干擾相當不滿。

赫林小姐看到推銷員這樣，臉上的神情是又驚又怕，趕緊從籬笆邊走開了。

眼前的這一切都沒有逃過傑夫的眼睛，正當他饒有興致地看著的時候。

突然，一個女人的聲音從他的背後傳來：「我想你是不知道吧，在紐約，窺探別人可是要被拘留六個月的。」

傑夫一怔，急忙扭頭一看，原來是保險公司雇的護士斯特拉來了，便忙招呼道：「唉，斯特拉，你好。」

斯特拉，四十多歲，單從外表看，她是個身體壯實、相貌一般的黑頭髮中年婦女。但這個人可精明能幹、能說會道。傑夫看著她，先是摘下寬邊涼帽，然後把手中的包放在桌上。

然後她從口袋裡掏出一支體溫計，一邊擦拭，一邊不滿地瞪了傑夫一眼，繼續說：「還有就是，拘留所裡是沒有窗戶的。過去怎麼懲罰這種人，你知道嗎？就是把犯人的一隻眼珠子摳出來，而且他們用的還是一根燒得通紅的鐵條。你自己覺得這樣值得嗎，為從這麼一個小窟窿裡看到的事情丟掉一隻眼珠子？」

傑夫歪著頭，一動不動地看著她。雖然她這樣說著，但也忍不住朝外看了一眼。忽然，斯特拉好像明白了什麼，不由地笑了起來，繼續說道：「唉，親愛的，我看，人們應該走出自己的房間，從窗外看看自己屋裡的情形。呵呵，現在我們倆成了一樣的了。怎麼樣，這句話算得上至理名言了吧！」她一邊說，一邊把傑夫的輪椅轉了過來。

傑夫輕輕地笑了笑，臉上浮起一副不以為然的神情，說：「這句話好像在一九三九年4月的《讀者文摘》上登過，這是句老話了。」

斯特拉馬上說：「我只不過是在引用一段名人名言罷了。」她說著，將體溫計甩了甩。

傑夫一看斯特拉把體溫計遞過來，把本來想說的什麼咽了回去，忙說：「今天早上不必量了吧。」

斯特拉把體溫計塞進傑夫的嘴裡，一副好像沒有聽到傑夫的話的神情，卻像哄小孩似的對他說：「別說話，在心裡數一百下。」接著，她擔心傑夫再說什麼，忙自顧自地、滔滔不絕地說道：「我應該成為一個吉卜賽算命女郎，你知道的，我不應該當什麼保險公司的護士。哪兒要是出了麻煩事，我的鼻子尖在10英里以外都能聞得出來。一九二九年那次股票市場暴跌，你聽說過嗎？」

傑夫不耐煩地點了點頭。

「那次我早就預料到了。」

「斯特拉，你是怎麼預料到的？」傑夫嘴裡銜著體溫計，含含糊糊地問道。

「其實，簡單得很。」斯特拉一邊往沙發上鋪床單，一邊說，「我當時正在為通用汽車公司的一位總裁做護理。醫院診斷說他得了腎臟病，而我看他得的是精神病。你說說看，汽車公司裡有什麼事是值得擔心的？要麼是生產過剩，要麼就是倒閉破產。其他的人才不去關心這些事呢！」

聽到這裡，傑夫把體溫計從嘴裡取出來，說：「斯特拉，從經濟學的角度，腎臟病和股票市場可是毫不相干的兩件事呀！」說完，他又自覺地把體溫計塞進嘴裡。

「但當時的股票市場確實暴跌了，是不是？」斯特拉鋪好床單後，從自己的包裡取出幾個小瓶子放在一旁，繼續說，「老實告訴你，我也在你這間屋子裡嗅出了一些問題。首先是你的腿摔斷了，然後，你又從窗口偷看你不應該看到的事情。你有沒有想過，這些都是問題。我已經嗅到你被法庭傳訊的場景。一群正襟危坐的法官在你面前，而你可憐巴巴地站著，還苦苦地哀求說，『這只不過是我的一種消遣而已，法官大人，我已經知道那是既無知又無聊的，請您相信，我可是像慈父一樣愛著我的左鄰右舍呢！』然後，一個法官說，『算你走運，好吧，只判你三年就可以了。』」她惟妙惟肖地自言自語著，自己也忍不住笑了。

「你說得簡直太好了。不過，就目前的處境而言，我正愁沒有麻煩事兒呢！」傑夫忙把體溫計取出遞給斯特拉。她仔細看了看體溫計。

傑夫問道：「怎麼樣？」

「就目前的狀況看來，你得了男性荷爾蒙缺乏症。」斯特拉看了他一眼。

「你能看出這種病，就單憑我的體溫？」傑夫驚訝地問。

她甩了甩體溫計，說：「我知道，你偷看那些崇拜日光的赤裸女人已經四個星期了，可是你的體溫連一度也沒有升上去。」她一邊說，一邊用另一隻手捏著酒精棉花給體溫計消毒，然後，把它放回小盒子裡。

斯特拉走到傑夫的輪椅後面，把輪椅推到床邊。傑夫看著她這樣，便鬆了一口氣，說道：「太好了。唉，再熬一個星期吧！」

在斯特拉的幫助下，傑夫用一條腿站著，慢慢脫去襯衣，然後俯臥在床上。斯特拉非常吃力地搬動著傑夫沈重的傷腿，把它們儘量平衡地放在床上。

「你好像說得不錯，我這間屋子裡真是要出問題了。」傑夫舒適地躺著說。

「我知道。」斯特拉心不在焉地敷衍說。她拿起一個小瓶，把裡面的一些油狀液體倒在手心裡，來回地在手掌裡摩擦，然後均勻地塗抹在傑夫赤裸的背上。

傑夫突然感覺背上一陣灼熱，急忙問道：「我說，你那瓶裡是什麼玩意兒？放在火上烤過的吧？」

斯特拉一邊非常用力地按摩著傑夫背上僵硬的肌肉，一邊答道：「你說對了，這樣可以加快你的血液循環。」

傑夫用嘲諷的口氣說道：「原來如此！」

「怎麼回事？就是你剛才要說的問題？」斯特拉忽然想起了傑夫剛才說的話。

傑夫說：「我說的是說莉莎．弗里蒙特。」

斯特拉很納悶兒，問了一句：「你是不是在開玩笑？你是個體格健壯的小夥子，她是個年輕美麗的女孩，你們這麼般配還能有什麼問題？」

「她要和我結婚。」傑夫苦惱地說。

「這也很正常呀！」

「可關鍵是，我不想娶她。」

「你這樣才是不正常呢！」斯特拉非常詫異。

傑夫又接著說道：「我對結婚還缺乏充分的心理準備，所以我實在不想結婚。」

斯特拉不以為然地說：「像你這樣沒有頭腦、粗心大意的人，和莉莎．弗里蒙特結婚是再合適不過了。對一個男人來說，只要找到了一位合適他的女孩，那麼就再也不需要什麼可準備的了。」

「她是個不錯的女孩？」傑夫的語氣突然又變得遲疑起來。

斯特拉雙手揉著傑夫背部的各個部位，顯得非常熟練。她問傑夫：「那是為什麼呀？你和她鬧翻了？」

傑夫神情凝重地搖了搖頭。「沒有。」

斯特拉接著問：「那是不是她父親拿手槍威脅你了？」

傑夫被她的話嚇了一跳：「你不要亂說，根本沒有這回事！」

他不知道她為什麼會這麼說。

「以前的確發生過這種事情。」斯特拉甩了甩發酸的手指，一本正經地說，「你沒有聽說過嗎？世界上最美滿的幸福婚姻，許多就是在槍口底下結成的。」她說完話，又拿起一條毛巾，在傑夫油亮亮的背部使勁地擦著。

「唉，你不知道，她不是我想結婚的那種女孩。」傑夫似乎有苦難言，長長地嘆了一口氣說。

「為什麼？她可是千裡挑一的好女孩呀！」斯特拉放下毛巾，顯得更加迷惑了。她又拿起另一個瓶子，往傑夫的背上倒洗淨劑。

傑夫鬱鬱沈悶，喃喃地說：「說實話，她太漂亮、太聰明、太老練、太……總之，她真的是太完美了。她哪樣都好，可就是缺少我所需要的東西。」

「那，你需要的是什麼，能不能把它說出來，我們來討論討論？」斯特拉好像一下子來了興趣。

傑夫想了想，艱難地說道：「說出來也沒有什麼問題。事情其實很簡單，她的世界屬於帕克大道上那種高雅、純淨的環境，屬於奢華的酒店、雞尾酒會、非常高檔的場所……」

還沒有等傑夫說完，斯特拉就立刻打斷了他，說：「那是因為她不得不待在那樣的環境中。我覺得她是個聰明的女孩，能活得心安理得，能適應身邊的任何環境。」

傑夫繼續說：「……你好好想想，她能滿世界的四處顛簸、浪跡天涯嗎？特別是跟著一個存款不是很好，或者從不超過一個星期薪水的窮攝影師？除非她是瘋了。」他說完，又沈浸在自己的心事中。

「那你永遠就這樣不結婚了？」斯特拉一邊說，一邊用毛巾輕輕擦掉傑夫背上的液體，扶著他慢慢站起來。

「也說不定哪天我就會結婚了呢！」傑夫深深吸了一口氣說，開始慢慢地穿襯衣，「但是，人不能把結婚當做是穿一件新衣服、吃頓海鮮或大談最近發生的醜聞，那樣，生活也就沒有什麼意義了……」

斯特拉攙扶著他，讓他重新回到輪椅旁，輕輕地坐下。他停了一下，接著說道：「……你明白嗎？我希望和我結婚的女人能夠無所不能，無事不幹，無所不愛，能夠四海為家。所以，目前唯一的辦法，就是把這件事給結了，讓她另找他人吧。」

斯特拉一邊在輪椅上裝扶手，一邊不滿地說：「我想我明白你的意思了，你就是想對她說：『走吧，我配不上你！你是個過於完美的女人。』」

她說完就把那些小瓶子裝進原來的包裡，然後轉過身來認真地說：「傑弗里斯先生，雖然我沒有什麼文化，但我還是要奉勸你一句：男人和女人相遇並相愛以後，應該是『砰』地一聲，馬上結合，就好像是百老匯大街上相撞的兩輛出租汽車那樣，而不是相對無言，沈默坐著，像研究、分析瓶子裡的兩個標本一樣，相互打量。」她說著，「嘩」地一下把床上的床單掀起來，開始疊在一塊兒。

「應該用一種理性的辦法對待婚姻。」

「什麼理性！理性給全人類帶來的麻煩事兒還少嗎？現代婚姻，哼！」斯特拉對傑夫剛才的話，簡直不屑一顧。

「我和莉莎在感情上還沒有達到……」傑夫把輪椅掉過來看著她說。

斯特拉立刻打斷了他的話：「你說的那些都是廢話！以前的時候，人們也就是相互見見面，了解一下，或者一興奮就結合了！……可是如今，你算計我，我對付你，嘴裡說著一套一套的，可是心裡卻相互猜忌，要不就是你對她、她對你進行一番精神分析。到最後，像是在參加文官考試，而不是在談戀愛了！」

「人與人的感情層次是有差異的……」傑夫還想辯解，但又被斯特拉打斷了。

「你要是想找麻煩，首先肯定就得惹麻煩！告訴你，我知道一個挺好的小夥子，和一個女孩交往了三年，而那個女孩就住在他的對面街上。可後來，那個小夥子不肯和她結婚。什麼原因呢？因為那個女孩在《外貌》那本雜誌上測試關於婚姻的問題時，只得了61分！」

傑夫聽到這裡，也忍不住笑了。但他馬上又換了一種譏刺的口氣，對斯特拉說道：「不會吧，這就是你對婚姻理論的高見嗎？」

斯特拉放下疊好的床單，並沒有理會他的諷刺，走到他面前認真地說：「傑夫，當年，我和邁爾斯是在一種情不投、意不合的時機結婚的，我們倆根本不相配。即使到了現在，也是如此。不過，到目前為止，我們一直都和睦相處、相親相愛，生活得非常幸福。」

傑夫打了個哈欠，看樣子顯然是被這沒有盡頭的談話搞得厭煩了。他懶懶地說：「斯特拉，這很好呀。現在，能不能幫我做個三明治吃？」

「當然可以。」斯特拉說了一聲，就朝廚房走去，突然她又回身說，「我還要在三明治上抹上一點常人的想法。你知道，從頭到腳，莉莎每一個細胞都在愛著你。最後，我給你兩個字的忠告——娶她。」

「她是不是買通了你，給了你很多錢呀？」傑夫開玩笑地問。

斯特拉先是愣了一下，隨即厭惡地瞪了他一眼，轉身走進廚房。傑夫輕輕嘆了口氣，很無奈地環視了一下狹小的屋子。一會兒，他又向窗戶外看去。

對面公寓的院子裡，那位擺弄花草的推銷員已經不見了蹤影。而用報紙把臉遮得嚴嚴實實的赫林小姐，正靠在折疊椅上閉目養神。一切看起來又好像恢復到了起初的樣子。一會兒，傑夫又把目光移向公寓的其他後窗。

托索小姐正非常有節奏地對著鏡子，梳著自己的一頭金紅色的長髮。就在這個時候，那扇一直關閉著的窗戶打開了，是六樓左邊的那家。是房東打開了那扇窗戶，而在他身後，傑夫還看到兩個年輕人走了進來，像是一對新婚的夫婦。房東交給男的一串鑰匙，男的一邊接過鑰匙，一邊說了句：「謝謝。」

之後，房東轉身走出了房間。當那對新婚夫婦剛要摟抱在一起的時候，房東提著箱子猛然推門又進來了。房東把箱子放下，客氣地說：「如果還需要什麼東西，請按一下鈴。」兩人一副若無其事的樣子，站在那裡，又說了一句：「謝謝。」

房東把門關上，走了出去。兩個年輕人立刻緊緊摟抱在一起，迫不及待地親吻著對方。傑夫好奇地看著，眼睛瞪得很大。

過了一會兒，男的才鬆開那個女孩，招呼道：「來，快來！」說著拉開通往起居室的門，跑出臥室。傑夫有點疑惑地看著，忽然，他看見年輕人抱著女孩，一步一步走進臥室，神情非常莊重。傑夫不由得「哦」了一聲，會心地笑了。剛才礙於房東在場，他們倆又做了一遍原先沒有做出來的親密舉動。

兩人如膠似漆，新郎不停地親吻著懷裡的新娘。忽然，新娘往敞開著的窗戶看了一眼，像是意識到了什麼。可以看得出來，她意識到很有可能被別人偷看到他們這種過分親密的行為。新郎也好像意識到了這種情況，忙放下新娘，走到窗前，放下了厚厚的窗簾。

傑夫忙移開目光，還忍不住地咽了口唾沫。忽然，發現斯特拉正在身後冷冷地瞪著他，不知道什麼時候她從廚房裡出來了。看到這個，傑夫有點慚愧地笑了笑。

「只會說空話。」斯特拉不屑地撇了撇嘴說。說完，她拿起提包，轉身出了門。傑夫轉過頭，表情有點僵硬，看著斯特拉離開了。

時間不知不覺地過去，傑夫百無聊賴、睏乏不堪，就那樣一個人在窗前坐了一天。也不知在什麼時候，他竟然在輪椅上睡著了。光線在不停地變換著位置，樹的影子也在隨著光線不斷地推移著。漸漸地，對面的公寓又熱鬧起來了。白天在各處工作的人們已陸續回到家中，可以清楚地看到，從每一扇敞開的後窗裡，他們正在各自的屋子裡忙活著。

傑夫的屋子裡，還是原來那樣。他慢慢睜開眼睛，迷迷糊糊地發現，屋裡好像有人。他仔細端詳，原來是自己的女友莉莎來了，正站在他的身邊，俯身凝視著他。頓時，傑夫睡意全消，坐直了身子。

莉莎，她披著薄如蟬翼的天藍色紗巾，穿著一件袒露雙肩的黑色洋裝，手上戴著一雙白手套，顯得非常清純。她不僅年輕貌美，而且衣著講究、時髦，是一個非常漂亮的姑娘。見傑夫醒了，她便靠了過來，吻了一下他的嘴唇，溫柔地問道：「腿好點了嗎？」

「嗯……還是有一點疼。」

「你的肚子呢？」

傑夫微笑了一下，說道：「快變成橄欖球了，真是空空如也呀！」

莉莎聽到傑夫的回答，忍不住笑了。她又吻了傑夫一下，繼續問道：「那你的愛情怎麼樣呢？」

「不太理想。」傑夫搖搖頭說道。

「還有什麼事讓你不高興嗎？」莉莎問了一句，隨後看了看光線昏暗的屋子。

「嗯，過來。」傑夫把莉莎拉進懷裡。他瞇著雙眼，含情脈脈地凝望著莉莎，故意問道：「你叫什麼名字？」

她很快活地用手臂抱住傑夫，溫柔地親吻著他的臉，然後充滿熱情地笑了一聲。她轉過身，微笑著對他一個字一個字地說：「挺好的，我的全名是莉莎——卡羅爾——弗里蒙特。」說完，莉莎站起身，打開屋子各個角落裡的台燈。燈光立即驅散了原來的昏暗，屋子也頓時亮了起來。傑夫歪著頭，仔細端詳著莉莎的新洋裝。

「莉莎．弗里蒙特，就是那位每件衣服只穿一次的漂亮姑娘嗎？」

莉莎取下紗巾，放下小巧玲瓏的手提包，答道：「不錯。可那是有原因的呀。這會兒，這批衣服已經全部運到了巴黎。你說它們會成為流行的款式嗎？」她一邊擺出各種時裝表演的姿勢，一邊回答著傑夫的話。

「那要看衣服的價格了。這也可以算出來吧，飛機票的運費、進口稅，加上利潤……」傑夫瞇起眼睛看了一會兒說。

「不貴，每件大概一千一百美元。」莉莎一邊故意輕鬆地說著，一邊優雅地放下紗巾，脫去了手套。

「什麼，一千一百美元？」傑夫嚇了一跳大聲說道，「你應該把它送到股票交易所去，我看這樣更合理！」

「你可能不相信，但是我們每天能賣十多件呢，就是按這個價錢。」莉莎把手套和紗巾一起放在桌上，非常得意地說。

傑夫還是有點嘲諷地問：「恐怕都是稅務官來買你們的衣服吧？」

她沒直接回答他，而是繼續笑著說：「今晚可是個不同尋常的日子，所以，即使這次讓我自己掏錢把它買下來，這也是相當值得的。」

「是不是你又要去參加什麼重大宴會了？」傑夫有點奇怪地問道。

「對，今晚是一個不同尋常的晚上。」說著，她還看了一眼桌上的《時裝》雜誌。

「今天是星期三，日曆上還多著呢，沒有什麼不尋常的。」傑夫不以為然地說。

莉莎在屋子裡找著什麼，並沒有馬上回答他的話。不一會兒，她看到一個舊煙盒。她邊仔細地看著，邊說道：「今天是L. B.傑弗里斯倒楣週的最後開幕式。」

傑夫打趣地說道：「估計沒有多少人買票捧場啊！」

莉莎手持著煙盒，轉身看著他，向他走來。「那是因為我包場了……我說，這個煙盒可不是一般的東西，它可是見過昔日富貴繁華的。」她直直地看著他，並且就站在他的正前方，樣子看起來有點嚴肅。

「這是從上海買來的。那也是一個見過昔日富貴繁華的城市啊！」

「你又從來不用，況且這個煙盒已經裂了。我讓人送個新的給你，送你一個鋁煙盒，樸素扁平，那上面還要刻上你名字的縮寫字母。」

傑夫非常認真地說：「可別把錢花在這種華而不實的東西上，你的錢也來之不易呀！」

莉莎蹲靠在傑夫身旁，雙肘撐在輪椅的扶手上，微笑著說：「我願意。從今晚起，綁在石膏中的L. B.傑弗里斯再過一個星期就解放了。」

「哦，是嗎？這件事，我自己倒給忘了。」傑夫突然明白了，也為莉莎的細心而感動。看著莉莎還想說點什麼，急忙站起身，像是突然想起了什麼，她一邊朝門口走去，一邊毫無頭緒地問：「今晚的活動，咱們去『21飯店』，怎麼樣？」

「那你最好在外邊放一輛救護車。」傑夫苦笑著搖了搖頭，接著看了一下自己的斷腿。

「咱們根本就用不著救護車。」莉莎腳步輕盈地走到門前，一下子拉開了房門。就在門外，正站著一個身穿紅衣黑褲制服的侍者，一手托著保暖爐，裡面裝有各種美味的菜餚，一手拿著一個大酒瓶。

「非常抱歉，讓你久等了。」莉莎對他說完，然後側過身子，讓他走進屋裡，隨後又告訴他，「左邊是廚房。」她轉身關上門，又說了一句，「讓我來吧！」隨之接過侍者手中的大酒瓶。

「稍微熱一熱吧，來，把菜都放進爐裡。」莉莎忙跟著侍者走進廚房，叮囑他道。

「知道了，夫人。」侍者點頭道，顯得非常謙和。

「打開酒瓶吧。」她一邊對傑夫說，一邊把一張類似餐桌的大椅子搬到輪椅前，緊接著為自己拉過一個小凳子坐下，動作看起來，非常利落，卻不失優雅。

「好的。能把那個開瓶器遞給我嗎？」

莉莎站起身，走到牆角的一個架子旁，找出開瓶器，遞給了傑夫，隨後就去廚房取了兩個酒杯。「這個夠大了吧？」她回到傑夫的輪椅前時，晃了晃手裡拿著的兩個大玻璃杯。

可是，傑夫還在費勁地擺弄著那個大酒瓶，或許是由於身體困在輪椅上的緣故，他無法用力。聽到莉莎的話後，他抬頭看了看說：「棒極了。」說完，他又低頭開始忙活了。

這時候，從廚房裡出來，拿著保暖爐的侍者，看見傑夫這麼費勁地開酒瓶，就急忙從他手裡接過酒瓶說：「先生，我來吧。」

「真是難以想像，這些日子你是怎麼過來的。」莉莎同情地看著傑夫說，「而且，你知道的，更難熬的就是最後這一個星期。」

傑夫嘆了口氣，沮喪地在硬梆梆的石膏上拍了拍，說道：「真是壞透了。真想把它給拆了，下去好好地走動走動。」

「不要著急，」莉莎忙安慰他說，「這最難熬的一個星期，我保證讓你開開心心地度過，讓你一輩子也不會忘記。」

「謝謝你。那樣簡直太好了。」傑夫感動地看著她。

這個時候，侍者已經把酒瓶打開，遞給了傑夫，然後拿起保暖爐，準備離開了。

莉莎看著侍者忙說：「噢，卡爾，請等一等。」她說著就從錢包裡抽出一張鈔票，塞在將要離開的侍者的手裡，「拿著吧，裡面也有你的車費。」

侍者看著莉莎，微微一笑，說：「弗里蒙特小姐，非常感謝，祝你們用餐愉快，傑弗里斯先生。」

「謝謝，再見。」傑夫也朝他點了點頭。

然後，侍者走出了房門。

關好門後，莉莎又回到傑夫的輪椅前坐下，嘆了一口氣說：「你不知道，這一天我是怎麼過來的！」

傑夫馬上關切地問她：「是不是感覺累了？」說完，就把酒瓶遞給她。

「不是。上午的銷售會議整整開了多半天，然後又急匆匆地趕到沃爾多夫酒店，和迪弗雷納夫人在那兒有個約會，還在一起喝了點酒。迪弗雷納夫人給我帶來了很多時裝信息，因為她剛從巴黎回來。」莉莎一邊說話，一邊往玻璃杯裡倒酒。一會兒，她停下來喝了口酒，繼續說，「接著，我又和海波百貨商店裡的人在『21飯店』一起吃的午飯。這份晚餐就是我在那會兒訂的。吃完飯之後，我又馬不停蹄地穿過二十多條馬路，參加了那裡的一個秋季時裝展覽會。之後，我又喝了點雞尾酒，和蘭利、斯利姆·海沃德等人一起喝的。我們還想辦法說服海沃德舉辦一場新的時裝展覽會呢。後來，我直接奔回家裡，換了件衣服……」

她一口氣一直說到這裡，才停下來，算是稍微地休息一下。

傑夫默默地看著她，一直沒有說話。

莉莎又抿了抿酒，清了清嗓子，認真地對傑夫說：「也許，我想有一天，你能把我們那兒當成你的工作室。」

傑夫看著時機到了，急忙試探性地問道：「你說在巴基斯坦我開一個自己的攝影工作室，怎麼樣？」

莉莎慢慢放下酒杯，其實，她早就明白了傑夫的意思。她有點不滿地說：「傑夫，你完全可以再找另一份工作的，難道你不想安頓下來過另一種生活嗎？」

「我也想，但關鍵是我覺得沒有什麼更合適我做的。」傑夫不情願地搖了搖頭說。

「你可以找一個自己喜歡的，適合自己幹的差事呀！」

「你的意思是說，我最好離開雜誌社，再另外找一份工作？」傑夫緊緊地盯著她，表現得非常驚訝。

「就是這個意思。」莉莎看著傑夫，肯定地點了點頭。

「有什麼理由嗎？」傑夫馬上問。

「為了你，也為了我。」莉莎往傑夫這邊靠了靠，似乎更近了一點，繼續說，「只要你想找，比如時裝店、圖片社，我一天就可以給你找到十幾份。」但是傑夫只是笑了笑，她見傑夫這樣的表情，也停止了說話，覺得自己受到了輕視。

「你笑什麼，你感覺我做不到嗎？我說的也都是真心話。」莉莎非常嚴肅地對傑夫說。

「你能想像我滿臉鬍鬚，穿著大皮靴，開著一輛舊吉普車，在時裝大街上橫衝直撞嗎？

這些都是我最擔心的事情。但是那樣一定會引起轟動！」

「不，不，我倒是感覺你穿深藍色法蘭絨西服更加適合，又帥氣又有派頭，說不定你會喜歡……」莉莎拍著傑夫的手臂繼續勸道，毫不在意他諷刺的話。

「好了，咱們別再討論這件事了，行不行？」傑夫忍不住打斷了莉莎的話。

莉莎無奈地站了起來，整個人好像一下子泄了氣，原來熱情洋溢，現在卻有點無精打采了。「好吧，我想晚餐應該好了。」說著，她站起來，向廚房去了。

傑夫如釋重負地嘆了口氣，整個人好像也陷入了理不清的思緒裡。他若有所思地看著自己依舊裹著硬硬石膏的一條腿。就這樣沈默了一會兒，然後抬頭看著窗戶外面的那座公寓，此時，對面大樓的各個窗口都映射出明亮的燈光。

首先看到的，是推銷員的妻子索瓦爾德太太手裡端著一個盤子，還是坐在那個床上，正在吃著什麼食物。推銷員的那套房子的樓下位置，是住著一位三十多歲的老小姐的套房。此時，老小姐正坐在一個梳妝台前，搽脂抹粉，自我欣賞。化完妝之後，她站起來，轉了一圈，擺弄一下衣裙的下襬，然後再靜靜地欣賞著自己鏡中的樣子。但是，傑夫看不出她有什麼動人之處，她的胸部平平，衣裙皺巴巴的，怎麼也看不出有什麼特別之處。只見她又看了看鏡子中的自己，然後毫無表情地向起居室走去。

這個時候，在空氣中飄蕩起一陣顫顫悠悠的歌聲。

傑夫想，應該是誰家的收音機打開了。

一會兒，那個老小姐的女人拿著酒瓶和玻璃杯從廚房裡出來，把那些東西放在桌上，還點亮了一支蠟燭。然後，她用手理了理頭髮，謹慎地環顧了一下屋子，歡快地走到門口，拉開了門。她是在做什麼呢？因為當她低著頭，害羞地把門拉開讓客人進屋的時候，傑夫根本就沒看到人，完全是她自己想像出來的。女人等「客人」進來，溫柔地接過「客人」的帽子、外套。之後，帶著「客人」坐在桌子邊，再給「客人」斟上一杯酒。接著，她也倒上一杯。看著她雙眸生輝、滿面紅光的樣子，好像完全沈浸在無限的幸福之中。她一會兒舉起酒杯，嘴裡還時不時地說著什麼，然後和「客人」輕輕地碰了一下杯，小口地呷著……難道她是為將要做的事進行預演排練嗎？

傑夫感到意外，竟然看到這一幕，心裡暗自好笑。他看見那個女人又舉起了杯子，就連自己都有點情不自禁地像她一樣，做了個舉杯「乾杯」的姿勢，一點兒一點兒慢慢地呷著杯中的酒。

含情脈脈的她看著幻想的「客人」，嬌聲細語，頻頻舉杯，完全沈浸在自己想像的情調中，不能自制……忽然，傑夫看到她臉上的笑容一下子僵硬了，好像突然清醒過來似的。她無力地環顧了一下空蕩蕩的屋子，絕望地垂下原本歡快的手，爬伏在桌子上號啕大哭起來。這樣一系列的動作，有點讓傑夫吃驚，感到奇怪。

一個不幸的女人，傑夫看著，同情之心油然升起。他也情不自禁地嘆了口氣。當他黯然地轉過頭來的時候，他忽然發現莉莎正站在他身後，早已擺好了晚餐，氣呼呼地盯著他，好像非常不滿他偷窺別人的隱私。

「那是個老小姐，」傑夫忙解釋道，「不過鄰居們都喜歡叫她『芳心寂寞』小姐。她自己也是無憂無慮、毫無牽掛的。」

「典型的『缺乏男人憂鬱症』的表現。」

「起碼這種事你永遠都用不著擔心，對不對？」

「你這樣認為嗎？我在63街上的房間你從這兒也能看見嗎？」莉莎說著白了傑夫一眼。

「當然不會。但是，你還記得那位叫托索的芭蕾舞演員嗎？她的房間倒和你那兒差不多一樣，門庭若市。」傑夫一邊說著，一邊向窗外看去。莉莎跟著傑夫的目光，看見托索小姐正在倒酒遞煙，殷勤地招待她的三位男客，並且忙得不亦樂乎。傑夫繼續說道：「她正在挑選她的伴侶，就像是蜂后在一群雄蜂中一樣。」

「不過，我倒覺得她正在與一群餓狼周旋，其實，這是一個女人最為難的事。」

現在，他們倆一起注視著對面窗戶裡的變化，這時，其中的一個男人走到托索小姐的身邊，在她的耳邊不知說了句什麼，然後就走到外面的陽台上。托索好像是接到了什麼命令似的，忙跟著來到陽台，把端來的一杯酒遞給了靠在陽台欄杆上的那個男人。緊接著，她踮起腳尖在那個男人臉上輕輕地親了一下。托索也順勢被那個男人一把抱住，兩個人頓時擁著親吻著。過了一會兒，托索從那個男人懷裡掙脫出來，拉著他一起又回到了房間。

「看上去蜂后挑選了個最有錢的人。」傑夫對莉莎做了一個奇怪的表情。

「這三個人當中，她誰都不愛，包括她選中的那個。」莉莎面無表情地說道。

「你怎麼看出來的？」傑夫聽到莉莎這樣說，感到有點奇怪。

「我們兩人的房間，你不是說很相似嗎？」莉莎意味深長地看了傑夫一眼，然後狡黠地一笑，又走進了廚房。

傑夫沒有說話，微微地笑了笑，繼續看著窗外的一切。對面公寓的窗口，唯一只掛著厚厚的窗簾的，就是那對看起來像是新婚夫婦的房間。傑夫若有所思地盯著他們的窗口，都被窗簾遮蓋住了……看了一會兒，便把目光移向另一個房間——推銷員索瓦爾德的那間。

一言不發的索瓦爾德走進起居室，把一個盤子放在妻子的身邊。他的妻子看見他，立刻就歇斯底里地吼叫起來，根本不看盤子裡的食物。推銷員一聲不吭，在他妻子身後墊起一個枕頭。但是他妻子好像並不為推銷員的關心所動，猛地抓起床頭櫃上的一束花，狠狠地就甩在了床上。推銷員一把抓過花束，也高聲咒罵起來，看來他終於是忍無可忍了，過了一會兒，氣沖沖的推銷員走進隔壁的小客廳，關上門，打起了電話。傑夫看著這一切，也不明白他們到底是為什麼，總是那樣沒頭沒腦地爭吵不休。

傑夫繼續看著，只見臥室裡的推銷員妻子吃了幾口盤子裡的飯，便悄悄地赤著腳溜到門邊，像是要偷聽丈夫打電話。但是，正在打電話的推銷員也好像覺察到了什麼，便放下電話，悄悄地走到門邊，猛地打開房門，只見妻子狼狽不堪地站在門邊。妻子看見自己被發現了，就一邊開始咒罵，一邊又躺回到原來的床上。推銷員也是非常鄙視地用力把門關上。

真是一對冤家，還沒有見過這樣的夫妻。傑夫也搖了搖頭，看上去很無奈，所以他轉過頭又看向作曲家的房間。作曲家的屋裡同樣也是非常熱鬧，坐著很多的客人。作曲家坐在那架鋼琴邊，舉著雙手，正欲展示一下自己的新作。只見他的十指靈活迅速地交錯移動在琴鍵上，繼而一陣動聽的琴聲立刻飛出了窗外。傑夫靜靜地聽著，歪著腦袋，好像也跟著沈醉在了悠揚的琴聲中。

這時，正好拿著幾個碟子的莉莎走了進來，她一下子被這琴聲吸引住了，不住地問：

「這麼美妙的音樂是從哪裡傳來的？」

「一位單身的作曲家，他就住在對面那座公寓裡。或許，他曾經也有過一段令人傷心的感情。」傑夫隨口答道。

「這音樂簡直就是為咱倆專門寫的，太動人了！」莉莎興致勃勃地對傑夫說。她把拿來的餐具放在椅子上，然後，自己坐了下來，遞給傑夫餐巾，就動手剝起了蛤蜊。

「是這樣的嗎？它給他可惹來了很多麻煩事呢！」

一個個蛤蜊肉都被莉莎剝好後放進傑夫的盤子裡，看著很是溫馨，她隨口問道：「你感覺這頓飯怎麼樣？」

「那當然沒說的，和過去一樣棒。」傑夫迫不及待地的看著盤子說。

莉莎看了傑夫一眼，笑得很甜。她自己也把餐巾圍上，開始吃起來。

悠揚的鋼琴曲，在窗外的夜空中輕輕地飄蕩著，好像一切都沈浸在了這動人的夜色裡。流動的時間停止了，但是它是那樣的短暫。

莉莎收拾完那些盤子等餐具後，回到傑夫這邊，但是並沒有靠在他的身邊，而是半躺在角落裡的沙發上。兩人相互沈默，好像是話沒有說到一塊兒。

過了一會兒，莉莎還是先開口了。

「我們應該沒有什麼區別，都是一樣的吃飯、喝水、飲酒、嬉笑、穿衣服……我看人們的生活方式都沒有很大的差別。」

「聽我說，你聽我說……」傑夫馬上打斷了莉莎，很急迫的樣子。

莉莎好像沒有理會他的話，還是繼續說道：「你不想讓我去，那也許還能理解。但是你最好不要對我隱瞞什麼……」

傑夫聽莉莎這樣說，馬上就急了，趕緊爭辯道：「我對你沒有瞞什麼，但是……」

「但是什麼？」莉莎又打斷了傑夫的話，「這兒和那兒有什麼天大的區別嗎？或者和你去的其他地方又有什麼天大的區別，讓人一到那個地方就徹底不能活下去了？」

「你聽我給你解釋，事情並不是你想像的那樣……對了，當然，有的人就能活下去……」傑夫若有所思地說，一副心不在焉的神情。

「你就好像一個沒完沒了地來回度假的旅遊者，並且總是一個人來回奔波，不停地拍照，畢竟，那不是一種正常人的生活呀！」

「應該說，這只是你個人的想法，」傑夫用手指著莉莎，儘量平靜地說，「好吧，你完全有權說出來你自己的意見。但是，現在，我該說說我的……」

「真是荒唐，並且有點難以理解。」莉莎又插話進來繼續說，「好像能吃苦耐勞的就只有你們少數的幾個特別另類、高尚的人才。」說完，她的眼神裡好像帶有一種不屑的意思。傑夫坐在那裡，不覺有點生氣，因為他幾乎找不到表達一句完整話的機會。

「你能不能讓我把話說完？你就不能閉一會兒嘴？」

「哼，我才不要聽呢，你的話和你的態度一樣，都很粗魯。」莉莎任性地回答說。

兩個人都沈默了一會兒，屋子裡的氣氛好像一下子就陷入了困境。傑夫也變得有些心煩氣躁了。「好了，好了，你冷靜一點，我們都冷靜一下。」

莉莎有點生氣地說：「要是像你說的那樣，我這樣的人，是不是在出生以後，就只能傻傻地待在原地，一步也不能出門，直到老死？」

「你閉嘴！」傑夫終於按捺不住大喊了一聲。

莉莎一下子坐直了起來，樣子非常生氣，剛要大聲嚷嚷，就看見傑夫臉色發青，眼睛睜得大大地瞪著她，樣子也很嚇人。她氣呼呼地把臉轉過去，也把話咽了下去，她不想引起一場永無休止的爭吵。她透過窗戶看去，對面的公寓裡還是依然忙亂著，好像從一開始就沒有停止過。

「米飯和魚頭，你吃過嗎？」傑夫見莉莎平靜下來了，便緩了緩口氣問道。

「沒有！」莉莎有點不情願地答道。

「你知道在海拔超過一千五百公尺的高原，並且在零下20度的嚴寒中是什麼感覺嗎？你可以想像一下，要是你一定要跟我去的話，那你每天就得和這種惡劣環境打交道。」

「當然經受過。我還……」莉莎馬上應道，可是傑夫不容她說下去，又緊接著問她：「你有沒有過半夜突然驚醒，發現身上和臉上都是沙土，或者是被人追趕，甚至是被槍擊？這些僅僅是因為你的照相機對周圍某個人的聲譽造成了不良影響。」他見莉莎一直沈默，好像是默認了他問的問題，所以就越發來勁兒了，「你是否……對了，還有你能帶著你那些高跟鞋、T恤，以及那足足有六盎司重的內衣進入森林嗎？」

「是三盎司！」莉莎重重地說了一聲。

「好吧，就算三盎司。」傑夫點了一下頭，繼續說道，「要是你去芬蘭，並且帶著這些東西，如果待了一天你還沒有被凍死，那我想你一定會成為一個新聞焦點。」

莉莎立即反駁道：「哼，你不知道我的優勢，就是懂得怎樣因地方不同而穿衣嗎？」她不服氣地看著傑夫。

傑夫頓了頓，非常認真地說：「這個我知道。但是，你去嘗試一下，到巴西看看能不能買到一件風衣。莉莎，你也知道，我們這一職業，出門在外，到處奔波，隨身至多能帶一個皮箱，而交通工具就是我們臨時湊合的家。我們吃的食物都是那些你以前連看也不敢看的東西，並且不能正常洗澡，還沒有充足的睡眠時間。這些你都能受得了嗎？」

莉莎用固執的眼神看著傑夫，好像他說的都是假的一樣，就是為了騙她。「傑夫，你不用為了證明我錯了，而故意把事情說得那麼可怕。」

傑夫非常驚訝地看著莉莎：「你不相信我說的？我沒有故意誇大說得可怕嚇唬你，莉莎，你要知道，我這還是選擇比較容易度過的說呢！你必須正視現實，沒有幾個人能忍受得了這種生活，你更不是能過那種生活的人。」

「你簡直是一個不可理喻、非常頑固的人。」莉莎無奈地說。

「是誠實，不是頑固。」傑夫回答說。

「你是一個誠實的人，我當然是知道的。要不然，你一定會哄騙我跟你去，並對我說，我們是去度假，然後讓我第二天早晨醒來的時候一個人傷心、失望。」莉莎忍不住諷刺道。

「莉莎，你等一等，」傑夫又被莉莎的話惹怒了，他非常嚴肅地警告她說，「要是你想吵架的話，我願意奉陪你。」

「不，我才不願和你吵架呢！」莉莎說著搖了搖頭，站了起來，走到傑夫面前，「好吧，我算是知道了，你下定決心要去了，並且我又不能和你一起去，是不是這樣？」

傑夫顯出非常為難的樣子說：「這也是沒有辦法的事情。」

但是，莉莎突然口氣緩和地，仍然抱有一絲希望地說：「還有一個辦法，就是我們彼此能不能相互妥協一下？」

「現在不行。」傑夫果斷地回答道。

她看著傑夫，沈默了一會兒，她似乎知道再爭執也沒有什麼用了。她走到桌前，一邊慢慢地戴上放在上面的一隻手套，一邊無精打采地說：「傑夫，我愛你。你是知道的，為了生活，我不在乎你幹什麼。但是，我希望我也能成為你生活中的一部分。」接著，她又拿起另一隻手套，繼續說，「而現在，我也許把自己估計得太高了，畢竟我能為你做的只不過是訂一份你們的雜誌。」

莉莎黯然地說著，或許是她的真誠表白深深感動了傑夫。

他急忙安慰她說：「噢，莉莎，你已經做得很好了，這絕不是你的問題，你要知道，你已經把全城所有人都控制住了。」

「但是，到目前看來，我還沒有完全控制住。傑夫，再見。」莉莎披上紗巾，拿起提包，情緒依然低落，並沒有因為傑夫的安慰而變得快活起來。說完，她就朝門口走去。

傑夫忙追問：「明天見，是嗎？」

「再見就是再見。」莉莎頭也不回地說道。

傑夫看見莉莎真的生氣了，才開始著慌了，他也不願意莉莎真的離開。

傑夫忙說：「莉莎，我們就這樣維持現狀不是很好嗎？」

「將來，你就一點都不考慮嗎？」莉莎慢慢轉過身後看著傑夫問道。

傑夫這下沈默了，無言以對了，一會兒，他又問莉莎：「你什麼時間再來看我？」

「我也不是很清楚，應該會過一段時間再來吧，至少在明晚之前不會再來看你了。」莉莎一邊回答著傑夫，一邊拉開門走出了這間光線不是很好的屋子。

莉莎離開後，傑夫看著被關上的房門，心情有點失落，好像並沒有料到會有這樣的結果。真想忘掉這次不甚愉快的交談，傑夫使勁搖了搖頭，轉身看著窗戶外面的世界。

窗外，空氣十分燥熱，讓人憋悶。夜空被深沈的厚厚的雲層覆蓋著，像是在預謀著一場變故，連平日常懸掛著的月亮和星星也不知躲到哪兒去了。一切都沈默了。突然，一聲女人的尖叫聲從對面的公寓裡傳出，就像是被人推下了萬丈深淵，慘叫的聲音非常恐怖、絕望，劃破了整個本來沈寂的夜晚。緊接著，又傳出什麼東西摔碎的聲音，響亮並且雜亂。

這樣突然的聲響驚醒了迷迷糊糊的傑夫，他也跟著聲音的來源朝公寓那邊看去，瞪大眼睛，豎起耳朵，尋找著發出這種聲音的窗口。但是聲音過後，對面的公寓突然毫無動靜了，好像原來的聲音都只是傑夫夢境裡出現的一樣。

一場虛驚。傑夫並沒有發現什麼異常，之後就坐在輪椅上睡熟了，還輕輕地發出鼾聲。這時候，窗外飄起了小雨，淅淅瀝瀝的，空氣中的燥熱也被一陣陣涼爽的微風驅散了。

一會兒，細細的小雨連成了線，然後變成了豆大的珠子，沖向潮濕的地面。忽然，傑夫醒了，好像夢到了什麼。他急忙朝對面公寓看去，目光對焦在那對喜歡在露天睡覺的夫婦。傑夫看見，對面陽台上，那個男的也醒了，並且慌慌張張地從墊子上站起來，直接跨過妻子的身體，去解那個繫在欄杆上的小鬧鐘。這時候妻子也醒了，慌亂之中，他不小心手一抖，那個小鬧鐘就掉到樓下了。雨越下越大，丈夫只得和不知所措的妻子一起，把墊子胡亂地拖進屋裡。

這一切都被傑夫看在眼裡，看到他們這樣狼狽不堪，他禁不住笑了。忽然，對面公寓裡推銷員的起居室的燈亮了，唯一的亮光在整個漆黑的公寓裡顯得格外顯眼。傑夫眨了眨眼睛，好奇地盯著那個亮著的窗口。一會兒，他看見推銷員穿著雨衣，開門走了出去，手裡還拎著一個鐵皮箱子。傑夫一直注視著推銷員，看著他沿著樓梯走到樓下，然後叫了一輛計程車，先把箱子費勁地塞進了汽車，然後自己也一起鑽進了車裡。

外面，雨仍下得很大。

這樣的夜裡，看到這樣的一幕，真是有點怪異，傑夫也非常意外，他低頭看了一下手錶：1點55分。這個時間正是人們酣睡的時間。只有傑夫無法入睡，他一直等到半個多小時後推銷員再次出現。推銷員走得很快，急匆匆地，整個人顯得輕鬆了許多，或許是他手裡的箱子輕了一些。傑夫一直緊盯著推銷員的一舉一動，直到他上樓走進自己的房間。

就在這個時候，作曲家的窗口也有了光亮，傑夫抬頭看去，只見作曲家非常沮喪地走進屋子，低著頭直接走到鋼琴前。作曲家呆呆地看著鋼琴上自己用心血譜成的一疊樂曲，突然，他猛地揮手把他的心血全都打落到地板上。這樣的舉動讓傑夫很驚奇，不知道又發生了什麼可怕的事情。

這時，推銷員的屋裡也出現了動靜。他在做什麼呢？他還是提著那個鐵皮箱子，慌張地直起雨衣的領子，急急匆匆地走了出去。推銷員的這一怪異的行為真是讓傑夫困惑了。

但或許是睏了，疲倦了，傑夫下一次醒來的時候，已經過了一段時間。當他醒來的時候，他看見推銷員的起居室依然亮著燈光，只是沒有什麼聲音了。

睡意全消的傑夫喝了一口身旁椅子上的酒，然後放下酒杯，繼續盯著對面的公寓。一會兒，托索小姐的屋子也亮起了燈光。她似乎正在使勁往門外推出一個男人，估計是剛剛幽會回來，但並不想讓送她回家的男人進屋。「明天見，明天見吧，走吧，你走吧！」那個男人一邊磨磨蹭蹭不肯走，一邊嘴裡還抱怨著。托索小姐急了，直接用力把他推了出去，然後急忙把門鎖上了，好像是在提防一個破門而入的強盜似的。

忽然，傑夫發現推銷員又回來了，依然提著那個鐵皮箱子。傑夫的表情有點怪異，既像是驚訝，又像是恐懼。他看著推銷員走進屋內，放下箱子，筋疲力盡地坐在沙發上，像是在思考著什麼，然後又突然站起來，背對著窗戶，不知道在做什麼。推銷員在那裡忙了一陣，漸漸地，傑夫又感覺睏了，畢竟一夜也沒有怎麼睡覺。一會兒，他又迷迷糊糊地睡著了。

過了一會兒，托索小姐吃了點點心，也上床睡覺了。推銷員屋子裡的燈光也消失了。頓時一片黑暗，原來微弱的聲響也沈寂了，這時隱隱約約可以看見推銷員和一個女人一起走下樓梯，來到外面的馬路上，消失了。

天亮了，新的一天又拉開了帷幕。公寓三樓上，作曲家正在專心地譜寫他的曲子。托索小姐正在踏著音樂的節奏跳舞。赫林．艾德小姐坐在樓下院子裡那張折疊椅上，正在專注地雕刻一件抽象派作品。

一個推著冰淇淋小車慢慢走過來的小販，看見艾德小姐，就好奇地問道：「你在雕刻什麼呀，太太？」

她簡短地答道：「飢餓。」

五樓的西弗勒斯太太正把一個裝著小哈巴狗的柳條小籃筐，用繩子慢慢地放到樓下。還沒有等小籃筐落地，小狗就從裡面跳了下來，立即就開始在院子裡搖著尾巴歡快地叫起來，好像是等待這一刻已經好長時間了。之後，西弗勒斯太太又把籃子拉上來掛在陽台上。

傑夫躺在長沙發上，光著上身，眼圈微微發黑，兩眼佈滿了血絲，估計是睡眠不足引起的。護士斯特拉正在給他做著按摩。斯特拉動作很是利落，不停地在傑夫背上來回揉搓著，一邊還不停地嘀咕：「真讓人受不了，本以為一場雨會讓天氣涼快點，可是沒有想到，這天氣反而更加潮濕悶熱了。」剛說完，她就碰到了傑夫背上一處酸疼的肌肉，讓他差點兒從沙發上掉下來。

「對，就這裡疼。」傑夫立刻告訴斯特拉背上那塊位置。

「要不是你坐在輪椅上熬夜，也不會出現這樣的狀況，你如果是躺在床上好好睡覺，或許保險公司會很高興。」斯特拉揉著傑夫的背說道。

「我坐在輪椅上熬夜你是怎麼知道的？」傑夫奇怪地問。

「看你這雙眼睛就知道了，昨晚一定是沒有睡好，肯定一直看著窗外了。」

「倒是這麼回事。」傑夫不好意思地回答說，心裡知道肯定是瞞不住她。

「要是有人發現他們被你偷窺了，會怎麼辦？」斯特拉想了想說。

「這就不一定了，那要看誰了。如果是托索小姐知道……」

「你就別打她的主意了。」斯特拉忙打斷傑夫的話。

「我打她主意幹嗎？」傑夫不屑地說，「她只不過是個無憂無慮、及時行樂的人，但是，她生活得很自然。」

斯特拉隨口說道：「你要知道，總有一天，她也會變成一個醜陋難看、又酗酒成性、下場淒慘的女人。」她的語氣裡充滿了嘲諷。

「其實，那位『芳心寂寞』小姐才淒慘、可憐呢。昨天晚上，『芳心寂寞』回來睡覺時又是喝得醉醺醺的。」

「真是一個可憐的姑娘。」斯特拉同情地說，「不過，我確信，她總有一天會找到屬於她自己的幸福。」

「你說得對，總有一個男人會因此而斷送他的幸福。」傑夫有點譏諷地附和說。

斯特拉關心地問道：「你知道在她的鄰居中，有沒有對她有意思的？」

傑夫想了想，說了句：「不清楚。不過那個推銷員說不定就要對她產生興趣了。」

「你確定嗎？他難道要和老婆離婚嗎？」斯特拉很急切地問。

「我也不確定。」傑夫轉頭望著窗外，若有所思地說，「昨天半夜，推銷員拎著一個鐵皮箱子在大雨裡來回奔波了好幾次，也不知道他在做什麼。」

斯特拉滿不在乎地說：「他是個推銷員，這也沒有什麼好奇怪的。」

「可是凌晨兩三點鐘，能推銷什麼？」傑夫反問道。

「推銷手電筒呀！」斯特拉扶傑夫站起來，用毛巾擦了擦手，繼續說，「或者是夜光鐘、夜光門牌號等都可以推銷。」

「我覺得這事情沒有你說的那麼簡單。」傑夫若有所思地說，「有一點我很有把握，就是他在往屋子外面倒騰東西。」

「那和我們有什麼關係呢？」斯特拉幫傑夫穿衣服時，好像又想起了那位「芳心寂寞」小姐，又繼續說道，「推銷員應該主動一點，那位小姐膽子很小。」

「主動點，畢竟比守株待兔要好。」傑夫點點頭，表示同意斯特拉的看法。

「不過，一個男子漢只有先放下身段，才能幹這種低聲下氣求愛的事。」斯特拉一邊扶傑夫坐上輪椅，一邊繼續說，「今天早上，推銷員夫妻怎麼樣？有沒有什麼變化？」

「他放下了窗簾，我也不知道發生了什麼。」傑夫搖搖頭回答。

「是嗎，天氣這麼熱，竟然還拉著窗簾？」斯特拉很驚訝，一邊說著，一邊朝窗外張望了一下，「你看，現在打開了。」

傑夫急忙使勁轉動車輪，來到窗前。他們看見對面公寓的推銷員站在自己屋子的窗前，仔細地長時間審視著他周圍鄰居家的每扇窗戶。他的表情嚴肅謹慎，最後，他的目光漸漸盯住了傑夫的窗口。傑夫看到推銷員，急忙把輪椅快速轉動往後退，還緊張地低聲說道：「往後退，快，別讓他發現了。」

斯特拉下意識地趕緊往後退了幾步，站在傑夫身後，但是看到傑夫這麼緊張兮兮的，又有點難以理解。她問道：「到底是怎麼回事？怎麼啦？你要我退到哪兒去？」她一邊說，一邊又想往前走。

「回來！」傑夫立即喊住她，「你沒有看見，他正在觀察我們嗎？你會被他看見的。」

「我沒有那麼膽小，看見了又能把我怎麼樣？人還怕別人看嗎？」斯特拉生氣地說。

「他有點反常，好像非常擔心有人注意他似的。」傑夫一直盯著對面的推銷員，一會兒，他驚異地發現，推銷員的臉色突然變得恐懼異常，大睜著眼睛盯著樓下的院子。

傑夫也跟著推銷員的視線，忙往樓下看去。院子裡，那隻五樓的小哈巴狗正低著腦袋，晃動著尾巴，對著那片小花圃亂嗅亂刨，之後就開始「汪汪」叫著。這個時候，赫林小姐就坐在一旁，狗吠聲好像打擾到了她，她忙走過來，一下子把狗轟開。

「別待在這兒，走開！快回家去，要不看他怎麼收拾你！」

小狗很不情願地怪叫幾聲，朝其他地方跑去了。推銷員在樓上看到後，也慌慌張張地轉身離開了窗口。這一切都被傑夫看在眼裡，好像想到了什麼，若有所思。

斯特拉收拾了一下東西，說：「明天見，傑弗里斯先生。」

「哦……再見……再見。」傑夫心不在焉地隨便應了一聲。

快要走到門口的時候，斯特拉盯住傑夫說：「不要再坐在輪椅上熬夜了。」傑夫還是隨便應了一聲。斯特拉走到門前，又轉身生氣地加了一句，「別總是隨便地應付我。」

「斯特拉，快遞給我架子上的那架望遠鏡，快！」傑夫突然朝斯特拉急切地說。傑夫突然大聲說話，真是嚇了斯特拉一愣，忙走到牆角放滿東西的架子前，取下望遠鏡，遞給傑夫。她一邊遞給傑夫望遠鏡，一邊在嘴裡嘟囔著：「有什麼不對勁，我能預感得出來。要是你早點康復就好了，我也就不用每天都來這個麻煩的地方了。」

傑夫一把接過望遠鏡，根本沒有在乎斯特拉的嘮叨，他全神貫注地對準推銷員的窗口，注意著對面房間裡的一切動靜。傑夫在望遠鏡裡清楚地看到推銷員打開一個皮箱，放進去一些項鏈珠寶、金銀首飾，之後，他起身向窗口走來。傑夫還是趕緊躲開，怕被對面看到。只見，推銷員走到窗前，探出頭朝樓下的院子看了看，看沒有什麼動靜就又退了回去。

傑夫似乎也嗅到了什麼味道，思索了一會兒，立刻把望遠鏡放在桌子上，轉著輪椅來到架子前，取下上面放著的照相機和長焦距鏡頭。傑夫一看到這些東西，就充滿了興奮，他給相機裝上長焦距鏡頭，又重新回到窗前，舉起了相機。他似乎找到了他應該做的。

他看見推銷員正在廚房的洗手池前，手裡拿著一把小鋼鋸和一把一尺多長的切肉刀，並用一塊布慢慢地擦拭著。不大一會兒，他就把擦好的東西用報紙包起來放在一邊。傑夫一直都在看著，疑惑不解。直到推銷員走回起居室，疲憊地倒在長沙發上，傑夫都沒有停止對這件怪事的思考。

時間在快速地流逝，又是一個傍晚。公寓裡，明亮的燈光從所有開著的窗口射出來。其中，只有那對新婚夫婦的窗戶是關著的。傑夫的房間裡，光線昏暗，幾乎看不到傑夫的存在。莉莎的進入打破了傑夫屋子裡的平靜。莉莎半跪在地上，依偎在傑夫的胸前，默默地注視著傑夫的眼睛。

「我要等待多長時間才會引起你的注意呢？」莉莎委屈地說。

聽到莉莎這樣說，傑夫急忙拉過她，輕吻了她一下。「根本不用等待，你這麼美麗動人，光是待在我身邊就已經足夠了。」

「你和我在一起總是心神不定，難道是我還不夠漂亮嗎？」莉莎反問道。

「我有心不在焉嗎？」

莉莎微笑著說：「我要你的人，更要你的心。所以，你不能對我心不在焉。」

「但是，你……你有沒有什麼困惑？」傑夫想了一下問。

「明知故問，現在不就有一個嗎？」莉莎看著傑夫說。

「我也有同感。」傑夫贊同地點了點頭。莉莎忙問他是什麼事。她或許並不知道他們倆想的並不是一回事。傑夫隨口說道：「三更半夜，冒著大雨，一個人提著個鐵皮箱子連續進出好幾次，你說奇怪嗎？」

「或許，他就是喜歡妻子等他回家時的那種激動表情。」莉莎半開玩笑地說道。

「不對！不對！」傑夫搖搖頭，繼續說，「推銷員的老婆可不是那樣的女人。還有一個問題，就是今天他為什麼沒去上班？」

「在家上班不是更有趣嗎？」

「有趣？那是你沒有看到他包在破報紙裡的小鋼鋸和切肉刀！」

「哦！那是真的嗎，那可沒什麼有趣的了。」莉莎聽完傑夫的話，立即變得緊張起來。

「他為什麼一整天都沒有去他妻子的房裡？」傑夫一直順著自己的思緒問著。

「我不敢回答，也不敢去想。」莉莎站起來，一臉的緊張和擔心。

「莉莎，聽著，一定是出了什麼問題！」傑夫馬上回答。

「不要再說了，要不然我也要出什麼問題了。」莉莎有點兒害怕地說。

「剛才，他穿著襯衫出去了，就幾分鐘前。」傑夫好像沒有聽到莉莎的話，依然按照自己的思路繼續說，「可是，他到現在都還沒有回來。」

莉莎也有點不耐煩了，走到窗前，靠在沙發上，歪著頭朝窗戶外看著。一會兒，莉莎不由得笑了起來，或許是她看到托索小姐嚼三明治的樣子感到好笑，接著，她轉過頭來，看著傑夫，神情依然嚴肅。傑夫仍在思索。

「你說，假如把一個人的屍體剁成碎塊……你知道，這肯定很不容易。」

莉莎被傑夫的話嚇了一跳，「你是不是故意嚇我呀，傑夫？」她感覺屋子太暗了，就連忙欠身打開身旁的一個枱燈。但是傑夫並沒回答她。「你聽見沒有？傑夫，我害怕……」

突然，傑夫悄悄地把輪椅往窗口移去，並豎起食指，制止了莉莎繼續說話。「噓……你聽，他回來了！」莉莎也不由自主地往窗口湊去，就看見推銷員拎著一捆繩子，穿過廚房和起居室，走進掛著窗簾的臥室。一會兒，推銷員臥室裡的燈就亮了。看不到他在做什麼，只有他的身影映射在窗簾上，不停地晃動著。

他們就這樣看了一會兒，但是並沒有發現什麼異常。莉莎便說道：「別自己嚇自己了！」她一下子轉過來傑夫的輪椅，奪過他手裡的望遠鏡，生氣地說：「坐在窗前看看，閒著無聊，打發時間，也可以理解；但是拿著望遠鏡、相機亂看，那簡直是不可理喻了，另外，還對一切沒有發生的事情妄加猜測。」說完，她就把望遠鏡狠狠地扔到桌子上。

「我不是在開玩笑，你要相信我。」

「你再這樣的話，我馬上就離開！我不管你在幹什麼。」莉莎氣沖沖地說。傑夫也不知道如何解釋，想必越說越亂。

莉莎俯下身子，對著傑夫，認真地問道：「你到底是怎麼想的？」

「怎麼了，難道我讓你覺得像個瘋子嗎？其實，我就是想搞清楚那個推銷員的妻子，到底有沒有出事兒。」

「關鍵是，這些都是你的猜測，你怎麼就知道他的老婆出事了呢？」莉莎反問道。

「我有很多理由去懷疑呀。首先，他妻子是個病人，不可能離開他的照顧，但是他整整一天都沒有到她的房間裡去過，也沒有其他人去過。你說，這是什麼情況呢？」傑夫說道。

「也許他妻子真的出事了，甚至死了。」莉莎在屋裡來回走動，神情顯得煩躁不安。

「死了？就那樣沒有醫生？沒有棺材？悄無聲息的？」傑夫追問道。

「還有一種可能就是他妻子吃了鎮靜劑，一直都在睡覺，只是你看不見而已。」

傑夫聽莉莎這麼說，就立即想看個究竟，想把輪椅轉過去朝向窗口。莉莎也趕緊按住輪椅，不讓他轉過去。傑夫更加著急了。

「我從窗口都看見了，一定是出什麼問題了。你不知道他們夫妻經常大吵大鬧，感情很不好，可是從昨晚開始，他的老婆就再也沒有出現過，只看見他三更半夜、鬼鬼祟祟地來回走，並且他還拿著鋸子、刀子、繩子，誰能想像，他在幹什麼？他的妻子在哪兒？」

「這很難說。」莉莎疑惑地說。

「她能在哪兒？」傑夫重複了一遍。

「我不知道，也不想去弄清楚。傑夫，你要明白，鋸子、刀子、繩子之類的東西，幾乎每家都有，另外，很多妻子同樣喜歡嘮叨，從而惹怒自己的丈夫，經常反目爭吵，結果是丈夫幾天都不答理自己的妻子……這都是非常正常的，可是，有幾個人會拿刀殺人呢？」

「『殺人』這兩個字你也想到了，是不是？」傑夫好奇地看著莉莎說。

「他所做的一切，你都能看見，是不是？」莉莎坐在傑夫的面前說。

「當然對，是這樣……」

傑夫的話還沒有說完，莉莎就打斷說：「只要他的窗戶沒拉窗簾，你就可以看見他在屋裡屋外的一切活動……傑夫，你覺得一個殺人犯會讓你監視他的一切行動？他為什麼不躲在裡面，拉下窗簾，擋住所有人的視線呢？」

「他是故意這樣做的，表面上若無其事。或許這正是他的聰明之處。」傑夫回答道。

「但是，我感覺，這正說明了你的愚蠢之處。」

「或許，他真是故意裝成那樣的。」傑夫固執地說道。

「故意拉開窗簾，讓人們看到他的罪行，這是一個殺人犯會做的？」

「為什麼不會？」

「為什麼……為什麼……因為……」莉莎說著，突然停止了，她站起身，凝望著窗外。

傑夫看到她這樣，似乎也意識到了什麼，趕緊從桌上拿起望遠鏡，快速將輪椅掉轉窗口，跟著莉莎的視線看去。對面，推銷員臥室的窗簾拉開了。他倆清晰地看到，推銷員妻子的床上，什麼都沒有，被單沒了，床墊也被扔在一邊。只見推銷員自己滿頭大汗，正在費勁地用繩子捆著一個大箱子……

夜裡，昏暗的房間裡，傑夫獨自一人坐在輪椅上，緊張地盯著窗外發生的任何動靜。外面的街道很安靜，就像是故意禁止任何人闖入似的，街道兩旁的路燈也是靜謐的，照出的微弱的光，投射在傑夫的臉上。對面公寓裡所有的窗戶都是黑黑的。突然，就在推銷員的窗口發出了一點光亮，好像是一根火柴點著了，微光照射在推銷員的身上，顯示出他剛剛點燃了雪茄，正在使勁地抽著。火柴的光很快就熄滅了，被驅趕開的黑暗立即就圍了上來。

這時候，傑夫旁邊的電話響了。黑暗中，鈴聲顯得格外刺耳，也給傑夫嚇了一跳。

「你是哪位？」傑夫抓起話筒問了一句。

「是拉爾斯．索瓦爾德先生和太太，就是你說的二樓的信箱上寫的。」電話那邊傳來莉莎細微的聲音。

「公寓的門牌號是多少？」

「西9街125號。」

「謝謝你，親愛的。真是太好了。」傑夫在說話的同時，還不忘一直盯著對面的公寓。

「長官，不客氣。還有什麼任務？」莉莎在那邊也開起了玩笑。

「先回家去。」傑夫也利落地說道。

「他現在在做什麼呢？」

「燈沒有開，但是我知道，他正坐在起居室裡抽煙。」傑夫又看了一眼對面黑糊糊的窗口，繼續說，「那個臥室，他還是沒再進過。你回家吧，好好休息。再見，親愛的。」

傑夫擦了一下臉上的汗，繼而放下了話筒。

對面公寓仍是漆黑一團，只有推銷員嘴裡的雪茄一閃一亮的像鬼火一樣。

又是一天。清晨的陽光透過窗戶照射進來，整個屋子都被一層金黃鋪蓋住。首先出現的是斯特拉，從廚房端著早點走出來，然後，環視了整個屋子，就看到傑夫正在那裡全神貫注地打電話，她又朝對面推銷員的房間看了幾眼，並沒有什麼可以引起特別注意的。她嘆了口氣，又轉身進了廚房。傑夫自個在那邊打電話，但是目光仍會時不時地向對面徘徊。

「科耶爾，你必須親自跑一趟……這事在電話裡講不清楚，你最好親眼看一看。」

「傑夫，到底怎麼了？」科耶爾在電話那頭有點不耐煩地問道。

科耶爾．湯姆是警察局的一名警探。

傑夫有點猶豫了，因為他所認為的事情，到底是不是真實的，畢竟沒有親眼看到。他支吾道：「或許，事情並不怎麼重要，就是這裡可能發生了一起謀殺案，只是可能而已。所以，還得請您親自來看一下。」

「謀殺？是真的嗎？」科耶爾聽到「謀殺」兩個字就立刻緊張起來。

「是的，是謀殺。」傑夫非常肯定地回答。

「唉，到底怎麼回事！」科耶爾嘆了口氣。

「或許，沒有想像中嚴重，科耶爾，我也只是想給你找點事幹。」傑夫急忙解釋說。

「是嗎，那就謝了！」科耶爾的語氣鬆懈了下來。

「我想，一個重要的案子對一個出色的警探來說，肯定是非常樂意的。」

「可關鍵是，我現在不上班。」

「為什麼？」

「今天我輪休。」

「但是，像我自己那些最喜歡的作品，大都是在週末休息的時候拍到的。」

「好吧，我一會兒有時間過去看看。」科耶爾敷衍地說道。

「要是那樣就太好了。你快點來吧，科耶爾。」傑夫掛了電話，才發現自己緊張得滿臉都是汗水。他抬起頭，突然發現斯特拉正站在旁邊，滿臉的不滿和憂慮。傑夫不好意思地笑了笑，便一手抓起麵包，一手端起咖啡，高興地吃起來。斯特拉看到他這樣，忙把餐巾遞給他，讓他慢點吃。傑夫一邊吃著，一邊說道：「斯特拉，你人真是好，不僅照顧人無微不至，飯也做得這麼好，我現在知道你丈夫為什麼還愛著你了。」

「那位是警察嗎？」斯特拉好像沒有聽他剛才讚譽的話。

「你說什麼？」傑夫愣了一下。

「就是剛才和你通話的那位。」

「只是一個朋友，一個脾氣不很好的朋友。」

「你說他是怎麼把他妻子剁成碎塊的？」斯特拉還是直接切中主題，繼續說，「我猜只有在浴缸裡。因為在那裡才能沖走所有的血跡。」

聽到斯特拉說這些話，真是讓傑夫驚訝，他把剛夾起的一塊肉趕緊放下，端起咖啡喝了一口。斯特拉又回頭看著對面推銷員的臥室，窗前依舊放著那個捆得整整齊齊的皮箱。她又站起來，一邊輕聲地說著，一邊朝廚房走去。

「他為什麼不早點兒把這個皮箱搬出去，非要裡面的血水都滲出來嗎？」

一聽到斯特拉這麼說，傑夫只好又把剛剛拿到嘴邊的那塊火腿重新放回到碟子上。他估計也沒什麼食慾了，便把視線投向對面的公寓。身著芭蕾舞裝的托索小姐，正往繩上晾幾件洗好的內衣褲。只見她晾完衣服，便是一個踢腿，幾個飛快的旋轉動作，最後一個漂亮的站立，她就已經在屋子當中了。一臉倦容的新郎從六樓的窗口慢慢探出頭來，大口大口地呼吸著外面的新鮮空氣。他的屋子一直都是拉著窗簾的。這時，就聽見屋裡傳來新娘撒嬌的喊聲，新郎便又重新放下窗簾，有點不情願地抽身回去……

傑夫看到這情景，真是想笑出來。突然，在他身後的斯特拉，聲音急促地喊道：「傑夫，快看！快看！」

傑夫已經明白了什麼意思，立即把視線移向推銷員的那個房間。只見推銷員徑直走進臥室，後面還帶著兩個人，從穿著上看，像是兩個行李搬運工。推銷員對搬運工說著什麼，便指了指窗前的皮箱。其中一個搬運工點點頭，就把行李票遞給了推銷員。只見他在行李票上簽上字，給了搬運工一份，自己留了一份，然後，搬運工開始往外面搬動皮箱。傑夫仔細地觀察著，沒有放過任何細節，他看著他們抬著皮箱，一步一步地走下樓梯。看他們的樣子，就知道那皮箱很重。

看到這裡，傑夫突然想到了什麼，非常著急地說：「這下可遭了，箱子要搬走了。科耶爾怎麼還不來……要知道是這樣，我就不報警了。」

「我去攔住他們！」斯特拉拉開門就要往外衝，她的這股勁頭也讓傑夫大吃一驚。不過，傑夫立即回過神來，阻止了斯特拉，要她別做蠢事。斯特拉想了一會兒，又說：「但是，我起碼可以下去看看那家運輸公司的名字吧。」

「你說得也對，好吧，快去，小心點。」傑夫同意了她說的。

斯特拉立即衝了出去。對面公寓的推銷員手握電話，坐在房間裡的沙發上，看他緊張的神色，不免讓人懷疑。傑夫注視著他撥電話的手指，自己推斷道：「應該是長途電話……」

推銷員一邊對著話筒急切地講著什麼，一邊用另一隻手拿過來一瓶酒，拔出塞子，給自己滿滿地倒了一杯。然後，推銷員端起酒，一口喝掉了。傑夫又看了看樓下，看那輛行李車已經準備開走了，而斯特拉才剛剛跑到樓下。只見斯特拉朝著開動的行李車一跺腳，失望地搖了搖頭。傑夫看到這裡也明白了，頓時就泄了氣。

科耶爾終於來了，但是都已經快中午了。

傑夫仰頭望著他，看著他透過望遠鏡，細細地查看著推銷員的屋子。科耶爾看了一會兒，放下望遠鏡，歪坐到沙發上，然後不慌不忙地問傑夫：「你怎麼判斷對面發生謀殺案了呢？你一沒有看見屍體，二又沒有看見殺人場面。」

「難道他的舉動你一點都不感到奇怪嗎？」傑夫對警探的質疑感到不滿，他非常肯定地說，「一個人三更半夜不睡覺，冒著大雨進進出出，而且他的妻子也突然消失了。還有那些鋸子、刀子和那些可疑的行李。難道這些都正常嗎？」

「當然，這些事確實有點怪異，但也不能肯定就是有人搞謀殺，什麼樣的可能性都存在，而謀殺案的可能性最小。」科耶爾解釋道。

「科耶爾，難道你認為那個人是丟掉了工作，閒著沒事，故弄玄虛來愚弄人的嗎？」

科耶爾也沒有完全被傑夫說服，「但是，你看見哪個罪犯會敞開窗戶、明目張膽地殺人，並且還不慌不忙地坐在沙發上抽煙？這種殺人方式也未免太愚蠢、太顯眼了吧！」

兩個人一直辯論著，但是誰也說服不了誰，傑夫忙催促道：「警官大人，你應該盡快履行你的職責——去把他抓拿歸案！」

科耶爾真是有點為難了，他認真地說：「我說傑夫，你對殺人真是不懂。你知道嗎，那些殺人犯在作案之前，都要精心策劃，都要花費很多時間。甚至是傻子殺起人來都會非常狡猾，並不是你想像的那樣簡單，要破案最起碼也要出動很多警察，還要絞盡腦汁，想方設法。幾乎沒有像推銷員這樣，閒著沒事，殺死妻子，然後塞進皮箱，在光天化日之下把箱子處理掉……」

傑夫急忙插了一句：「這就是他的聰明之處，我敢肯定！」

科耶爾沒在意傑夫的話，繼續說道：「……那些被他殺掉的人。還有一個地方說不通，就是推銷員居然還能像沒事人似的優閒地吸煙。他應該極度恐慌才對呀！」

傑夫很不服氣地說：「那按照你的說法，我說的都是胡亂編造出來的了？」

「也不全是那樣。你是看見了一些可疑的事情，但這些可疑都是可以解釋的。」

「怎麼解釋？」

「比如說，他的妻子外出旅遊了。」

「可關鍵是，他老婆是個常年有病的病人，根本離不開別人的照顧！」

這一句讓科耶爾無話可說，他不經意地看看手錶說：「傑夫，不好意思，我該走了。我看還是由我私下裡做些調查，就不用向局裡報告這件事了。你也不要到處亂說，弄得滿城風雨、人心惶惶的，根本犯不上。」

傑夫冷淡地說：「知道了，真是感謝。」

科耶爾估計也是怕如果真是一樁殺人案，所以又說：「要不這樣，我去查一查，看他老婆到底在不在屋裡。」

「那你快去吧，警官。」傑夫立刻又高興地說道。

科耶爾戴上帽子，走到了門前，把手搭在門把上，又回身關切地問了一句：「最近，你還頭痛嗎？」

「我在你來之前，一直都是好好的。」

「哦，等你過一陣子，不再想入非非了，頭痛症也就自然不見了。再見了。」科耶爾微微笑了笑，隨手帶上了門。有點失望的傑夫也無力地做了個告別的手勢。當門關到一半的時候，科耶爾又推開門，探著頭問傑夫：「你那條腿是怎麼回事？」

傑夫生氣地說：「橫穿馬路。」

科耶爾關心地問：「在哪條路上？」

「印第安納波利斯賽車場。」

科耶爾似乎並沒有懷疑傑夫的話，隨後又把門帶上了。可是，科耶爾突然又把門推開，非常認真地問：「賽車的時候出的事嗎？」

「對，還阻塞了交通呢！」傑夫忍不住笑了起來。

科耶爾這次才意識到傑夫是在耍自己，他「砰」地一聲關上門，這才真的離開了。

傑夫等科耶爾一走，就立即轉身朝外面看去。那隻哈巴狗正在院子裡搖晃著尾巴，在推銷員的那片小花圃裡轉悠，爪子還不停地亂刨花圃裡的泥土。就在這個時候，推銷員出現了，他臉色蒼白，匆忙忙地走到花圃旁，先蹲下來輕輕地拍拍那隻狗，然後一下子把牠推開。看到推銷員這樣的舉動讓傑夫疑惑不解。

在樓下轉了一大圈，科耶爾又回到了傑夫的房間。他手裡端著一杯威士忌，靠在沿牆的櫃子旁。傑夫也轉過輪椅看著他。

科耶爾開始說話了。「推銷員租了六個月那個房子，而現在才住了五個多月。」他一邊說著，一邊抿了一口酒，「他雖然喜歡喝酒，但整體而言，還算是個本分的人，因為幾乎沒有喝醉過。他的錢也都是正經工作得來的，買東西也從不賒帳。他們夫妻和鄰居們都不熟，尤其喜歡獨來獨往。」

「真是可惜了，不和鄰居們往來。」

「他妻子基本上不出門……」

「那她現在呢?在冰箱裡嗎?」傑夫急切地反問道。

「她出去了,就在昨天早上。」科耶爾繼續說道。

「什麼時候?」

「大概六點的時候。」

「早上六點?這麼巧?那會兒我正好打瞌睡了!」傑夫好奇地問。

科耶爾見傑夫這樣,便有點落井下石地說:「睡著了?不會吧,那太不幸了!怎麼樣,是不是自己感覺有點難堪?他們夫妻就是在那個節骨眼離開房間的。」

「現在還沒有。」傑夫回答說。他看著科耶爾目不轉睛地盯著對面的托索小姐,便有意地問道:「你妻子好嗎?」

「她很好。」科耶爾毫不在意地隨口答道。

傑夫又回到原來的問題上,「他們早上六點離開,這是誰告訴你的?」

「離開哪兒?誰呀?」正注視著托索的科耶爾,一時沒有反應過來傑夫的問話。

「推銷員夫婦呀。你不是告訴我,他們早上六點離開了嗎?」

「噢,這個呀,我是問大樓的管理員和另外幾個房客知道的。他們告訴我,他們夫婦一大早就去火車站了。」

聽到他這樣說,傑夫似乎發現了,繼續問道:「你說,難道他們的行李上面明明白白地寫著『去中央車站』幾個字嗎？否則的話，別人又是怎麼知道的呢？」

「那是管理員說，是推銷員從車站回來的時候，告訴他的，說送他妻子到鄉下住一段時間。」

「這個管理員是個見錢眼開的傢伙。對了，他最近的銀行帳單，你查過沒有？」

「你的話什麼意思？」

傑夫興奮地說：「這還不明白嗎，管理員的話只不過是又重複了別人編造的謊言罷了，目的就是為了打消別人的疑慮，所以，他提供這種消息的用處就是瞞天過海。」

「好吧，傑夫。」科耶爾也有點生氣了，放下手中的杯子，繼續說，「請允許我問你一個相同的問題，當然，我並不是故意讓你難堪，你說，除了你之外，還有誰親眼看見他的妻子被謀殺了？」

「這……你這是什麼意思？難道你是來看我出醜的嗎？不是想要破案嗎？」傑夫一下子被噎住了。

「都想，如果可能的話。」科耶爾說完，笑了一笑。

「那現在最好的辦法，就是去搜查他的房間，你一定能找到證明真相的證據。」

「可是，我目前還不能那樣做。」科耶爾說完，表現出很無奈的樣子，然後在屋裡來回走著。

「當然不是現在去，而是等他出去了，不在屋子裡，找機會進去。反正他也不知道有人進去過。」傑夫狡猾地說。

「不行，即使他不在家，我也不會去。」科耶爾果斷地拒絕了。

「為什麼不能呢？難道你們警察局對他特別照顧嗎？」傑夫氣憤地問道。

「警探也不能隨隨便便闖入民宅，你不知道嗎？你最好不要惹怒我。如果當場抓住我的話，他們十分鐘之內就會取消我的警探資格。」

傑夫立即反駁道：「幹嗎非要讓人抓住你呢？你想想看，如果沒有任何證據證明他殺人，那就可以還他一個清白。如果你找到證據證明他是殺人犯，那你就大功一件，什麼制度，他們也就不在乎了。」

「傑夫，事情不是你想得那麼簡單的，首先，你必須有法官簽發的搜索票，才能進入民宅搜查，別忘了這是法律。而且，那些法官們都是《人權法案》的忠實擁護者，做什麼都要看證據的。」科耶爾耐心地勸傑夫。

「這有什麼難的，那你就找證據給他們。」傑夫似乎並沒有把證據看得多重要。

「可是，你讓我怎麼說呢，難道就像這樣：『親愛的法官大人，有一天晚上，我一位自稱是業餘偵探的朋友，在吃飽飯之後……』不過，他們不會等我說完，就會把厚厚的《紐約州刑法》重重地摔給我。」科耶爾也沒有放棄對傑夫的勸說。

「科耶爾，你比我清楚，只要一過了今天，就很難再找到證據了。」傑夫仍然苦口婆心地堅持說。

「這我明白，偵察工作最擔心的就是這樣的情況。」

「那還等什麼，還不去搜查？非要等到殺人犯跑了？」傑夫一直追問科耶爾。

「我是來幫你的，不是來聽你逼問的？你一連串地逼問，就像一個強硬的納稅人。好吧，我去查查他那天到底去沒去火車站。真是受不了你，想當年我們一起戰鬥，還在同一架飛機裡待了三年，真是難以想像。」科耶爾笑了一下，看了看手錶，就要準備出發了。

「但是，目前最緊要的事就是趕緊去找那些行李，說不定他老婆就在裡面呢！去火車站的事改天再說吧！」

這時，科耶爾伸手在口袋裡摸了摸，像是想起了什麼。他從口袋裡掏出一張明信片在傑夫面前晃了晃。「我差點忘了這個，是昨天下午三點半從一個叫梅里茲維勒的地方寄出的一張明信片，是我在他的信箱裡找到的。明信片上的那個地方距離這兒大概80英里，上面還有：『已平安抵達。病情好轉。勿念。愛你的，安娜。』」科耶爾念完，看著傑夫尷尬的表情，他自己也露出了幾分竊喜。

傑夫支支吾吾地問：「安娜……就是那個人的妻子嗎？」

「對呀，就是那個推銷員的太太。」科耶爾得意揚揚地說。傑夫還是有點不相信，只愣在那裡，若有所思地用搔癢耙輕輕地敲打著那條裹著石膏的腿。科耶爾看已經達到了想要的效果，就微微一笑，繼續說：「還有要我幫忙的嗎，傑夫？」

「幫我再找個警探來，一定要稱職的。」傑夫頭也不回，語氣平靜地說。

科耶爾也沒有再說什麼，還是笑了笑，戴上帽子走了。

時間仍在繼續流淌著。傍晚時的陽光透過窗戶，照射在傑夫房間的地面上。只見傑夫一個人坐在窗前，桌子上擺放著三明治、沙拉和咖啡。他應該是在吃晚飯，但是他的視線和往常一樣，仍是一直注視著對面的公寓。忽然，那個推銷員再次出現了，手裡提著一個大包袱，行色匆匆地向公寓走來。他很快就走進了自己的起居室，又走進臥室。幾件衣服整整齊齊地擺放在他的床上。然後，他走到衣櫃前，開始把裡面的衣服都拿出來，全都放到床上。

傑夫感到肯定有事情要發生，他忙朝後退了退，拿起早就準備好的相機，用右腿支撐著，對準了對面推銷員的房間。一會兒，傑夫又急忙放下相機，拿起電話快速地撥了個號。

「你好，是科耶爾太太嗎？」

「是的。您是哪位？」

「傑夫，我是傑夫。湯姆在嗎？我找他有急事。」

「他不在，傑夫。」

「他給你打過電話嗎？」傑夫急切地問。

「沒有，什麼事這麼急？」

「是很著急，黛絲。」

「那我一找到他，就讓他立刻和你聯繫，好不好？」黛絲似乎也緊張了起來。

「不用。今晚索瓦爾德就想逃了。你就告訴湯姆，讓他盡快趕到我這兒來就行了。」

「誰是索爾瓦德？」黛絲聽傑夫說話，真是有點摸不著頭緒了。

「哦，湯姆他知道。」傑夫剛說完，好像又意識到了什麼問題，就忙補充道：「黛絲，你放心，他是個男的。」

黛絲笑了笑說：「知道，傑夫，再見。」

傑夫一放下電話，又直接拿起相機。透過窗戶，傑夫看見推銷員從抽屜裡取出一個手提包。然後，他猶豫了一下，便拿著這個手提包走進了起居室，直接坐到電話機旁，就開始撥號。傑夫也一直仔細地盯著推銷員撥號的次數，他很自信地說：「怎麼又是長途電話。」

電話通了，推銷員在一邊對話的同時，一邊從包裡拿出幾件珠寶首飾，大都是女人專用的東西。一會兒的工夫，通話就結束了，然後，他又把那些首飾放歸原處。傑夫始終也猜不透他到底想幹什麼，只見他臉帶笑容，看上去是對剛才的事情非常滿意。

傑夫放下相機，試著調整一下自己的位置，看能不能聽到對面房間裡的聲音。但是，作曲家那間屋子裡突然傳出一些喧鬧的聲音。原來作曲家正在忙於招待進來的客人，看著高聲寒暄相互致意的女客人，以及興高采烈互致問候的男客人，這都讓傑夫有點失望。作曲家趕緊奏出幾個和弦，好像這就表示了對客人們的歡迎。傑夫沒有繼續看下去，他把視線又收回到推銷員的屋子，看見他拿著手提包走回了臥室，又開始折騰他剛扔到床上的衣服。

這時候，莉莎輕輕地推開門走進了傑夫的房間。她看傑夫正目不轉睛地盯著對面，所以也沒有立即打斷他，只是悄悄地關上門，走到他的身後，謹慎地和傑夫打了一個招呼：

「嗨……」

估計是傑夫聞到了莉莎身上的香味，所以頭也沒回地問道：「你今天抹了香水？」

「抹了一點……」

「快看那個推銷員！他就要逃跑了！」傑夫沒等莉莎說完就打斷她說。

「是嗎？但看他的樣子，一點兒也不驚慌，根本不像要逃跑。」莉莎向外看了看，一邊說著，一邊放下手裡的包，然後，慢慢脫去戴著的手套。此時的推銷員正在自己的房間裡若無其事地喝著酒。

「你沒看他扔在床上的亂七八糟的東西嗎？這肯定是準備東西逃跑用的。最重要的就是那個手提包，那可是以前，他老婆經常掛在床頭上的那個包。」傑夫緊張異常地說道。

「現在又怎麼樣？」

「剛剛被他從衣櫃拿出來，這就說明原本是被藏在裡面的。你來之前，他就拿出包來，往裡面放了一些他妻子首飾之類的東西，然後就急急匆匆地打了個長途電話，好像在和其他人密謀什麼。」傑夫把剛才看到的情形給莉莎敘述了一遍。

「那會不會是他妻子呢，這也說不定？」

「不會。」傑夫肯定地回答說，「以前，都是他老婆對他指指點點的，他也從來沒有主動問過他的妻子，或者是主動徵求他妻子的意見。」傑夫說完，又搖了搖頭。這時候，他們一起注意著對面發生的變化，看著推銷員放下酒杯，關上門走出了自己的房間。

「他要去哪兒？」莉莎緊張地問。

「不清楚。」

「如果他不回來了，怎麼辦？」

「應該不會，他還有很多東西在那兒呢！」

「我有點害怕，還是打開燈吧。」莉莎下意識地就去找屋子裡的枱燈。

「等一等。」傑夫連忙阻止了她。莉莎只好等待著，但是仍把手指放在枱燈的開關上。而傑夫依舊專心地觀察著對面發生的一切。黑黑的屋子，傑夫和莉莎都是靜靜的，誰也沒有說話。過了一會兒，傑夫放下相機，開口說：「他好像往右邊走了，可以開燈了。」

「也不知道是怎麼回事，我一整天總是魂不守舍的，無論做什麼都專心不起來。」莉莎一邊把屋裡所有的燈都打開，一邊對傑夫說話。

「在想那個推銷員嗎？」傑夫開玩笑地說。

「但主要是你，還有你的那個警探朋友。又有什麼新消息嗎，在我走了之後？」

「沒有。科耶爾去火車站了，說去查一下那個推銷員的行蹤。但是到現在還沒有一點消息。」傑夫說著，搖了搖頭。他看著莉莎正在走神兒，就問了一句：「想什麼呢你？」

「真是想不通。」

「有什麼想不通的？」

莉莎盯著傑夫，順著自己的思路說：「就是那個手提包呀，他妻子以前非常喜愛那個手提包，還把它天天掛在床頭，愛不釋手。可是現在，他妻子不見了，卻把心愛的包丟在家裡。一個女人絕對不會做出這樣的事……不可能。」莉莎說著，還看了一眼自己的包。

「這個問題，只能這樣解釋，就是她去的那個地方，根本用不著手提包。或者，她根本就不知道自己要出遠門。」傑夫認真地說。

「還有一個可疑的地方，就是那些首飾，一般情況下，女人不會允許把她們心愛的首飾都胡亂地丟進包裡的，她們會怕那些首飾變形、磨損。但是，這些疑問只能等那個推銷員來解釋了。」

「那會不會藏在丈夫的衣服裡面呢？」傑夫問道。

「那也不會。除非生病去醫院，否則，女人絕不會不隨身攜帶著的。我們女人在出門前總要化妝、佩戴首飾的。」莉莎非常肯定地說。

「這都是你們女人的祕密吧？」傑夫和莉莎開玩笑地說，然後，他把相機遞給莉莎，讓她放到架子上去。

莉莎一邊去放相機，一邊繼續說：「我們女人不會把最基本的裝飾品，統統都裝進手提包裡，然後被丈夫胡亂藏起來的。這是不可能的。」

「你說得很對，親愛的。我們現在就只能等科耶爾去找答案了。」傑夫無可奈何地說。

「推銷員夫婦昨天早晨六點出的門？這都是科耶爾告訴你的？」莉莎問道。

「他說是別人親眼所見。」

「我敢肯定，那個女人絕不是他太太，我只要一句話就可以推翻科耶爾的話。」

「是嗎？」

「女人，我最了解了。」莉莎自信地說。

「但是你怎麼解釋別人親眼看見的呢？」傑夫奇怪地問。

「如果說他們確實看見了一個女人，但她絕對不是推銷員的妻子。」

「你怎麼知道？」傑夫微笑地盯著眼前的莉莎，向她伸出手，意思是要她過來。莉莎向傑夫走過來，把頭輕輕地依偎在傑夫的胸前，讓他溫柔地親吻著自己。

「我要是用這番話把你那位警探朋友惹急了，你說他會變成什麼樣子？聽你的意思，科耶爾好像不是一個稱職的警探。」莉莎笑著說。

「他現在已經算是很熱心的了，你就不要再和他較真了。」他又吻了莉莎一下，繼續說，「也奇怪了，科耶爾怎麼也沒有一個消息？」

「我們時間多著呢，我一晚上都陪著你，不用著急。」莉莎靠在傑夫懷裡撒嬌地說。

「什麼？」

「今天晚上，我就住這兒了，所以有很多時間呀！」莉莎又給他解釋了一遍。

「那是不是要先和房東說一聲？」傑夫猶豫地問道。

「整個週末，我都沒事，現在不用著急。」

「那太好了。但關鍵是我這裡只有一張床，怎麼睡我們兩個人呀？」

「你要是這樣的話，我明天也不走了。」莉莎吻了傑夫一下。

「可……你穿的睡衣……我這兒也沒有。」傑夫還是有點猶豫地說。

「要學會只靠一個皮箱生活，這不是你教給我的嗎？你看我這個包可比皮箱小多了。」

莉莎好像早已看出了傑夫的心思，笑著從他懷裡站起來，一邊說話，一邊打開了桌子旁邊的旅行包。

「這是皮箱嗎？」

「是啊。這包非常結實、方便，是小型的馬克．克羅斯牌的過夜包。這就是專門為個人設計的。」說著，她就從包裡取出一件睡裙，但是它在包裡的時候卻被壓縮得很小很小。

「看來你收拾得很倉促呀……還有拖鞋呀？」傑夫驚訝地問。

「我們可以來交換一下。」莉莎說著就穿上了剛取出來的一雙粉色的拖鞋，「就是你把你的床讓給我睡，而我把我的答案都告訴你，你說怎麼樣？」莉莎調皮地笑了一下。

「好吧。」

這時候，對面公寓裡作曲家的屋子裡傳來動聽的鋼琴聲，他們好幾個人都守在鋼琴旁，靜靜地聽著作曲家的新作品。莉莎聽到後，立即放下手裡的工作，驚喜地朝窗口走去。她讚嘆道：「還是那首動人的曲子。如此美妙的音樂，他是怎麼想到的呢？」

「從房東老婆那兒，一個月一次。」傑夫開玩笑地說。

「我要是也有這種靈感該多好！真是太美了。」莉莎真是入神了。

「親愛的，你當然有，你的靈感就是製造麻煩。」傑夫故意和莉莎開玩笑。

「是嗎？」

「那還用說。比如眼前就是呀，竟然反客為主，賴著不走了。」

「偵探文學，你還不夠熟悉。進攻最重要的就是講求『出其不意』、『攻其不備』。」

莉莎向傑夫的地方靠近一些，繼續說道，「還有就是，在偵探文學中，忠實的女友的職責就是把身臨困境中的男友拯救出來。」莉莎一說完就笑了起來。

傑夫馬上接著她的話說道：「那除此之外，這忠實的女友是不是還要阻止她的男友被富有熱情的小姐俘獲，或者是防止她的男友陷入誘人奔放的歌舞女郎設計的圈套裡呀？」

「完全正確，這就是忠實女友的職責。」

「但是，他們為什麼總是不能喜結連理，走到最後呢？」

「你還有完沒完？真是一點都不浪漫。」莉莎假裝生氣地說。然後，她又回那個旅行包旁邊，對傑夫說：「你等我一下，我去換件舒服點的衣服。」

「好的。」

莉莎輕快地向臥室走去，手裡拿著剛從包裡取出的衣服。她突然又回身問傑夫：「煮點咖啡怎麼樣？」

「不錯，來點白蘭地就更好了。」

莉莎答應了一聲，便哼著對面那首曲子的旋律進去了。這時候，傑夫看到那對新婚夫婦房間的窗簾打開了。估計新郎想出來呼吸一下外面的空氣，他打開窗簾，享受地點起一支香煙。但是時間不長，新娘那撒嬌的聲音就從裡面傳了出來。新郎好像被嚇了一跳，他讓自己慢慢平靜下來，扔掉還沒有吸完的煙，轉身就回到了屋裡。傑夫看到新郎不情願的表情就想笑。突然，身後有什麼響動，傑夫忙扭過頭，一看原來是科耶爾。傑夫真是高興壞了，趕緊撥轉輪椅，興奮地看著科耶爾。

科耶爾呆呆地站在那裡，從口袋裡掏出一支煙，整個表情顯示出他已經很疲憊了。當他剛要點煙的時候，聽到了裡面房間發出的甜美的歌聲。他回頭看了一眼，又看到一件白色睡裙顯眼地擺放在桌上。他還是沒有說話，看了一眼傑夫，就點燃了香煙。科耶爾走到窗前，目光停留在作曲家的屋子裡，深深地吐了一口煙。

這時候，那個房間還是一片黑暗。

過了一會兒，科耶爾轉過身來問傑夫：「你又有什麼新發現嗎？」

「我這裡正好有一個新情況，我還擔心你趕不來，不能抓住他呢。」傑夫忙回答道。

「快說……難道他想搬走了？」科耶爾也著急地說。

「我看見他一直都在收拾東西。」

莉莎正好端著一杯酒從廚房走了出來。科耶爾看見她也立刻住了口，開始上下打量莉莎。只見莉莎穿了一件極樸素的碎花連衣裙，顯得十分乾淨利落。

「您就是傑夫的朋友科耶爾先生吧？給您來一杯嗎？」莉莎見科耶爾一直盯著自己，便乾脆走到他跟前，把酒遞給他說。科耶爾便接過酒杯，笑了笑，以示還禮。

「湯姆，這位是莉莎．弗里蒙特小姐。」傑夫給科耶爾介紹道。

「很高興見到你。」科耶爾拿著酒杯說了一聲。

「我們認為那個推銷員有問題。」莉莎肯定地說，說完後也遞給傑夫一杯酒，轉身又向廚房去了。

傑夫看科耶爾老是打量那件睡裙，便警告他說：「湯姆，老實點。」剛說完電話就響了。傑夫抓起電話，問了一句：「你是哪位？」

「我找科耶爾先生。」一個男人的聲音。

「你的電話？」傑夫一臉疑惑地看著科耶爾。

「什麼事？我是科耶爾。好的，我知道了，再見。」

「傑夫，咖啡還要等會兒。你告訴他關於那些首飾的事了嗎？」又端著一杯酒的莉莎走到房間來，朝著傑夫說道。

「什麼首飾？」科耶爾奇怪地問。

「事情是這樣的，我們發現他妻子的那些珠寶首飾都被他藏在臥室裡自己的衣服中。」

「但關鍵是，你怎麼確定那就是他妻子的首飾呢？」科耶爾吐出一口煙，反問了一聲。

科耶爾的反問好像讓傑夫一下子無言以對了，莉莎看見傑夫的表情，連忙替他解圍道：「科耶爾先生，你想想，那些貴重的首飾可都放在他妻子最心愛的手提包裡呀。你認為還有其他的結論嗎？」

「什麼意思？」

莉莎給了傑夫一個眼神，傑夫也很快就明白了她的意思，便對科耶爾說：「那天和推銷員一起出門的女人，根本就不是他妻子。」

「你怎麼知道？」科耶爾笑著看著莉莎說。

「這很容易理解，就是女人一般在出門的時候，貼身的首飾是絕對不會忘的。」莉莎立刻說道。

「說得對。」傑夫又補充了一句。

但是，科耶爾熟視無睹的樣子，好像這些都是不成立的線索。

傑夫看著科耶爾的樣子，立刻就說道：「我說湯姆，這些情況你到底是怎麼想的？」

科耶爾笑了笑說：「跟你說實話，我不是很感興趣你的新情況。他是無辜的，就像其他人一樣清白。」他說完，又瞥了一眼莉莎帶來的旅行袋和睡衣。

「你的意思是說，對面發生的一切事情你都能給出合理的解釋了？」傑夫有點急了。

「不能。誰都不能給出一個合理的解釋，」他用手指著對面的公寓，表情嚴肅地說，「那是一個私人的隱祕世界，所做的事情也都是私人性質的，都是不能公開宣布的隱私。難道你還不明白嗎？」

「殺死自己的妻子，也算是私人事情？」莉莎隨後就諷刺了科耶爾一句。

「沒有那麼多謀殺案的，別再胡亂琢磨了，不然你們都會鑽進死胡同的。」

「但是，你怎麼解釋他屋子裡的那些鋸子和刀子呢？」傑夫反駁道。

「別說人家，難道你就沒有刀子嗎？」科耶爾也開始反問傑夫。

「有倒是有……但是……但是我的那些東西都放在車庫裡。」

「那要是按照你的思維邏輯，你一共殺了多少人，用你那些鋸子和刀子？」科耶爾逼問著已經結結巴巴的傑夫。

這個時候，莉莎又挺身而出了，「但是你能對他妻子無故消失熟視無睹嗎？還有那些首飾、行李，都沒有一個合理的解釋嗎？」

「實話告訴你們吧，已經證實那個推銷員去了火車站，還買了一張票，把他妻子送上了去梅里茲維勒的火車。這個我都去火車站調查了，有很多人都知道。」科耶爾甩了一下手，又繼續喝他的酒。

「他送走的那個女人很可能就不是他太太呀。還有那首飾……」莉莎還沒有說完，就被科耶爾截住了。

「莉莎小姐，要明白，在現實生活中，女性的直覺至多也就是能使一種雜誌暢銷，而對於案情，憑著女人自己的直覺提供的線索，這還是一個神話故事。我自己就因為這種線索白白浪費了很多時間。」

「行了，湯姆，你又開始老調重彈了。我敢斷定，那個皮箱，你根本就沒有找到。」傑夫揮揮手說。

「你說的那個皮箱早就找到了，也就是我離開你這兒半小時之後的事。」科耶爾從容地回答著。

「皮箱裡是什麼，難道是一封羞辱我的信嗎？」傑夫不滿地說。

「這還用說嗎，當然都是他太太洗得乾乾淨淨的衣服了，而且整理得也不像匆匆忙忙想要逃跑的雜亂樣子。」科耶爾解釋說。

「你到化驗室化驗那些衣服了嗎？」莉莎問道。

「根本沒有必要化驗，我已經檢查過了，一切手續都是合法的。」

「還有一個問題，就是他們為什麼要帶這麼多東西呢，他們不只是短期外出嗎？」傑夫忙追問道。

「這個問題，女人心理專家應該知道吧。」科耶爾看了一眼莉莎。

「這就說明這個女人再也不可能回來了。」莉莎隨口說了一句。

「但這絲毫沒有涉及殺人滅口的問題呀！」科耶爾接著說道。

「我看事情沒有那麼簡單，他為什麼不告訴房東說妻子不回來了？這就證明，他一定心懷鬼胎。」傑夫激動地說。

「你把你的所有事都告訴房東了嗎？」科耶爾看了一眼那條白色睡裙問。

「湯姆，說話小心點！我跟你說過的。」

「哦，忘了，我太疏忽了。當初我們一起打仗，要是我當時非常謹慎地駕駛那架偵察機，你就不會有機會拍下那張為你贏得榮譽、勳章、金錢以及工作的照片。」科耶爾又想起了當年的戰爭歲月。

「但是，我憎恨我所得到的那一切。」

「我們能不能換一個話題，共同回憶一下咱們一起度過的那段令人難忘的戰爭年代，安安靜靜地坐下來，暢所欲言，然後再痛痛快快地喝上兩杯，那不是更好嗎？」科耶爾走到傑夫的身邊說。

「那這個案子就這麼輕易地結束了？」莉莎有點不服地說。

「這個案子本來就不成立，莉莎小姐，怎麼樣，我們還是喝酒吧？」科耶爾不厭其煩地解釋說。但是，傑夫和莉莎都沒理他的這個建議，都保持著沈默。「就算你們說的都是真的，也應該放我回去休息一下吧，今天可是我休息的時間呀！」科耶爾說著，仰起脖子，喝掉了杯裡的酒。「傑夫，你如果還需要我查什麼的話，就直接給我打電話吧。」他把杯子放在桌子上，看了看他們兩個人，就要準備離開了。

「科耶爾，你等一等。誰是那個皮箱的收件人？」傑夫突然喊住了正要離開的科耶爾。

「安娜．索瓦爾德。」

「那我們就只有等著，看誰來取這個皮箱。」傑夫仍然沒有放棄自己的想法。

科耶爾也突然想起了一件事，馬上說道：「哦，那個電話，你不會在意我把你的電話告訴其他人吧？」

「關鍵是給誰了。」傑夫心不在焉地說。

「是梅里茲維勒的警察。他們剛才在電話裡通知我，說一個叫安娜．索瓦爾德的女人剛剛取走了那個箱子。」科耶爾剛說完，傑夫一下子就呆住了，簡直不敢相信科耶爾的話，但卻一句話也說不出來。「早點休息。」科耶爾說完，意味深長地笑了笑，拉開門走了。

正在傑夫和莉莎相對無言的時候，對面公寓傳來了作曲家和客人們一陣歡快的歌聲。而旁邊屋裡，是正在刻苦練功、累得滿頭大汗的托索小姐。對面還是原來的那樣，好像根本沒有發生任何變化，也沒有人注意到推銷員妻子的消失。莉莎小心謹慎地走到傑夫身後為他輕輕地按摩著雙肩，她的視線停留在推銷員的房間，一會兒，她突然叫道：「快看！」

「什麼？」傑夫被莉莎的喊聲嚇了一跳，急忙順著她手指的方向看去。

原來，「芳心寂寞」小姐這次帶了一個油頭粉面的年輕男人回來，讓莉莎大吃了一驚。那個男人一到屋子裡，就快速地四下環顧，然後徑直走進起居室。「芳心寂寞」小姐雙手緊緊地捂住胸口，獨自站在廚房裡，彷彿是受到驚嚇而害怕的樣子。一會兒，「芳心寂寞」小姐走進起居室，手裡還拿了一瓶酒，只見她微笑著把瓶塞拔出來，給那個男的倒了一杯酒。

男的親吻了一下「芳心寂寞」小姐，然後接過了她遞過來的酒杯。

「那個男的看起來很年輕啊！」傑夫自言自語道。

他們倆目不轉睛地盯著對面，突然，「芳心寂寞」小姐被那男的一把抓住，並被推倒在一旁的沙發上。她趕緊掙扎起來，使勁把那個男的推開。「芳心寂寞」小姐先是衝到那個男的面前，沒有顧得上整理自己凌亂的衣服，就狠狠地給了他一個耳光。男人立即被嚇呆了，不知道如何是好。那男人聽到「芳心寂寞」小姐憤怒的咒罵後，也非常生氣地摔門離去了。之後，「芳心寂寞」小姐使勁關上門，看看桌子上還沒有喝光的兩杯酒，突然，好像很疲憊地倒在沙發上，不停地大哭起來。

他們兩個互看了對方一眼，都感覺有些慚愧，因為他們看了本不應該看的事情。都沈默了一段時間，傑夫先說話了：「莉莎，你說，一個人透過相機或望遠鏡偷看別人的私人生活是不是不道德？像這件事，即使我發現了他殺人，但這純屬別人的私生活，我是否有權利橫加干涉呢？也許，對面所發生的一切事情，都正如科耶爾所說的，都只是我們一廂情願地臆斷推測。」

「『後窗道德學』這門課，我也沒有研究過。」莉莎很無奈地說。

「他們也可以隨意觀察我，只要他們樂意。」傑夫像是在自我安慰。

「傑夫，如果現在有個人走進我們的房間，肯定會被嚇一跳的！」莉莎故意用輕鬆的語氣說話，像是為了調節一下屋子裡的氣氛。

「為什麼？」

「因為我們倆現在就像是一對瘋子呀！因為我們誤會了那個推銷員殺人而慚愧地拉長著臉，追悔莫及。或者，我們應該高興才是，因為那個推銷員的妻子，說不定正安好無恙地在外面度假呢！」莉莎說著，走到了傑夫身旁，深深地親吻了他一下。然後，她接著說：「『近鄰勝似遠親』這句老話，怎麼沒人說了？」

「社會不一樣了。但我要從托索小姐開始，以身作則，倡導這種社會風尚啊！」傑夫微微笑著說。

「除非我搬到對面公寓，每天在窗前跳芭蕾舞，否則你是做不到的。」莉莎笑著站起來，走到窗前，慢慢放下窗簾。「好了，今晚的戲到此結束了。」她說完就走到桌旁，拿起旅行包，突然問了一句：「我這個包，你的警探朋友沒說是偷來的吧？」

「沒有吧。」傑夫笑了笑說。莉莎也笑著拎著包，走進了裡面的臥室。

晚上。莉莎洗完澡之後，穿上那件又薄又長幾乎是半透明的白紗裙，在微弱的燈光下，姍姍走來，宛如一個仙子一樣。傑夫非常吃驚地看著楚楚動人的莉莎，只是呆呆地看著，半張著嘴巴，似乎是忘記了說話。

莉莎看到傑夫這樣的表情，不禁有點好笑，故意問道：「你看什麼呢？」

「哦……」傑夫好像忽然被驚醒一樣。

莉莎微微撩起裙子，笑著說：「這裙子怎麼樣？你喜歡嗎？」

「當然喜歡了。」傑夫使勁地點點頭。

傑夫剛說完，窗外就響起一個女人的驚叫聲，淒厲異常，緊接著就是一陣號啕的大哭聲，似乎把整個黑夜都攪醒了，外面頓時亂作一團。傑夫和莉莎都是一驚，他們連忙轉向窗戶，拉開窗簾，向外望去。

對面的公寓裡，西弗勒斯太太一邊慌慌張張地往樓梯下跑，一邊大聲地哭喊著。她一臉迷茫的丈夫跟在後面，不知緣由地問道：「什麼情況？你到底怎麼了？」

「我的……」西弗勒斯太太不停地啜泣著，用手指著外面的院子說。

西弗勒斯太太的哭聲幾乎驚動了公寓裡的所有人，人們都一下子擠到窗前，或站在外面的陽台上，就連新搬過來的那對新婚夫婦也伸出頭來張望。他們來回的張望和詢問著，都想馬上了解，這到底是出什麼事了。

「快看，那條狗！」就在這時候，作曲家指著下面的院子大聲叫道。只見那隻白天還活蹦亂跳的小哈巴狗，此時一動不動地躺在院子裡，看情形那小狗已經是死掉了。

一會兒的工夫，西弗勒斯太太就跑到院子裡的花圃旁，傷心地抱起已經死掉的小狗，就像是抽泣自己的一個親人似的：「死了……死了……我的狗！」

她丈夫焦急地搓著雙手，不知所措地站在旁邊，不知道應該如何安慰自己的妻子，或許他還沒有看到過妻子會這樣悲痛。

這時，從公寓裡又跑出來兩個人，原來是赫林小姐和「芳心寂寞」小姐，他們來到西弗勒斯太太的身邊，不停地安慰著。「芳心寂寞」小姐仔細檢查了一下死掉的小狗，突然驚叫道：「牠是被掐死的，牠是被人擰斷了脖子！」

「畜生！誰害死的？這是誰幹的？」西弗勒斯太太聽到「芳心寂寞」小姐這樣的診斷，怒不可止，一邊放聲大哭著，一邊抬起頭，巡視著樓上的每一個人，歇斯底里地大聲喊道。

樓上的人都是一頭霧水，面面相覷，不知道應該如何回答。不過事已至此，西弗勒斯夫婦也只能先把小狗收拾了，回到了自己的房間。然後，西弗勒斯先生默默地從窗前把原來送小狗下樓的那個小籃子拉了上來。

自始至終，傑夫和莉莎都一直看著，看到對面一切都平靜了，才無奈地轉過身來。

「莉莎，你也看出來了，就在剛才，科耶爾幾乎已經把我說服了，我覺得我原先想的好像都是錯誤的。」傑夫看看神情黯然的莉莎，往後退了退說。

「那現在又有變化嗎？」莉莎問道。

「你有沒有注意到，剛才對面只有一個窗口沒有動靜！」傑夫說著就抓住莉莎的手，示意她往窗外看。莉莎也馬上明白了傑夫的意思，急忙向推銷員的窗口望去，只見他的窗口一片漆黑，似乎只有那麼一點若隱若現的光線出現。

傑夫一直都在長焦距鏡頭後面注視著推銷員的房間。此時，已經是第二天了，傍晚的陽光微弱地照射到對面的公寓上，使原本模糊的窗戶變得異常清晰了。莉莎也一直坐在傑夫的對面，神情有點緊張。對面，那個推銷員正在使勁擦拭著浴室四周的牆壁。

「盯了整整一天，什麼收獲都沒有。」過了一會兒，傑夫放下相機，無精打采地說道。

「他在打掃房間嗎？」莉莎問道。

「他在浴室裡清洗牆壁。」傑夫有氣無力地回答，好像一晚上都沒有休息好似的。

「一定是出了什麼問題，要麼就是在清洗血跡，消滅證據。」斯特拉非常自信地說，看了一眼身邊的莉莎，繼續說道，「在浴室裡，他把他妻子害了，現在就想在逃亡之前處理掉留下的一些痕跡，肯定是這樣的。」

「講話小心點兒，斯特拉。」莉莎打斷她說。

「他殺了人，難道還要說他好聽的？」斯特拉不滿地說了一句。

傑夫一個人想著，並沒有在意她們兩個說的。忽然，他推了推莉莎說：「牆角架子上那個黃色的小盒子，你看見了嗎？」

「最上面的那個是嗎？」莉莎回答道。

「就是那個，快把它拿來，再拿一個望遠鏡給我。」他接過那個盒子，在裡面隨便亂翻著一些照片。「這都是我兩個星期前拍的……我突然想起來……應該還有一些其他的東西……除了那個女人的大腿之外……在哪兒呢？」傑夫自言自語地說著。

「你到底在翻什麼？」莉莎疑惑地問傑夫。

一會兒，他從盒子裡翻出了一張照片，立刻興奮地說：「終於找到了。如果我沒有猜錯的話，我就能解釋牠為什麼突然死亡了。」

「你說誰？是推銷員太太嗎？」斯特拉疑問道。

「不是她，是那條小狗。或者說，我們可以解釋那個推銷員為什麼要殺死那條狗了。給你這個，仔細盯著，一有什麼發現立即告訴我。」傑夫說著把望遠鏡遞給了莉莎。

莉莎聽他這樣說，也忙湊過去看，只見照片上清晰地顯示出小狗、椅子、花圃等院子裡的景物。她看了一會兒，感覺沒有什麼線索。於是她問傑夫：「有什麼發現嗎？這不是下面那個院子嗎？」

「你沒有發現院子裡推銷員的那些花兒發生了什麼變化嗎？」傑夫問道。

「是那片花圃嗎？那隻小狗倒是經常去。」斯特拉好像也想起了什麼。

「對，你再看院子裡的那些花。再和照片上的比較一下，是不是有什麼變化？尤其是那兩棵黃色的百日草，有沒有發現它們越長越矮了？」傑夫疑惑地說。

「底下一定埋著什麼東西。」斯特拉馬上說道。
「難道是推銷員太太？」莉莎也驚訝地問了一聲。
「墓地，你從來就沒有去過吧？」斯特拉對莉莎說，「把屍體埋在一個只有巴掌大的花圃裡，怎麼可能……除非，把屍體頭朝下的插進去，要是那樣的話，他屋子裡的那些刀子、鋸子不就沒有用了？我猜，他肯定是把屍體分解了，然後再一塊塊地處理……」
斯特拉還沒有說完，就被莉莎給打斷了：「別說了，斯特拉！」
「你們倆就別爭執了！我看那些花是被人連根拔出後又重新栽回去的。」傑夫看見她們兩個這樣就趕緊制止道。
「刀和鋸子也許就埋在那下面。」莉莎想了想說。
「或許是。」傑夫點了點頭說。
「那還等什麼，趕緊叫科耶爾呀！」斯特拉急忙說道。
「先不要打草驚蛇。我們可以等天黑之後，先把花圃下面的東西挖出來。」莉莎說著看了傑夫一眼。
「不……不能去。你就不怕他擰斷你的脖子！」傑夫吃驚地看著莉莎，繼續說道，「另外，我們現在還不能打擾科耶爾，尤其是在找到推銷員太太的屍體之前。現在最重要的事情，就是我們怎麼樣才能進入推銷員的房間……」

傑夫正說著，斯特拉突然在他旁邊著急地說：「不好了，他要跑了！」

傑夫一聽斯特拉這樣說，馬上抬頭向窗外看去，只見對面的推銷員正在收拾東西，並且胡亂地塞進一個大皮包裡，顯得非常慌張。傑夫看著也慌了，不知道如何是好。想了一會兒，他急忙說：「快拿來筆、信紙和信封！」

莉莎和斯特拉兩個人神情也很緊張，趕緊就去找傑夫需要的東西。傑夫拿到筆和紙之後，就快速地在信紙上寫道：「她到底去哪兒了？」然後，又在信封上寫上「拉爾斯·索瓦爾德」幾個字，寫完後，他把信裝好，遞給了莉莎。

莉莎心領神會，幾分鐘之後，就到了對面公寓的下面。傑夫握著相機，神色緊張地盯著。斯特拉站在他旁邊，看上去也是一樣的緊張。對面，推銷員依舊在屋子裡忙碌著。而莉莎也來到了他的屋子外面，從門底下把那封信悄悄地塞了進去，然後轉身，快速地跑下樓。看得出來，她也是非常害怕。

沒有一會兒，推銷員就發現了外間地板上的那信封，他過去撿起來，取出信紙，一看到上面的字，臉霎時就變白了，就好像是失血過多一樣。他兩眼無神地站在屋子當中，彷彿一時間不知道應該做點什麼。突然，他回過神來，快步走到窗前，慌張地向外張望著。

傑夫一直注視著莉莎，自言自語地說：「小心呀，莉莎，千萬不能讓他發現你！」等他看到莉莎跑進自己住的這幢大樓時，心裡立刻鬆了一口氣。真是有驚無險！

「哦，上帝！真是不應該讓她去冒險！」斯特拉一邊說著，一邊揉著胸口，好像也被剛才的一幕嚇壞了。她看著傑夫也擦了一下臉上的汗，接著說道，「喝點什麼吧？」

「當然可以。」傑夫說完，又舉起相機說，「他真的要逃跑了。他想要往哪兒跑呢？」他一直緊盯著對面發生的一切，不想放過任何線索。這時候的推銷員更是加緊收拾東西了，彷彿已經是驚弓之鳥了。

「讓我也看一下，可以嗎？」斯特拉拿著飲料走到傑夫身邊說。

「可以。但是，你得告訴我你要看什麼？」

斯特拉並沒有立即回答傑夫，只是靜靜地透過鏡頭觀察著，她看見對面的「芳心寂寞」小姐正把剛從抽屜裡取出的藥瓶裡面的藥片一粒一粒地倒在桌上。斯特拉看到這裡，感覺有點奇怪。接著，「芳心寂寞」小姐從廚房裡拿來一杯水，和那些藥片一起都放在桌子上。斯特拉忙說：「『芳心寂寞』小姐好像往桌子上倒了很多安眠藥。」

「什麼情況？你看清楚了嗎？」

「不會錯的，那種藥片在我們醫院裡很常見。」

「那她不會超量服用吧？」

斯特拉繼續盯著，這時，「芳心寂寞」小姐坐在桌旁，手裡拿著一本《聖經》。「不可能吧，她也許只是想睡得早點……」

這時候，莉莎滿頭大汗地跑了進來，站在屋子當中，一臉興奮地說：「怎麼樣，他看到信後，什麼反應？我沒有被他發現吧？」

「他非常害怕，臉色蒼白，就像自己的祕密被發現了一樣。」斯特拉搶先說道。

「快看，傑夫，那個手提包！」莉莎走到窗前，站在傑夫身邊，用手指著對面說。對面，推銷員又取出他妻子的那個鱷魚皮手提包，不停地在裡面翻找著什麼東西。傑夫一邊透過相機盯著，一邊說：「我今天看他打電話時，手裡拿著三個戒指，一個是一個金圈，兩個是嵌寶石的，他太太的結婚戒指說不定就在那個手提包裡呢！」

莉莎馬上說道：「一個女人絕不會忘記戴結婚戒指的，是不是，斯特拉？你忘記過自己的結婚戒指嗎？」莉莎說著，看了看斯特拉。

「那是不可能的，除非我的手指被剁下來。究竟那個花圃底下埋藏著什麼？我們馬上去看看吧。」斯特拉有點急不可耐地說。

「說得對。我現在也非常想看看他太太。」莉莎點了點頭，表示贊同。

「你們先不要亂說。」傑夫有點擔心地說。

「我們沒有亂說，只是想看看下面有沒有藏著鐵鍬？」斯特拉說。

「沒有。」

「或許，就在那個地下室裡。」斯特拉說完就要往外走。

「別忙，先等一下！」傑夫急忙叫住了斯特拉。

「如果你害怕受不了這刺激，傑夫，那你就閉上眼睛別看好了。」莉莎有點諷刺地說。

「我害怕？我是怕你們兩個被活活掐死，就像那條狗一樣！」

「你猜那下面到底埋了什麼東西，莉莎小姐？」斯特拉好像已經迫不及待了。

「我們先不能慌，自亂陣腳。」這時，傑夫放下相機，非常冷靜地說，「心存僥倖地去冒險是很危險的。我們要想一個萬全之策……莉莎，遞給我那本電話簿。」

「做什麼用呀？」莉莎一邊把架子上的一本黃色電話簿遞給傑夫，一邊問道。

「我要引蛇出洞。」傑夫說完就開始快速地翻著那本電話簿。

「或許幾分鐘就夠了。」斯特拉在一邊說。

「爭取15分鐘都有可能……找到了，2—7099。」他說著就拿起電話，撥了剛才找到的那個號碼。他一邊盯著對面的推銷員，一邊等待著電話裡的聲音。這時，推銷員屋子裡的電話響了，響聲不是很大，但是對於正在惶恐狀態下的推銷員，無疑還是嚇了一跳。只見他站在電話機旁，猶豫不決，一直呆呆地注視著桌子上的電話。

這邊的傑夫始終都在盯著他，還自言自語地說：「別害怕，快接呀，索瓦爾德。你是不是在猜是誰打來的，會不會是你的那個讓你不惜殺掉自己妻子的情婦打來的……快接呀！」

「你是哪位？」電話那邊響起了推銷員的聲音。

「我的信收到了嗎？」傑夫壓低聲音問道。電話裡沒有回音。「怎麼樣，收到沒有？」傑夫又問了一次。

又是一陣沈默，接著，一個低沈無力的聲音反問道：「你是誰？」

「現在就到艾伯頓酒吧來，來了你就會知道我是誰。」

「你到底有什麼事？」對面有點焦急地問。

「就是一點小事情——談談你妻子的財產如何處理。」

「什麼……我……你是什麼意思？」

「你就別再裝了，我全知道了。快來，否則，警察馬上就會找上你的。」傑夫威脅道。

「可是，可是我現在只有一百美元。」

「我在艾伯頓等你。這只是開始。」傑夫一說完就立刻掛斷了電話。只見對面的推銷員緩慢地放下電話，愣了一會兒，然後戴上帽子，走出了房門。

「斯特拉，快，我們走！」莉莎忙招呼斯特拉。

「等他一回來，我就用手電筒給你們發信號。你們要時刻注意我窗口這邊的動靜。」傑夫叮囑道。

莉莎和斯特拉沒有說話，直接就跑向了門口。在夜色的籠罩下，外面的一切都呈現出昏暗的色調。傑夫一直觀察著院子裡的任何動靜，希望她們能平安無事。莉莎和斯特拉已經到了樓下，一人拿著一把鐵鍬，悄悄地、迅速地來到那片花圃旁。莉莎站在一旁把風，斯特拉用力挖著花圃裡的泥土。莉莎環顧四周，時不時地抬頭往傑夫的窗前掃一眼。

傑夫這邊也沒有閒著，他拿起電話，撥了一個號碼：「喂……」

「你找誰？這是科耶爾的寓所。」一個陌生的聲音。

「你是誰？我是科耶爾的朋友，傑弗里斯。」

「他們不在家，我是他家的保姆。」

「他們什麼時候能回來？」

「不清楚，他們可能去夜總會吃飯了。我只是臨時過來看孩子的。」

「好的。如果聯繫到他們，就說一個叫傑弗里斯的人找他，有非常重要的事情。」傑夫一邊說著話，一邊還觀察著外面院子裡的動靜。

「傑弗里斯先生，他知道你的電話嗎？」

「當然知道，再見。」傑夫放下電話，就架起照相機，對準了對面的公寓。作曲家的屋子裡總是擠滿了人，他們興奮地交談著、歡笑著，好像從來都不關心外面的世界。「芳心寂寞」小姐依舊是孤身一人，旁邊依然擺放著那些藥片和一杯水，她好像正在一張紙上快速寫著什麼。

院子裡，她們兩個人還在忙碌著，只見斯特拉搖了搖頭，又使勁挖了幾下，便不再挖了，樣子看上去很失望。傑夫看到，也好像明白了，也失望地嘆了一口氣。這時，莉莎突然跟斯特拉悄悄說了什麼，還用手指了指對面樓上的房間。斯特拉的眼睛瞪得大大的，很吃驚的樣子，看著莉莎要往樓上跑，就急忙扔掉鐵鍬，想拉住她。但是，莉莎已經下定了決心，用力甩開斯特拉的手，轉身向推銷員的房間跑去。斯特拉只能乾著急，氣呼呼地站在那裡，最後無奈地朝傑夫這邊的窗戶看了看，隨後跑了回來。

院子裡發生的一切，都被傑夫看在眼裡，他看到莉莎跑進樓裡，心裡一下就緊張了起來，再也無法安穩地坐在輪椅上。真是不應該讓她去。

「別進去！莉莎，你想幹什麼？」傑夫用拳頭猛砸了一下輪椅說。

對面的莉莎已經翻上了推銷員房間的陽台，她小心地推了推門，沒有推開，便撩起裙子從旁邊的窗口爬了進去。也不知道莉莎是從哪裡來的勇氣。只見她謹慎地爬進去後，先是環顧了整個房間，然後就直接進了臥室。她站在臥室裡，一眼就看見了床上的那個大皮包，她利落地拉開包，翻弄著裡面的東西。那個手提包——莉莎拿著它向傑夫這邊使勁地晃了晃。但是莉莎高興得有點早了，因為她在裡面什麼都沒有發現。她又轉向旁邊的那個梳妝台。

這時候，滿頭大汗的斯特拉回來了。她大口地喘著氣說：「傑夫……傑夫，莉莎要你一看見他回來，就立即往他屋子裡打電話。」

「那現在我就打！」傑夫緊張地說。

「再給她兩分鐘……現在先別打。」斯特拉阻止了傑夫。莉莎正在全神貫注地翻找著梳妝台的抽屜，對外面的事情早已置之度外。

「快看『芳心寂寞』小姐！」斯特拉突然叫了一聲。傑夫急忙看去，只見「芳心寂寞」小姐正抓起原來放在桌子上的藥片和水杯，看樣子像是要全部吃下去。在桌上枱燈的底座下還壓著一張寫得密密麻麻的紙片。「快叫警察！」斯特拉又叫了一聲。

傑夫這時候才回過神來，連忙拿起電話撥了一個號碼。「喂……趕快接警察局……」

正當「芳心寂寞」小姐要吃下那些藥片時，一陣歡快的笑聲，和著節奏明快的吉他聲，一起從樓上傳了出來，她專注地聽著這些好像是從天堂傳來的歌聲，全身都靜止了，呆呆地聽著，忘記了手裡的藥片，也忘記了剛才想要做的事情。突然，她淚流滿面，爬在桌子上大哭了起來。

「多虧這聲音呀，真是謝天謝地！」斯特拉突然鬆懈了下來。

傑夫突然意識到，他忘記看莉莎了。他趕緊把視線移向莉莎。當他看到推銷員已經走上樓梯，來到門口，正在開門的時候，他真是倒吸了一口涼氣。他呆坐在那裡，完全不知所措，只是不由自主地嘆了一句：「天哪，莉莎！」

推銷員打開門的第一反應就是感覺有人來過，他四下掃了一眼，疾步走向臥室。當他猛推開臥室房門的時候，就看見驚恐萬狀的莉莎正站在那兒。兩個人目光對視，表情都是驚愕萬分。

這時候，傑夫手裡一直拿著的電話接通了：「我是六分局的奧爾古德警官。」

傑夫一聽是警官，立即說道：「警官先生，快，快，在西九街125號，一名婦女正在被一名男子毆打。快來！」

「請問你是哪位？」

「傑弗里斯。」

「你的電話？」

「2—5598」

「好。我們馬上趕到。」

對面，推銷員已經把莉莎逼到了牆角，他突然撲向莉莎，使勁地揪住她。莉莎此時已是六神無主、語無倫次了。然後，莉莎被那個推銷員狠狠地扇了一個巴掌，一下子滾到了旁邊的沙發上。推銷員轉身看了一下床上被翻得亂七八糟的衣服，不由得怒火中燒，怒視著莉莎，好像在逼問她什麼。莉莎掙扎著從口袋裡掏出一把珠寶首飾，全部交給推銷員。他查看了一下，放在一邊，又惡狠狠地向莉莎伸出手，看莉莎搖頭，他立刻揪住莉莎，用力抽打起來。莉莎一邊掙扎，一邊恐懼地大聲叫喚：「快救救我，傑夫！」痛苦的聲音，絲毫不亞於西弗勒斯太太的哭喊。

傑夫看著，心如刀割，痛苦地握緊拳頭。斯特拉也驚恐地看著對面，渾身發抖。傑夫實在是不能忍受了，但是又沒有什麼辦法，只能兩眼無神地問斯特拉：「怎麼辦？」

莉莎的哭喊聲還在繼續著，在黑色的天空中傳得很遠、很淒慘。突然，斯特拉大聲地叫道：「警察來了！警察來了！」

傑夫忙仔細看著對面，只見推銷員的門外，有兩個警察正在用力敲門。這時候，推銷員的臥室裡又亮了。怒氣未消的索瓦爾德急匆匆地朝門口走去。莉莎也不顧傷痛，趕緊整理自己凌亂的頭髮和衣服，從沙發上爬了起來。接著，警察跟著推銷員進了臥室，似乎在詢問是什麼情況。莉莎一看到警察，連忙跑到了他們身邊。剩下的，就是推銷員一個人在屋子裡控訴了。

「莉莎怎麼辦？為什麼不告發那個男人？」斯特拉說。

「莉莎很聰明。」

「聰明？警察馬上就要抓她了！」斯特拉緊張地說。

「但是最起碼，她可以逃離虎口了。」傑夫自我安慰道。

莉莎背對著窗口，好像在為自己辯解著。她將兩手悄悄地放在身後，對著窗口不停地搖晃。傑夫看著莉莎的動作，突然驚喜地喊道：「快看，那個戒指！」

原來，莉莎在回答警察詢問的同時，一直在向傑夫示意自己左手無名指上的一枚戒指。

但是，推銷員似乎也注意到了莉莎的怪異舉動，便很疑惑地盯著莉莎身後的雙手。當他看到那枚戒指的時候，也不禁吃了一驚，她為什麼會注意那枚戒指呢？推銷員順著莉莎示意的方向，尋找著對面的目標……

「把燈關掉，快，往後退！他要發現我們了！」傑夫也注意到了推銷員的眼神，他趕緊放下相機向後退。斯特拉聽到之後，立即關掉了屋裡的燈。一會兒，莉莎被那兩個警察帶著出來了，好像事情已經解決了。傑夫在黑漆漆地屋子裡，不知道應該做點什麼，只是來回轉動著輪椅。

「他會一直待在屋裡嗎？」傑夫問斯特拉。

「肯定不會，除非他是個大傻瓜。」

「快把我的錢包從抽屜裡拿來。」

「現在找錢做什麼？」斯特拉一邊摸索著找錢包一邊問。

「從警局裡把莉莎保釋出來呀……怎麼才120美元。」傑夫藉著微弱的月光數了數錢包裡的所有錢。

「總共需要多少？」斯特拉問道。

「大概需要250美元，保釋一個初次盜竊的人。」

「不知道莉莎包裡有多少錢。」斯特拉說著，就找到莉莎的手提包取出錢包。

「多少錢？」

「怎麼才有50美分？」

「那也拿出來吧。」傑夫失望地說。

「我包裡應該還有20美元。」斯特拉想了想，繼續說，「我馬上去，把錢都給我吧。」

「那上哪兒找剩下的錢呢？」

「這個不用擔心，只要那些警察見到莉莎，肯定會主動捐款的。」斯特拉笑了笑說。

「那快去吧！」傑夫剛說完，電話就響了。傑夫立刻抓起電話說了一句「等一等」，就扭頭對斯特拉說：「記得要快！」斯特拉應了一聲就奔出了房門。這時候，傑夫才對著電話說：「你好，我是傑弗里斯。」

「快點，又是什麼事？」是科耶爾的聲音。

「我有大發現，科耶爾！」傑夫有點激動地說。

「我說傑夫，不要再編造你那些妄想猜測的凶殺故事了，讓我的休息時間都不能消停。有什麼重大發現，讓我回電話？」科耶爾不耐煩地說。

「這次你得幫幫我，莉莎現在正在警局裡，她被逮捕了！」

「哪個莉莎？就是你的那個莉莎嗎？」科耶爾好奇地問。

「對，你見過的那個。她因為私自去了對面那個人的房間，但是碰巧他突然回來，撞個正著。我只好報了警，才使莉莎脫離險境。」傑夫給科耶爾解釋事情的來龍去脈。

「哎呀，我不是和你說過……」

「我明白。但是，她已經找到了重要證據。」傑夫打斷科耶爾說。

「什麼證據？」

「就是那個消失的女人留下的結婚戒指！你說一個還活著的女人，怎麼會扔下自己心愛的結婚戒指，你說是不是？」傑夫有點著急地說。

「應該不會……」科耶爾好像也在電話那邊思考。

「應該是肯定不會，因為這是事實！就在昨晚，推銷員還把那隻經常在花圃裡亂嗅亂刨的狗掐死了，因為他擔心那條狗找出來他藏在花圃下面的東西！」

「就憑這個？說不定那裡埋著老母豬的骨頭呢！」

「他妻子是不是被他稱做老母豬，我不知道。但是我知道那天晚上，他一直來回折騰的鐵皮箱子裡，不可能是他的值錢東西，因為那些值錢的都還在他的房間裡呢！」傑夫越說越激動了。

「老母豬的骨頭估計真在那裡埋著呢！」科耶爾不屑地說。

「這說明，他在分批處理掉它們。對了，還有那些長途電話……就是他打出的電話。你說他為什麼要在他妻子離開之後再打長途電話呢？為什麼在他妻子到達目的地以後，還要給他寄明信片，報平安呢？這一切是不是太多餘了？」
「莉莎現在被關在哪兒？」科耶爾也突然緊張了起來，語氣嚴肅地問。
「在六分局。我已讓人去保釋她了。」
「傑夫，我馬上去查查，或許不用你出錢了。」
「快去吧，太好了。那傢伙說不定正準備逃跑呢，因為他都發現有人在監視他了。」
「我們一旦確定那是他太太的戒指，我們會馬上拘留索瓦爾德的。傑夫，再見。」
「再見。」傑夫直到現在才稍微地鬆了一口氣。他放下電話，又開始觀察索瓦爾德的房間，裡面沒有開燈，什麼都看不見。突然，電話又響了，這讓傑夫愣了一下，會是誰呢，難道是莉莎她們？他拿起電話，也沒有問對方到底是誰，就開口問道：「喂，你怎麼樣？對面好像要逃跑了，屋子裡黑糊糊的……喂……」

當電話那邊一直沒有聲音的時候，傑夫才意識到事情有點不對。他猛地抬起頭，趕緊看對面推銷員的窗口，黑黑的窗戶就像是一個人的眼睛，也在緊緊地盯著傑夫這邊。傑夫想了一會兒，連忙轉動輪椅，來到廚房。可是廚房所有的東西都被放在他搆不到的壁櫥裡，傑夫轉了一圈，也沒有找到可以防身的傢伙。

正在傑夫焦急無助的時候，一陣輕微的腳步聲在門外響了起來。傑夫那種不祥的預感更加強烈了，他無意識地抓緊桌子上的相機，好像此時能夠防身的就只有這件東西了。這時，門被推開了，一個像幽靈一樣的黑影出現在了傑夫的面前。傑夫不敢大聲呼吸，只是用力地向輪椅裡靠著，眼睛死死地盯著正向身邊移動的黑影。

「你到底想幹什麼？」黑影的聲音劃破了屋子裡的沈默。傑夫始終在角落裡沒敢出聲，

「剛才那個女人為什麼不告發我？她應該是你的朋友吧？」

又是一陣沈默。黑影見傑夫一聲不吭，就稍微提高了自己的聲音：「說話呀！你到底想幹什麼？要錢嗎？可是我現在沒有。」聽得出來，說到後面，黑影已經有點急了。這時，傑夫已經完全鎮靜下來了，雖然還沒有完全擺脫那種恐懼。

「那枚戒指你能還給我嗎？」走近的推銷員又問道。

「別想！」傑夫好像是用盡了全身力氣擠出了這兩個字。

「你最好讓它立即還給我！」推銷員用命令的口氣說。

「有點晚了，警察已經拿到戒指了。」

一聽傑夫這樣說，索瓦爾德立即就向傑夫撲了過去。傑夫坐在輪椅裡，毫無招架之力，情急之下，只有舉起手裡的相機，一直猛按閃光燈。推銷員看到閃光燈，眼前突然一片空白，不由自主地往後退了幾步。

傑夫緊張地不停按著閃光燈，頭還快速地往對面看著。終於，對面推銷員的窗口亮起了燈光，屋子裡立即出現了莉莎、斯特拉、科耶爾和幾個警察的身影。此時，索瓦爾德企圖用

雙手擋在眼前，遮住相機一直射出的強烈光線，他逐漸地逼近傑夫，馬上就要走到傑夫的身邊了。

「科耶爾！莉莎！」傑夫對著對面大聲呼救。

推銷員一聽傑夫的叫聲，立即就撲了上去，一把打掉傑夫手中的相機，狠狠地掐住了他的脖子。傑夫拼命掙扎，想要推開索瓦爾德的攻擊，但是他也只能用那條沒有打石膏的腿使勁亂踢。

莉莎和科耶爾在對面也聽到了傑夫的喊聲，立即都向傑夫那邊看去，一看到推銷員和傑夫纏打在一起的情形，都吃了一驚，完全沒有預料到會出現這樣的意外狀況。他們幾個人立刻都衝向了樓梯。索瓦爾德這邊一直緊緊地掐著傑夫，不停地把他往窗戶邊拖，看樣子是想把他從窗戶裡扔下去。

他們兩個人的扭打和喊叫聲，也驚動了對面大樓裡的人們。人們和上次一樣都站在自己的窗口前和陽台上，看到半個身子已經掛在窗外的傑夫，傑夫一條腿打著石膏，所以只能咬緊牙，把全身力氣用在手上，牢牢地抱住窗沿。但是面對身材高大的推銷員，他也只能勉強地維持著，等待科耶爾的救援。

科耶爾帶著警察已經衝到了傑夫的樓下。科耶爾見情況緊急，隨手就拔出了手槍，全神貫注地對著正在行凶的推銷員。但現在是夜裡，光線昏暗，並且兩個人還交織在一起，科耶爾也不敢貿然開槍。就在科耶爾猶豫的時候，傑夫終於沒有堅持住，大喊了一聲「科耶爾」就重重地摔了下來。這時候，推銷員也被兩個破門而入的警察按住了。

「傑夫，傑夫，真對不起，我們還是來晚了一步。」科耶爾看著平躺在地上表情痛苦的傑夫，非常愧疚地說。

莉莎和斯特拉也撥開了人群，氣喘吁吁地擠到傑夫的身邊。莉莎看到面無血色的傑夫，先是怔了一下，然後就要撲過去抱他的頭。斯特拉看她這樣，立即阻止了她，「先別碰他！莉莎，快拿我的急救包來，就在樓上！」

「親愛的，莉莎，你沒有出什麼事吧？」傑夫睜開眼睛，看到身邊的莉莎，有氣無力地笑著問道。

「我沒事。你先別說話了。」莉莎傷心地說。

「好樣的……你現在可以去找證據了吧？」傑夫又看著科耶爾說。

「當然，傑夫。」

「科耶爾！」一個警察從樓上的窗口伸出頭叫道。

「怎麼了？那傢伙怎麼樣？」

「完好無損。他說要帶我們到東河那邊看看。」樓上的警察說。

「花圃底下的祕密他說了沒？」

「全說了。他怕那條狗壞他事，就掐死了那條狗，然後把下面的東西挖出來，藏在了他屋中的一個盒子裡。」

現在終於有了一個還算不錯的結果，科耶爾點點頭，看著斯特拉說：「想不想和我們一起去看看？」

「不……屍體的任何一部分，我都不想看。」斯特拉緊張地搖著頭說。

當一切又回歸到最初的平靜，時間就顯得尤為匆快。幾天之後，對面公寓裡的作曲家和「芳心寂寞」小姐坐在一起，好像在聊作曲家新創作的一張唱片。

「這可是首次發行，一定會引起很大的轟動。」作曲家異常興奮地說。

「不錯，非常動人的一首曲子。你或許不知道，它對我有著非同一般的意義。」「芳心寂寞」小姐面帶微笑地說。

另一邊，托索小姐突然停止了跳舞，走去打開了房門。門外是個年輕的小夥子，一身嶄新的軍裝，顯得非常幹練。

「哦，上帝，史丹利！你參軍之後竟然又長高了！」托索小姐驚喜地說。

「哦，我真是餓了，先別說了，廚房裡有什麼好吃的嗎？」小夥子一邊說著，一邊往屋子裡走。

西弗勒斯太太從樓上陽台上把一隻小狗放進小籃，先是非常喜歡地拍了拍牠的小腦袋，然後把牠緩緩地往樓下放。那肯定是她新買的小東西。

這時候，一陣激烈的爭吵聲突然從那對新婚夫婦的窗子裡傳出來。新娘非常憤怒地說：「要是早知道你沒有工作了，我絕對不會嫁給你的！」

「親愛的，不要生氣……」這肯定是新郎哀求的聲音。

傑夫的房間裡，似乎沒有什麼變化。莉莎斜靠在沙發上，正捧著一本書專注地看著。傑夫依然是躺在輪椅上正酣睡著。不過，稍微有點不同的，就是傑夫這次是兩條腿都被裹上了白白的石膏，就像是兩根僵硬的石柱，平放在輪椅上。莉莎穿著緊身的牛仔褲和輕便的運動鞋，比起以前的裝束來，真像是變了一個人。她津津有味地讀著手裡的《喜馬拉雅那邊》，似乎並沒有在意窗外響起的悠揚的歌聲。

「莉莎，夏夜的星辰是你的雙眸，清香的水仙是你的笑容，鳥兒的鳴叫是你的輕語，滾燙的流火是你的親吻。你的撫摩讓我心如潮水，你天使般的依偎，又讓我如夢如癡地沈醉。真想永久沈睡，躺在你溫柔的懷裡，哦，莉莎……」

〈全書終〉

國家圖書館出版品預行編目資料

後窗／希區考克 (Alfred Hitchcock) 著 -- 二版
-- 新北市：新潮社文化事業有限公司，2021. 11
面；　公分
譯自：REAR WINDOW
ISBN 978-986-316-804-1（平裝）

874.57　　110014662

後窗

希區考克／著

【策　劃】林郁
【製　作】天蠍座文創製作
【出　版】新潮社文化事業有限公司
電話 02-8666-5711
傳真 02-8666-5833
E-mail：service@xcsbook.com.tw

【總經銷】創智文化有限公司
新北市土城區忠承路 89 號 6F（永寧科技園區）
電話 02-2268-3489
傳真 02-2269-6560

印刷作業　菩薩蠻、東豪印刷事業有限公司

二　版　2021 年 11 月